民國文存

2

中國文學史

劉大白 遺著

知識產權出版社

本書對上古至唐代的中國文學史之輪廓進行細緻描述。作者以各個時代的作品和作家為例，對一些文學樣式，特別是詩歌的起源、發展和藝術上的優劣等，展開深入淺出的闡釋，其中頗多精闢的見解。此外，作者還結合時代和社會的背景，來剖析作品產生的原因、背景及其文學史意義，對作家和作品之得失進行富有個性化的剖析，鮮活地展現不同時代的中國文學之風貌。

責任編輯： 文　茜　　**責任校對：** 韓秀天　　**動態排版：** 賀　天
特約編輯： 張　娟　　**責任出版：** 盧運霞

圖書在版編目（CIP）數據

中國文學史/劉大白遺著.—北京：知識產權出版社，2012.6
（民國文存）
ISBN 978-7-5130-1180-8
Ⅰ.①中…　Ⅱ.①劉…　Ⅲ.①中國文學—文學史　Ⅳ.①I209
中國版本圖書館 CIP 數據核字（2012）第 047853 號

中國文學史

Zhongguo Wenxueshi

劉大白　遺著

出版發行： 知識產權出版社
社　　址： 北京市海澱區馬甸南村 1 號　　**郵　　編：** 100088
網　　址： http://www.ipph.cn　　**郵　　箱：** bjb@cnipr.com
發行電話： 010-82000860 轉 8101/8102　　**傳　　真：** 010-82005070/82000893
責編電話： 010-82000860 轉 8342　　**責編郵箱：** wenqian@cnipr.com
印　　刷： 北京中獻拓方科技發展有限公司　　**經　　銷：** 新華書店及相關銷售網站
開　　本： 720mm×960mm　1/16　　**印　　張：** 16.75
版　　次： 2012 年 9 月第一版　　**印　　次：** 2012 年 9 月第一次印刷
字　　數： 208 千字　　**定　　價：** 50.00 元

ISBN 978-7-5130-1180-8/I・211（4063）

民國文存

（第一輯）

出版前言

民國時期，社會動亂不息，內憂外患交加，但中國的學術界卻大放異彩，文人學者輩出，名著佳作迭現。在炮火連天的歲月，深受中國傳統文化浸潤的知識份子，承當著西方文化的衝擊，內心洋溢著對古今中外文化的熱愛，他們窮其一生，潛心研究，著書立說。歲月的流逝、現實的苦樂、深刻的思考、智慧的光芒均流淌於他們的字裡行間，也呈現於那些細緻翔實的圖表中。在書籍紛呈的今天，再次翻開他們的作品，我們仍能清晰地體悟到當年那些知識分子發自內心的真誠，蘊藏著對國家的憂慮，對知識的熱愛，對真理的追求，對人生幸福的嚮往。這些著作，可謂是中華歷史文化長河中的珍寶。

民國圖書，有不少在新中國成立前就經過了多次再版，備受時人稱道。許多觀點在近一百年後的今天，仍可說是真知灼見。眾作者在經、史、子、集諸方面的建樹成為中國學術研究的重要里程碑。蔡元培、章太炎、陳柱、呂思勉、謝無量、錢基博等人的學術研究今天仍為學者們津津樂道；魯迅、周作人、沈從文、丁玲、梁遇春、李健吾等人的文學創作以及傅抱石、豐子愷、徐悲鴻、陳從周等人的藝術創想，無一不是首屈一指的大家名作。然而這些凝結著汗水與心血的作品，有的已經罹於戰火，有的僅存數本，成為圖書館裡備受愛護的珍本，或成為古玩市場裡待價而沽的商品，讀者很少有隨手翻閱的機會。

鑑此，為整理保存中華民族文化瑰寶，本社從民國書海裡，精心挑出了一批集學術性與可讀性於一體的作品予以整理出版，以饗讀者。這些書，包括政治、經濟、法律、教育、文學、史學、哲學、藝術、科普、傳記十類，綜之為民國文存。每一類，首選大家名作，尤其是對一些自新中國成立以后沒有再版的名家著作投入了大量的精力，進行了整理。在版式方面有所權衡，基本採用化豎為橫、保持繁體的形式，標點符號則用現行的規範予以替換，一者考慮了民國繁體文字可以呈現當時的語言文字風貌，二者顧及到今人從左至右的閱讀習慣，以方便讀者翻閱，使這些書能真正走入大眾。然而，由於所選書籍品種較多，涉及的學科頗為廣泛，限於編者的力量，不免有所脫誤遺漏及不妥當之處，望讀者予以指正。

目　錄

第一篇　引論

假如咱們有一個不曾到過的地方，而又風聞這個地方，是富有佳妙的山水，壯闊的原野，雄麗的都市，幽雅的鄉村，以及種種美好的風景的，那麽，無論是誰，總都會起一種身親領略的渴望吧。要慰償這一種渴望，最好的辦法，自然無過於籌足資斧，整理行裝，立刻起程，前去游覽。但是如果不幸而有種種障礙，不能脱身前去，滿足咱們底游覽慾，那便怎麽辦呢？咱們不得已而思其次，還有一個“雖不得肉，亦足快意”的辦法，便是細讀别人曾經游覽過這些美好風景者底游記。要是咱們果然去請教這些“識途老馬”底游記，它一定能告訴咱們，某地有某山某水，某地有某原某野，某地有某都某市某鄉某村；它又一定能告訴咱們，某山某水如何佳妙，某原某野如何壯闊，某都某市如何雄麗，某鄉某村如何幽雅。倘然那部游記是較好一點的，它一定更能告訴咱們：從某地到某地的里程若干，某地和某地之間的景物如何轉變，以及某山底幹脈如何，某水的源流如何，某原某野底成因如何，某都某市某鄉某村底盛衰底由來和趨勢如何。並且，那著者在這部游記中間，或許更有種種寫生畫，攝影片插印著，使咱們讀者從這些斷片的景物中，摹擬揣測那某山某水某原某野某都某市某鄉某村底全體，彷彿身親領略一般。果然能夠這樣，咱們底游覽慾，雖然依舊不能真實地滿足，但是也儘可算是“過屠門而大嚼”也似地“慰情聊勝於無”，相當於古人所謂“臥游”了。誠然，咱們細讀過這些較好的游記，有時候不但不能滿足游覽慾，而且多半不免格外引起強度的游覽慾來。要知道引起強度的游覽慾來，本來是游記底另一方面的作用。它一方面給與你以身親領略的渴望底不得已的慰償，另一方面，當然更給與你以身親領略的渴望底不能已的誘惑。咱們要是有排除種種障礙的能力，那麽，接受了它底誘惑，决心地籌足了資斧，整備了行裝，立刻起程，前去作那身親領略的游覽，那不是更美滿的事嗎？你前去游覽的時候，一面把讀過的游記，當作你底游覽指南；一面更把游記中所敘述，所描寫的去實地印證一番，將來也許能成一部更好的游記，加倍地能給與一切好游之徒以身親領略的渴望底不得已的慰償，和不能已的誘惑，也是未可定的事呵。況且，你別以為游覽只不過是遊覽罷了。假使你有偉大的創造能力的話，你在游覽的途中，一面欣賞了那些山水底佳妙，原野底壯闊，都市底雄麗，鄉村底幽雅，一面還可以翕受那些山水原野都市鄉村底感染，來鎔鑄成你意象中佳妙的山水，壯闊的原野，雄麗的都市，幽雅的鄉村，在你底所居住的國土中，一試你“製作侔造化”的創造手段呢。

我已經告訴一切好游之徒以橫的方面的游覽慾，怎樣地勉作不得已的慰償，怎樣地歡迎不能已的誘惑了。然而人們不但有橫的方面的游覽慾，而且也有豎的方面的游覽慾的。咱們雖然生長於現代，但是也常常風聞古代有種種有價值的文化，也跟橫的方面的佳妙的山水，壯闊的原野，雄麗的都市，幽雅的鄉村一般，在那里歆動咱們，使咱們起一種身親領略的渴望。不過，時間這件東西，現在雖然被相對論者拉作空間底第四度。而它底性質，畢竟有點跟長闊厚三度不同。不信嗎？——咱們在空間中，任何人都能有上下前後左右底可能，而在時間底軌道上，卻只能向前進而不能往後退；除非有比光底速率更快的物質，作成能追上光浪的飛行機，坐在這種飛行機上，才能看到倒搖影戲片也似的過去文化逆流的痕迹。那麼，這種豎的方面的游覽慾，不是絕對地無法滿足嗎？然而這是不妨的。咱們雖然不能在時間軌道上開著倒車，去作真正的古代旅行，卻也不妨設法把豎垂的橫陳起來，作一番近似的古代旅行。例如咱們可以從地質學者所發現的各種地層中，去窺見古代生物和文化一斑，又可以從人類學者社會學者所指示的各種未開化民族中，去考察和推想古代人類社會底一斑，這些都是以横作竪的游覽方法。雖然前者已經是沒有生命的，而且不是完全無缺的，後者更不過是以横陳的作竪垂的底代用品，然而也未始不可稱為近似的古代旅行，略略滿足咱們竪的方面的游覽慾了。其實在過去的時間上竪垂著的文化，也有至今還可以把它横陳著，而且依然不曾失掉它活潑潑的生命的；例如古人遺留下來的文學作品，便是其中之一了。生長於現代的咱們，受了力能垂著久遠的文明第一利器——文字——底恩賜，如果要作文學上的竪的方面的游覽，只消到圖書館裏去把横陳著的種種古代文學作品，細讀一番，就可以慰償咱們身親領略底渴望。雖然也不能完全無缺，但是它底活潑潑的生命，卻依舊不曾失掉，跟地層中的化石不同，更不是把别的横陳著的，作竪垂著的底代用。這種文學上的游覽，能使咱們知道古人創作的能力如何，內容的思想情感如何，外形的體裁音節如何，以及如是種種底流變如何，而且可以翕受了它們底感染，來鎔鑄成自己底思想情感體裁音節，一試自己底創作手段。咱們如果要做一個文學創作者，這種古代文學上的游覽，實在是不可少的呵。然而這種古代文學上的游覽，有時候也會碰到種種障礙，而不能慰償咱們身親領略的渴望的。那麼咱們不得已而思其次，也只有細讀古代文學上的游記的一法了。這所謂古代文學上的游記，就是所謂文學史。

咱們中國古代的文學，因為有四千多年的蓄積，放倒了竪垂的直線而横陳於现在的，正跟一個名勝的區域一般，其中富有佳妙的山水，壯闊的原野，雄麗的都市，幽雅的鄉村，以及種種美好的風景，值得咱們起一種身親領略的渴望的。如果有些好游之徒，一時碰到種種障礙，不能立即慰償身親領略的渴望的話，那麼，這種中國古代文學上的游記底供給，確是必要的了。基於這個供給底必要，所以有這一編游記也似的《中國文學史》底草創。然而這不過是一個草創罷了。這草創的《中國文學史》，一面固然企圖可以暫時權作游覽中國古代文學領域者底游覽指南，一面更希望有別的身親領略者底更好的游記出來！

別的身親領略者底中國古代文學上的游記，现在也並非沒有了。這在中國從前，除所謂正史的各種史書中，間或載有文苑傳以外，向來沒有有系統的文學史。不過最近幾十年來，因為中等以上各學校課程中，往往列有中國文學史一門，於是有些人從事編述，排印的，寫印的，陸續出現，據我所看到的，也有十幾種之多。然而咱們試把這十幾種的中國文學史，子細觀察一番，除極少數的例外外，都覺得有不能認為满意的地方。如果嚴格地講起來，那些似乎都不能稱為真正的中國文學史。因為那些編者，不是誤認文學底範圍，便是誤認歷史底任務。其中有把中國古來的學術，都敍述在裏面的，彷彿是一部中國學術史；有把中國一切的著述，都包括在裏面的，彷彿是一部中國著述史。這都是誤認文學底範圍的。還有誤認歷史底任務的，它們底内容：不是鈔錄作品，加以籠統的批評，好像批評的研究法，而實在不過是史料底堆積；就是把古來著述者底傳記，充實其中，好像傳記式的研究法，而實在不過是點鬼簿和流水帳一類的東西。前者底弊病，在乎以非文學跟文學併為一談；後者底弊病，在乎誤認歷史底任務，不過是堆垜式的記錄。這些定義和方法底不合，都是咱們所認為不能滿意的。至於他們底根本觀念，差不多都以為文運是昔盛而今衰的；這種退化論的歷史觀，也是咱們所不敢贊同的。所以這些中國古代文學上的游記，所記的既並非全是佳妙的山水，壯闊的原野，雄麗的都市，幽雅的鄉村，以及種種美好的風景，而又不能告诉咱們以里程和景物底轉變，以及山底幹脈，水底源流，原野底成因，都市鄉村底盛衰底由來和趨势，自然不能認為較好的游記了。

那些中國古代文學上的游記，所以不是較好的游記，因為他們先把文學底範圍弄錯了。所謂文學底範圍，是有關於“文學是什麼問題”的。近人章炳麟氏說：

文學者，以有文字著於竹帛，故謂之文；論其法式，謂之文學。

——《國故論衡·文學總略》

這句話實在可以代表中國大多數人底文學觀念。所以中國人底所謂文學，不是指純文學而言。它底範圍極廣。凡是非文學的作品，只消用文字寫在紙上的，都可認為文學作品；於是中國文學史，往往成為中國學術史，中國著述史了。要免除這個弊病，應該說明文學是什麼。但是給文學下一個抽象的定義，本來不是編文學史者底任務；而且歷來文學底定義，往往言人人殊，幾乎沒有一個被一般人所認為滿意的；所以咱們與其說明它抽象的是什麼，不如說明它具體的是什麼。咱們現在只消認明：文學底具體的分類，就是詩篇、小說、戲劇三種，是跟繪畫、音樂、雕刻、建築、舞蹈等並列，而同為藝術底一部分就夠了。既然知道只有詩篇、小說、戲劇，才可稱為文學，自然不至於把這三種以外的非文學的作品，混入文學範圍以內；而知道咱們所要講的中國文學史，實在是中國詩篇、小說、戲劇底歷史。

其次：編歷史的方法，應該怎樣，這是一個很切要的问题。我以為歷史是應該就羣化演進的歷程，作系统的記載，而並非只像堆沙包樣子，作人物傳志底積疊。文學是羣化之一，它底演進，跟各種羣化一樣，所以編文學史者底任務，在乎就文學演進的歷程：

一、說明它底怎麽樣演進。大家知道文學是以創造為貴的。但是這所謂創造，只是指文學作家，能從種種因襲中創造出新生命來。其實，新生命底產生，畢竟離不了因襲。例如一切生物，沒有不從母體產出的。所產出的雖然是一個跟母體不同的新生命，是創造的，但是他底生命之源，畢竟是母體所給與的。所以一個時代的新文學底勃興，決不是破空而來，而依然是從過去時代舊文學中孕育出來的新生命。歷史上一個新時代的文學，對於舊時代的文學，無論怎樣取反抗的態度，而它底生命，終是舊時代的文學底血系上的緜延，而且有時還是祖先隔代遺傳的類似的複現。赫胥黎所謂"物各肖其所先，而代趨於微異"；肖是因襲，而異卻就是所謂創造了。無論異到怎樣，總逃不了一個肖；所以天演論者所謂演進歷程中的創造，決不是《舊約聖書·創世紀》中的所謂創造。一切生物底創造如此，文學底創造也是如此。所以文學在歷史上是演進的，是有系統相啣接的，而編文學史者底任務之一，是在乎說明它怎麼樣演進。

二、說明它底為什麼這樣演進。羣化底所以演進，是因為人類有兩種慾望：

（一）要有較久的生活。

（二）要有較好的生活。惟其要有較久的生活，所以要演；惟其要有較好的生活，所以要進。一切的人類，無時無刻不被這兩種慾望支配著。既然被這兩種慾望所支配，所以人類底生活無時無刻不在那里變遷著。所謂變遷，就是要求較好的生活。不論它底變遷怎樣，總是從人們向主觀上以為較好的一方面有所要求而起。所以生活變遷底結果怎樣，是好是壞，是另一個問題；而根本的動機，總是較好的生活底要求。文學是羣化之一，是人類生活普徧的條件之一；所以文學底演進，是跟著人類底生活而演進。換句話說，人類底生活變遷了，文學也跟著變遷；而變遷底趨勢，總是向著較好的一方面。能使文學變遷的，分析起來，有時代底變遷，地域底變遷，個人才性的變遷，以及材料工具等等底變遷，總之不外乎人類生活底變遷。因為有這種種變遷，文學上受到影響，也就跟著變遷，而演進為一種新的文學。同時，文學變遷了，自然也能影響到人類生活，而使它變遷；但是這因為文學也是人類生活普徧的條件之一，所以文學底變遷，也就是人類生活底變遷，而影響人類生活的文學底變遷，還是起於人類想有較好的生活底要求。所以人類生活底演進，就是文學演進的原因。

三、估定它們底時代價值和生命價值。文學既能影響於人類生活，那麼，一定有它所影響的結果。這種結果如何，便是所謂價值。但是所謂價值，也有跟著人類生活底變遷而變遷的。例如夏天的風扇，是有招涼的價值的，但是到了秋涼的時候，它底價值便減少了；冬天的火爐，是有取暖的價值的，但是到了春暖的時候，它底價值也減少了。這就是人類生活變遷而事物價值也跟着變遷的明證。文學的價值，也是這樣。有些古物的文學，在那個時代，應那時候人類生活底需要而產出，在那時候是有它底相當的價值的；但是到了現代，人類生活變遷而演進了，它底價值也就跟着變遷，或是減低，或是喪失了。它這種在當時所有的價值，咱們可以叫他做當時價值；而它在現代已經減低了的價值，——或已經喪失了價值的無價值的價值，咱們可以叫它做現代價值。估定文學底現代價值，自然應該從現代的立足點上去評判它；而估定它底當時價值，卻應該把立足點移到那個時代，就它在當時所發生的影響上去評刊[1]它，而還它一個相當的價值。除這兩種時代價值以外，還有一種價值，就是它本身底藝術生命上的價值。因為文學是有生命的東西。它的生命，是作者用他底藝術手段努力創造的成果。凡是真的文學作品，都有這種藝術生命。這種藝術生命，是依著人類而同在

❶ “評刊”，當為“評判”。——編者註

的。只消人類底生存繇延一日，而它又不遭不幸的毀滅，那麽，它底生命，也一定存在一日。這藝術生命底永在，是超乎人類生活變遷關係的真價值。這種價值，咱們，可以叫它做生命價值。它不比時代價值，跟著生活底變遷而變遷。古代的文學作品，所以至今還能歆動咱們，使咱們去欣賞它，就是因為它有這種生命價值的緣故。不過它們底生命，也有高下強弱的程度之差，所以也得給它們下一個評判而估定一下。

現在所編的，既是中國文學史，所以應該就中國古代文學作品，而實行上面所舉的三種任務。

文學的範圍和文學史底任務，既如上面所說，但是還有一個問題，就是中國文學底範圍裏面，應該包涵些什麽東西呢？這在小說和戲劇兩方面，是沒有什麽問題的；而在詩篇方面，卻不能不發生某種作品是詩非詩的問題了。

要解決是詩非詩的問題，應該先大略地說明律聲（Rhythm），才可以用它來作為判別是詩非詩的標準。因為律聲這件東西，是詩篇必備的要素。但是普通所謂律聲，只指那外形的律聲（簡稱外形律）而言。其實，律聲決不止外形的方面，而還有內容的方面。並且外形律不過是詩篇底形式，而內容律卻是詩篇底生命。換句話說，就是內容律是詩篇所必要的，而外形律卻是可有可無的。所以判別作品底是詩非詩，應該以內容律為主要的標準，而外形律底有無，卻是沒有什麽關係。

內容律是詩人內心底律動，表現於作品上面的，必須從具體的作品上去領略它，而很不容易作抽象的說明。例如：

李白乘舟將欲行，忽聞岸上踏歌聲；桃花潭水深千尺，不及汪倫送我情。

——（唐）李白《贈汪倫》（例一）

前兩行是尋常的敍事語，它底內容律很弱，不能使讀者有什麼感動；後面兩行卻很能感動讀者，使讀者底內心跟作者底內心，作同樣的律動。因為我們讀了這兩行，彷彿也站在水深千尺的桃花潭畔，而覺得有一個汪倫也似的友人，正在送我，而且牠[1]那送我的深情，也比千尺的桃花潭水還深。這就是作者內心底律動，感動咱們讀者底內心，跟他作同樣的律動的現象，也就是內容律底表現很強的地方。又如：

有如許的淚，縱使渾身都是眼，也流不及呵！（十一）

憑你是怎樣秘密的隱痛，總瞞不過淚神，輕輕地給你隨意洩漏了。（十七）

即使用微笑掩住了淚，這一笑裏，早吐露了淚底秘密了。（十九）

夜來多少孤眠淚，枕頭是知道的；但知道的也只有枕頭哩！（二十六）

吐淚不得，咽淚不能，在眼輪中旋轉時，比利錐刺眼還痛呵！（二十九）

——劉大白《秋之淚》（例二）

第一例是有外形律的詩；但同是有外形律的詩，而前兩行跟後兩行底感動讀者的力量不同，就因為內容律底強弱不同。內容律底為詩篇底要素，即此已經可見了。第二例是完全不用外形律的詩；但是它底內容律很強，也很能感動讀者底內心，更足見詩篇底要素，不在外形律而在內容律了。

外形律雖然不是判別作品是詩非詩的主要的標準，但是要說明中國舊詩篇這個名詞下面所包涵的作品，就得用它來作標準了。外

[1] “牠”，今作“他”。——編者註

形律底種類，如下列第一表。

第一表

外形律
- 齊差律
- 次弟律
- 抑揚律
- 反復律
- 儔偶律

要說明外形律，必須先說明詩篇底外形。詩篇外形底解剖，如下列第二表。

第二表

詩形
- （一）音
- （二）步
- （三）停
- （四）組
- （五）聯
- （六）排
- （七）均
- （八）協
- （九）節
- （十）篇

音是最小的單位，就是一個字，就是五言詩、七言詩底所謂言。

步是最小的音羣，有單音步和兩音步兩種。

停就是從前所謂句，是一個步羣。

組、聯和排是駢儷的詩篇中所獨有，而非駢儷的詩篇中所無。組是一個停羣，用它來組成一聯或一排的。用兩停或兩組相對就是聯，用相類的兩停或兩停以上，或用相類的兩組或兩組以上並列就是排。

均和協是有紐和韻的詩篇中所獨有，而無紐和韻的詩篇中所無。均就是一紐或一韻；而合同用一紐或同用一韻的各均，就是一協。

節就是從前的所謂章或解（樂府）或疊（詞曲），有有均節和無均節兩種：有均節是一個均羣或一個協羣，無均節只是一個停羣。

篇是詩形底全體。

所謂外形，就是詩篇底形體，而外形律就是種種形式，用來修飾這些形體的。

齊差律就是各個篇羣、各篇、各節、各協、各均、各排、各聯、各組、各停、各步中，所包含的篇數、節數、協數、均數、排數、聯數、組數、停數、步數、音數，或整齊，或參差，都有一定的規律。

次第律就是各個篇羣、各篇、各節、各協、各均、各排、各聯、各組、各停、各步中，所排列的篇位、節位、協位、均位、排位、聯位、組位、停位、步位、音位，或順序，或顛倒，都有一定的規律。

抑揚律就是以平聲為揚，仄聲（上去入三聲）為抑，抑和揚的兩種音腔相間或相重的規律。

反復律就是以相同或相類的音，相連或相隔若干音、若干步、若干停而使它再現的規律，有語反復律、腔反復律、紐反復律、韻反復律四種。語反復律、有語分反復，語式反復兩種。語分反復，又分同分相綴、同分相應兩項：同分相綴，是以複字或複詞在詩篇中相連著再說；同分相應，是以複字或複詞在詩篇中相隔著再現。語式反復，也分同式相綴、同式相應兩項：同式相綴，是以型式相同的語，在詩篇中相連著再現；同式相應，是以型式相同的語，在詩篇中相隔著再現。這兩項又各分為兩式。同式相綴，分為同式同詞的相綴、同式異詞的相綴兩式：同式同詞的相綴，是以相同的型式、相同的詞，在詩篇中相連著再現；同式異詞的相綴，是以相同的型式、不同的詞，在詩篇中相連著再現。同式相應，也分為同式同詞的相應、同式異詞的相應兩式：同式同詞的相應，是以相同的型式、相同的詞，在詩篇中相隔著再現；同式異詞的相應，是以相同的型式、不同的詞，在詩篇中相隔著再現。腔反復律，是以相同的抑揚，在詩篇中相連或相隔著再現。紐反復律，是以同紐的字（發音相同的字），在詩篇中相連或相隔著再現。相連的叫做同紐相綴；相隔的叫做同紐相和。同紐相和，又分三式：同紐的字用在一停之首的，叫做停頭紐；在一停之中的，叫做停身紐；在一停之末的，叫做停尾紐。韻反復律，是以同韻的字（收音相同的字），在詩篇中相連或相隔著再現；相連的叫做同韻相綴，相隔的叫做同韻相協。同韻相協，又分三式：同韻的字在一停之首的，叫做停頭韻；在一停之中的，叫做停身韻；在一停之末的，叫做停尾韻。

儔偶律就是以聲音和意義相同或相類或相異的字各為一停或一組而構成一聯或一排的規律，有音底儔偶、義底儔偶兩方面。音底儔偶，有齊差底儔偶、次第底儔偶、抑揚底儔偶、反復底儔偶四種；齊差的儔偶，是以音數底多少相同或相類為儔偶；次第底儔偶，是以音位底先後相同或相異為儔偶；抑揚底儔偶，是以音腔底平曲相異或相同為儔偶；反復底儔偶，是以音質底重複相類或相同或相異，又兼以音腔底平曲相異或相同為儔偶。義底儔偶，是伴附於音底儔偶而以意義相同或相類或相異的字為儔偶。

中國底舊詩篇，就是使用這五項外形律的，所以咱們就可以用五項外形律來說明中國舊詩篇所包涵的作品。

如果以韻律為標準，來判別作品底是詩非詩，本來可以包括文學作品底全部，而作下列第三表的分類。

第三表

詩篇
- （一）歌唱的詩篇
- （二）吟誦的詩篇
- （三）講讀的詩篇

第一類是備具外形律而又配合樂譜，可以歌唱的詩篇；例如《毛詩》、《楚辭》中的九歌、漢以後的樂府、唐宋以後的詞和曲，都屬於這一類。第二類是只備具外形律而不配合樂譜，只可吟誦而不可歌唱的詩篇；例如《楚辭》（除《九歌》），漢以後的五七言詩、辭賦、駢儷文、四六文和聯語等，都屬於這一類。第三類是既不配合樂譜，也不備具外形律，不但不可歌唱，而且不可吟誦，只可講讀的詩篇；例如散文詩、小品文、小說和散文的戲劇等，都屬於這一類。這三類在配合樂譜與否和備具外形律與否的兩方面，雖有差異，而在備具內容律方面，卻是相同。配合樂譜與否，向來不把它作為判別是詩非詩的標準，所以不成什麼問題。備具外形律與否，卻為爭辨是詩非詩的焦點了。所以如果以外形律為標準，來判別作品底是詩非詩，那麼，不備具外形律的第三類，自然要說成不是詩篇了。然而我們應該知道原始的文學，本來只有詩篇一種；一切抒情、敘事和戲劇底表現，都由詩篇來包辦，而分為抒情詩、敘事詩和劇詩三類。所以原始的文學底領域，就是詩篇底領域，而並列著抒情詩、敘事詩和劇詩的三個聯邦。但是後來散文的文學作品漸漸起來，侵略到詩篇底領域裏面來了。第一步是用散文來敘事，取敘事詩而代之，使它成為小說；第二步是用散文來作劇本，取劇詩而代之，使它成為散文的戲劇；於是敘事詩和劇詩的兩個聯邦，都被大敵封疆的散文，割取而據為己有了。到了最近，連孤立的抒情詩的一邦中，也不免被散文底勢力範圍所侵入，而有所謂散文的抒情詩了。但這是站在外形律的方面看，好像詩篇底領土，漸漸軼出外形律底範圍以外，而詩篇有“日蹙國百里”的現象；其實，如果站在內容律的方面看，這些軼出外形律範圍以外的小說，戲劇和散文詩等，它們固有的民族性——內容律——依然不會喪失。所以與其說是詩篇割讓領土，不如說是詩篇擴張殖民地於散文界內。

那麼，咱們既知道小說源出有外形律的敘事詩，戲劇源出有外形律的劇詩，散文的抒情詩源出有外形律的抒情詩，都是詩國中移殖於散文界內的移民，便不能不承認第三類是廣義的詩篇了。

中國文學發生的次序，以詩篇為最早，小說次之，戲劇最後；而近代式的散文劇本底出現，更屬最近的事情。從這發生的次序，就可看出詩國中的民族，漸漸向散文界內移殖的形勢。更因為發生有先後不同的關係，所以作品也以詩篇為最多，小說次之，戲劇最少。至於中國小說從敘事詩演進的痕迹，雖然因為敘事詩較少的緣故，不很分明；而戲劇從近似劇詩的樂府和南北曲演進，卻是痕迹顯然的。

以上是以內容律為標準，來判別作品底是詩非詩；現在更以外形律來說明中國舊詩篇所包涵的作品。

四言詩、五言詩、七言詩，以及兼含三、四、五、六、七、八、九……言的各種雜言詩，向來被承認為詩篇，是沒有問題的；但是此外還有許多備具外形律的——當然須是備具內容律的——作品，是向來不稱為詩篇的。例如詞和曲是向來不被稱為詩篇的；而實在都是古近體以外的變格詩篇。古近體詩，到了唐代，格式完備，幾乎窮了，所以一變而為詞；詞到了宋元，格式完備，也幾乎窮了，所以再變而為曲。這都是跟着時代底要求而自然演進，正跟近年來從詩、詞和曲演進而為語體的自由詩散文詩相類。所以詞雖不被稱為詩，而本被稱為詩餘；曲雖不被稱為詩和詞，而本被稱為詞餘；正因為它們都是變格的詩篇的緣故。餘就是支流的意思。從前的人，根據傳統的觀念，只認古近體詩為正宗的詩篇，而詞不過是支流，曲尤其是支流底支流，所以稱它們為詩餘和詞餘，而不稱它們為詩；但是咱們現在應該打破這種傳統觀念，從它們跟古近體詩同樣備具外形律的這一點上，正式承認它們都是詩篇底一種。又如辭賦，也是向來不被稱為詩篇的。但是漢代班固曾說，“賦者，古詩之流也”；又說，“不歌而誦謂之賦”，那麼，䰟明明說賦是從詩篇演進的了。其實，辭賦是從《楚辭》演進的；而《楚辭》本是咱們所認為詩篇底別派，跟《毛詩》並峙，為中國文學底兩大河源的。辭賦的體裁，雖然好像跟向來被稱為詩篇的稍有不同，但它在備具外形律的方面，都跟被稱為詩篇的相同，不能不承認它是詩篇。並且中國底古近體詩，可稱為敘事詩的很少；而辭賦卻因為便於敷陳，所以敘事的頗多；即使說中國底敘事詩，存在辭賦裏面，也沒有什麼不可。因此咱們應該正式承認辭賦也是詩篇底一種。又如駢儷的文體，雖然導源於古昔駢散錯綜的文章，如《周易·文言》、《繫辭》之類；但後來又跟辭賦合流，演而為四六的文體。駢體文和四六文中，有等差律，有次第律，有抑揚律，有反復律，有儔偶律，都跟辭賦大同；所不同的，只是多數不用同紐相和和同韻相協的反復罷了。所以駢體文和四六文，也不得不認為詩篇底一種。又如聯語，雖然多數不用同紐相和和同韻相協的反復，而其餘各律都能備具，是駢儷文底支流，所以也應該承認它為詩篇底一種。

以上所舉，中國舊文學作品，凡是備具外形律而可稱為詩篇的，大約沒有什麼遺漏了。

至於語體的詩篇，似乎是最近新興的，所以常常被守舊者所排斥。其實中國底文字和語言，雖然秦漢以後，就漸趨於分離；而語言底不甘雌伏，常常侵入文學作品中，歷代都有痕迹可尋。到了詞曲起來，於詩篇中另闢新境界，給此種工具——語言——以充分使用的機會，它底發展，更是顯然。同時小說底领域中，一部分也被語言所占領。到了最近，語體文學，成為有意識的一種力爭正統的運動，不過如伏流的江河，一瀉千里而入於海罷了。這是中國文學史上應該注意的一件事。

以上所舉，是游覽中國古代文學上名勝區域者，所應該預備的游覽標準和方法，以及應該攜帶著作測量用的儀表和針尺。游記底編者，應該在卷首把這些先告訴讀者，使讀者得到一個概念，不致茫無頭緒。但是在這里還有一件事應該告訴讀者，完成那游覽指南底職務的，就是游覽歷程底分段。這游覽歷程底分段，就是文學史上的分期。中國文學史中，本來沒有什麼古典主義、羅曼主義和自然主義、寫實主義等迭興遞禪的痕迹可尋，所以勢不能用主義底遷變分期。近來編述者，有以上世、中世、近世分的，有以上古、中古、近古、近世分的，有以某朝某代分的，有以序數分期，如以第一期、第二期……第五期分的，其閒時代底區畫，各各不同。但是某朝某代的政治上的區畫，有時不能跟文學上的區畫相一致；而現在可稱為近古和近世的，在將來便不是近古和近世；所以我覺得還是以序數分期的方法為較妥。至於區畫，暫定如下。

第一期，上古至夏商。約自公元前二七〇〇年，民元前四六一一年起，至公元前一一二二年，民元前三〇三三年止，約占一千五百年。其閒遺留下來的作品很少，鱗爪僅存，真偽參半，只能就其中比較可信的，作大略的問津。這正如這個區域內，曾經經過一次大地震，把一切的山川陵谷，城郭樓臺，都破毀得改變了原型，遺下些殘邱剩壑，敗壁頹垣，幾乎不可辨認一般；所以咱們在這里只好作依稀彷彿的探索檢尋，和感慨蒼涼的流連憑弔而已。

第二期，周至秦。自公元前一一二一年，民元前三〇三二年起，至公元前二〇七年，民元前二一一八年止，占九百十四年。代表這個時代的文學的作品，經前人結集而存留著的，就是《毛詩》和《楚辭》這兩部總集。這兩部總集中的作品，在當時各各代表南北兩派來源不同的一種文學，為後來一切詩篇、辭賦底祖先。這正如星宿海為北方黃河之源，犂牛石為南方長江之源，是中國兩大河流底發源地。咱們讀《毛詩》和《楚辭》，應該把它們當作中國文學上兩大河流底星宿海和犂牛石看，不容輕易忽略過的。

第三期，漢至隋。自公元前二〇六年，民元前二一一七年起，至公元六一七年，民元前一二九四年止，占八百二十三年。但因為作品較多而歷時較久的緣故，又可以就文學演進的變遷痕迹上，劃成兩個段落，分為前後兩半期，前半期就是兩漢，自公元前二〇六年，民元前二一一七年起，至公元一九五年，民元前一七一六年（漢獻帝興平二年）止，占四百零一年，後半期就是三國六朝，自公元一九五年，民元前一七一六年（漢獻帝建安元年）起，至公元六一七年，民元前一二九四年止，占四百二十二年。前半期的文學，上承第二期南北兩派文學底巨流，交匯錯衍產出了五七言詩和辭賦來。但是《毛詩》底四言，雖然演進而為五言，而七言詩還不及五言詩底盛行；辭賦也還跟《楚辭》底型式不很相遠。後半期辭賦演進而為駢儷，詩篇也受到影響，漸漸形成律體；而四聲底確定，外形律底比較繁複，更是一件最有關係的事。其間因為南北分裂，又發生南北兩派色彩不同的文學，為第四期文學底兩源，也是應該注意的。至於小說，前半期略具雛形，却已經沒有遺迹可尋；而後半期中，便留下了許多草創的作品。戲劇雖然於後半期中抽苗出一點萌芽，但是也僅僅是一點萌芽罷了。不過咱們在這個領域中，即使只就詩篇領域內游覽起來，也已經覺得名勝絡繹，很夠供咱們欣賞，有如行山陰道上，應接不暇之勢了。

第四期，唐。自公元六一七年，民元前一二九四年起，至公元九〇六年，民元前一〇〇五年止，占二百八十九年。這一期是中國詩篇的王國中極盛的時期。胚胎于第三期中齊粱時代的新律聲，到此完全成熟，充分地使用於詩篇中，所以五七言古近體詩，既美且富，成為洋洋大觀。但是千里來龍，雖然到此結穴，卻並非截然而止的；它一定還能於過脈之後，突起奇峯，引人入勝。五七言詩，到了唐代，算是極盛了。然而一面是盛境，一面也就是窮途。中晚以後，在整齊的五七言的範圍裏面，變不出什麼花樣來了；於是峯迴路轉，另外開出一個境界來，供人們欣賞，這就是長短停的律體詩篇——詞——底產生了。同時小說盛行，而且頗有好的作品；戲劇也漸具雛形；咱們在游覽底歷程中，也值得紆道一顧的。

第五期，五代至元。自公元九〇六年，民元前一〇〇五年起，至公元一三六七年，民元前五四四年止，占四百六十一年。這一期中，創始於第四期的詞，經五代底盛行，到宋代而美備；於是構成劇詩的曲體萌芽，到元代而也達到美備的一境。這在咱們底游覽歷程中，真有“山重水複疑無路，柳暗花明又一村”的妙境。並且，自宋代以後，語體侵入文學領域中，詞底一部、曲底全部、都被它所占領；而語體小說底勃興，更是一種特徵。這好像大海潮流，衝入鱉子亹，在錢塘江上逆流著，跟富春江上奔流下來的山水爭雄了。

第六期，明至清。自公元一三六七年，民元前五四四年起，至公元一九一一年，民元前一年止，占五百四十四年。這一期的詩篇詞曲辭賦等，因為受科舉制度底功令所定的制藝、試帖，以及館閣式的“官樣文章殿體書”底束縛的影響，沒有什麼創造之可言。只有語體小說，頗有佳構；而介乎敘事詩和小說之間的彈詞極多，並且傳奇雜劇以外的皮黃、秦腔等戲劇盛行，也是可注意的一件事。咱們在這個區域中，彷彿參觀了兩座假古董底製造所陳列館。雖然他們底技術，也有足使咱們作相當的讚美的，但是沒有什麼新鮮的景物，使咱們一開倦眼。能使咱們值得欣賞的，還是他們所屏諸門外的那些閒花野草、歌鳥吟蟲。然而到了清末，輸入許多歐、美、日本底小說、劇本，卻早給现在的新文學，昇起了一道曙光。咱們在游覽歷程中，見了這道曙光，便知道前途一定有一個被新的光明所充满的新境界了。

第七期，民國紀元以後。這一期為時很短，不過十多年。但是語體文學，崛起而爭文學底正統。雖然還難免幼稚，而方興未艾；並且能儘量接受西洋文藝思潮，以為發揚光大的助力。如此向前猛進，必能於中國文學史上放一異彩，演進而為世界的文學；說者比之於歐洲底文藝復興，卻也頗有類似之點。這彷彿長江大河，吞入海潮，而挾著潮流同歸於海。咱們到了這兒，要看它們底入海波瀾，如何洶湧，而更作海外勝游了。

向來中國論文的人，往往愛作文運盛衰之論，以為文運是古盛而今衰的，後人應該力追古昔，以挽頹風。我卻以為文學是羣化底一種，它底演進，就大體看起來，本來無所謂盛衰，不過其閒不能無窮變罷了。由窮而變，由變而通，而文運於是日新了。本編底區畫，只說明它底窮變，沒有什麼盛衰之見存於其中。換句話說，就是先指示給讀者以中國文學在某時期如何轉變，而跟前一個時期如何不同的一個粗略的印象，不是說前一時期的文學，勝過於後一時期的文學。讀了這一個中國古代文學上名勝區域游覽歷程底分段單子，再讀起那中國古代文學上的游記來，自然不至於茫無頭緒；就是將來去作身親領略的實地游覽的時候，有了這個單子作嚮導，也不至於誤入迷途了。

第二篇

第一期 上古至商

文學區域，本來伴附於豎垂的時間軌道上的。但是因為各時代的作家，幸而多少有一點作品遺留下來，居然橫陳在圖書館裹，彷彿把時間軌道，也跟著放平了；所以咱們不妨備足資斧，辦起行裝，前去實行游覽。

不過當出發之前，還得躊躇一下。因為彷彿環游地球，可以向西出發，也可以向東出發，而殊途同歸一般，在這兒也有兩條道：其一，是以近代為起點，而歸宿於古代；其二，是以古代為起點，而歸宿於近代。咱們還是走第一條道呢？還是走第二條道？——時間的軌道，雖然勉強放平了，但是如果走第一條道，所瞧見的畢竟是後退的現象，是感不到什麽興趣的：所以咱們還是走第二條道呢。方向决定了，便可以依著前面所開的單子，出發游覽了。

這條道上，首先收入咱們眼底的，便是所謂“上古至商”的第一期。可是這個區域，就是彷彿曾經經過大地震一般的殘毀區域，流傳下來的作品，實在太少了，而且有些還不免是後人追紀或偽託的贗作；咱們在此，大約只能略略探尋一番、憑弔一番罷了。不過咱們應該知道，這個區域，是以後各區域中羣山萬壑底發脈起源之地；所以咱們不妨於探尋憑弔之餘，談談這個區域底如何構成，和它跟後來的關係。

中國的民族，大約是從西方來的，有人說是從巴比倫來的，有人說是從帕米爾高原來的，但是也不見得有十分顯明的證據。並且這件事情底詳細的研究，是民族史上的事情；我們現在不編中國民族史，不必作精確的考證，只消知道本非土著的民族，而最初散布於黄河流域罷了。這幾千年來，雖然中間曾經吸收若干的異族，幾經同化，混為一族；而主體的民族，却畢竟是現在所稱的漢族。當時漢族移住到非固有的黄河流域來，當然跟這片土上的固有民族，作過很劇烈的鬥爭。在這鬥爭中，那些民族，有些被驅逐了，有些被征服而漸漸同化了，漢族才得在這片土上安住。雖然安住了，可是四週圍環繞着的異民族，所謂蠻夷戎狄的，還是很多。所以在這時期中，我們漢族，依然繼續不斷地做那吸收和排拒的工夫。吸收就是用我們底文化，去同化他們；換句話說，就是用漢族文學上的力量，去鎔鑄他們，使他們跟我們併為一族。排拒就是用我們的武力，去攻擊他們；而當戰爭的時候，出征和凱旋，當然有許多關於戰爭的文學作品（例如黃帝使岐伯作《短簫鐃歌》，以建揚武德，風勸戰士；殺蚩尤於青丘以後，作《棡鼓之曲》十章之類）。這些關於吸收和排拒異族的文學作品，可惜或因文字未興，或因記载不詳，都不得見了。這是我們研究中國文學史者底一件憾事。

對於異族，有的吸收，有的排拒，固然是漢族文學發揚光大的機會；而同時異族的文學，當然也有一部分被漢族所吸收，融入漢族底文學中，為發揚光大的資料。我們應該知道：中國歷史上所謂三皇、五帝以及有巢氏、燧人氏等，有些並非同民族底代嬗，而是異民族底迭興。所以有人以為盤古就是苗族底盤瓠，而被後來的漢族認為人類始祖的。我們現在從古來的傳說上，聽到許多盤古開天闢地以及關於古代帝皇的種種神話，並非都是我們漢族本有的原始文學。不過既經我們漢族吸收而傳說著，其中又經過我們漢族底增删潤色，裝點變化，認為漢族底原始文學，也沒有什麽說不過去罷了。

文字，是文學底工具，當然是和文學有很密切的關係的。中國底文字，相傳是倉頡所作。或者說倉頡是黃帝時代底人，也有說是在伏犧時代的，現在也無從確定了。《荀子》說："古之作書者衆，而倉頡獨傳"；據現在推想，也許其餘的作書者，都是些非漢族的人。因為異族之中，如苗族之類，原是有文字的，而且不止一種。現在調查雲南、貴州等處地方各苗族的，都會發現他們底文字：有些連他們本族也已經不能使用，有些卻還在使用着。現在散布在馬來半島以及南洋羣島的馬來民族，也是有文字的（馬來族，漢代稱為馬流，現在也別稱為巫來由，而“巫”讀作古音“模”，有人說他們就是《尚書》上跟着武王伐紂的髳人。因為“馬流”和“巫來由”底合音，都是髳音。其實，苗、蠻、髳、閩，都是一音之轉；也許從前都是同出一源的民族，而散布在中國南部的。後來被我們漢族所排拒，一部分“日蹙國百里”地擠往雲南貴州等處邊遠地方，一部分却流徙到馬來半島和南洋羣島去別闢新天地了）。這些文字既非漢族所作，所以不傳於漢族中，而所傳的獨有倉頡底文字。倉頡底文字，是衍形而單音的。這在當初創造的時代，原無足奇；因為世界底文字，原始時代，本來都是象形而單音的。但是後來他族多有從象形而進為衍音，從單音而進為多音的，而中國底文字，却專從衍形和單音的方面發展；所以大體地說來，現在還滯在這箇歷程中，而不能全體改變。因此中國底文字，用在文學作品上頭，發生一種特殊的現象，就是駢儷的作用。例如《禮記》所載的：

土反其宅，水歸其壑，昆蟲毋作，草木歸其宅！

——伊耆氏《蜡辭》（例三）

前兩句就是駢儷的。至於《尸子》所載：

南風之薰兮，可以解吾民之慍兮，南風之時兮，可以阜吾民之財兮。

——虞舜《南風之歌》（例四）

如果把四箇“兮”字去掉，簡直跟後世的四六文相彷彿了。排比的句子，雖然為各種文字所同有；而音數底整齊對稱，却是中國文學作品中的特殊現象。後世律詩和駢體四六的文字，在第一期文學中，也已經有了萌芽了。

古代的詩歌，是和樂章相附麗而不分離的。所以作樂的一定同時作歌，作歌的也一定同時作樂（例如《莊子》稱黃帝《張咸池之樂》，而有焱氏作頌；《路史·後記》說“帝堯制七絃，徽《大唐之歌》，而民事得；制《咸池之舞》，而為《經首之詩》，以享上帝，命之曰《大咸》；帝舜作《大唐之歌》，以聲帝美，聲成而鵨鳳至”之類）。相傳古代有東西南北四音：《北音》為契底母親有娀氏之女簡狄所作，它底文字，只傳“燕燕往飛”一句；《南音》為夏禹底妃塗山氏之女女嬌所作，也只傳“候人兮猗”一句；而夏孔甲作《破斧之歌》，實始為《東音》，殷整甲徙宅西河，猶思故處，實始作為《西音》，却都文字不傳了。雖然《呂覽》所說，是否真確，是不可盡信的；可是古來詩樂合一，是無可疑的了。

原始的文學，本來導源於宗教底頌歌。頌歌所以頌神道底功德：從敍述神道底神奇偉大的一點看，是敍事詩底起源；從表示作者信仰的情感的一點看，是抒情詩底形式；而於祭祀祈禱的時候，把頌歌配合樂章，按着音節而隨歌隨舞，借此娛樂神道，又彷彿是後世劇詩底萌芽。但頌歌究以敍述為主，它所敍述的，就是當時宗教上的神話。可是從中國古代詩歌中，要找出純粹敍述神話的頌歌來，現在已經不可能了。前面所引的伊耆氏《蜡辭》，似乎是頌歌底一類；但是辭句簡短，並不作神話底敍述，而只表示祈禱的意思，究不能算是真正的頌歌。《商頌》十二篇，現在有五篇附存於《毛詩》後面；其中像《玄鳥》篇底“天命玄鳥，降而生商”，似乎是神話了。然而這不過敍商代祖先底由來，用意重在敍述高宗武丁底功德，跟祀成湯的《那》篇，祀中宗太戊的《烈祖》篇，祀高宗的《殷武》篇，以及大禘的《長發》篇用意一樣。所以這五篇都是商人讚頌祖先的頌歌，好像史詩，而又不是史詩。它底內容，不是敘述神話，而好像是取材於傳說的。詩歌方面，既是如此；而散文的神話和傳說底記錄，在古代簡册中，也找不出什麽來，我們現在只能從周代以後的各種記載中，東鱗西爪地找得一些。我們推究所以這樣的緣故，大約有下列的幾層：一、漢族當時住在黄河流域。黄河兩岸底土壤，並不肥美，又時遭河水氾濫的禍患，非胼手胝足，終歲勤動，不能豐收。因為得到天然的恩惠的地方很少，所以注重實際的生活，缺乏虛玄的宗教思想；除最切近的祖先以外，不很重視人鬼以外的天神地祇。二、既不重視神祇，所以雖然把天神地祇人鬼，分為三類，而對於這三類的觀念，往往混淆而不分明。試看嫦娥可以奔月而為月神，傳説可以騎箕而為星神，鯀可以化為黄能，入於羽淵而為羽山之神，就是人鬼也可以為天神地祇的明證；而所謂神道設教，不過是祖先教底類推。三、儒家以為“天道遠，人道邇”，專研究修齊治平的人事；而所謂《詩》、《書》兩經，都是經主張“敬鬼神而遠之”，不語怪、神的孔子删定過的；他老先生大約把《詩》、《書》裏面關於古來神話的作品，都删掉了，所以我們現在從《詩》、《書》上找不出多大的古代神話來。至於《山海經》一書，其中包含着許多的神話，相傳以為夏禹和伯益兩人所作。但是其中有長沙、零陵、桂陽、諸暨等郡縣名，並且《海外南經》説起文王葬所，《海内西經》説起夏后啟底事情，都可以證明不是夏禹和伯益所作。即使因為漢代人都説是夏禹和伯益所作，而作退一步的承認，也一定經過後人底攙雜附益了。

第一期的文學作品，流傳下來的很少，而且可信的尤少。除《商頌》附存於《毛詩》以外，其餘如《尚書・虞書・益稷》篇所載的帝舜“勅天之命，惟時惟幾”之歌，以及帝舜和臯陶唱和的“明良喜起”之歌、《禮記・大學》篇所載的湯之《盤銘》、《郊特牲》篇所載的伊耆氏《蜡辭》之類，都算是可信的。其次如《尸子》所載的帝舜《南風之歌》,《尚書·大傳》所載的帝舜《卿雲之歌》,《列子》所載的帝堯時《康衢之謠》,《高士傳》所載的帝堯時《擊壤之歌》,《荀子》和《說苑》所載的成湯《大旱祝辭》，也都算是比較可信的。至於如《拾遺記》所載的少昊之母皇娥之歌，顯然是王嘉所偽造；凡是這一類的作品，都是不可信的了。

然而我們在第一期之末，卻得到比較可信的兩首抒情的詩歌；現在把它舉出來，作為這一期文學作品底殿軍。案《史記》:“箕子朝周，過故殷墟，感宮室壞毀生禾黍。箕子傷之，欲哭則不可，欲泣為其近婦人，乃作《麥秀之詩》，以歌咏之”。其詩曰：

麥秀漸漸兮；禾黍油油；彼狡童兮，不與我好兮！（例五）

又,《史記》載伯夷、叔齊餓且死而作歌。其辭曰：

登彼西山兮，采其薇矣；以暴易暴兮，不知真非矣；神農虞夏，忽焉沒兮，我安適歸矣？于嗟徂兮，命之衰矣！（例六）

大凡抒情的作品，都是所謂苦悶的喊聲，是很顯明的。箕子底歌詞，一方面發抒亡國底悲思，一方面又很迫切地責備故主底不從他底諫諍。至於伯夷、叔齊底歌詞，却又並不發抒商朝一姓興亡底悲感；他一方面對於興朝故國，雙方都很迫切地責備，一方面懷念可戀慕的古代底不可追，而自傷其身世底無可依歸，非死不可：他底情操，真是非常高尚的了！所以前者底背景，還是亡國；而後者底背景，却不在亡國而在亡道了。

最後，我們還可以引《尚書·虞書·舜典》篇所載的帝舜命夔的話，所謂“詩言志，歌永言，聲依永，律和聲”，以見古代詩歌底定義，而更可以見得古代底詩歌跟樂章，是相附麗而不分離的。

第三篇

第二期 周至秦

第一期的文學區域，既然徒費咱們底探尋，供咱們底憑弔，咱們底游覽慾當然不能滿足，而且從不滿足而更引起滿足底要求了；於是咱們開始向第二期的文學區域進行。

第一期的文學作品很少，第二期却多了。所以多的緣故，大概有下列三種：一、時代比較地晚一點，作者既然繁多，作品也因而繁多，這是進化的現象；二、周代設有太史一官，使他巡行采風，所以搜集得頗多，而王室既經以此提倡，民間也自然成為風氣，這是尚文的結果；三、雖然曾經孔子删削，秦火燔燒（專就《毛詩》說），而畢竟因為孔子曾經選成定本，把它教授弟子的緣故，傳播較廣，所以秦火以後，還能復出，這是結集流通的好處。但是這一期裏面，劇本當然沒有；小說雖有，也已經不傳，現在我們只能從周秦諸子中，披沙揀金似地去挑選得一些近似小說的作品來補充；所以獨有詩歌最多。

這一期的詩歌，可以用兩部集子來代表，就是《毛詩》和《楚辭》；而荀卿底《賦篇》和《成相》，却編在他個人底集子當中。以地域論，《毛詩》中的十五國風，十五國（實止有九國）都在北方，《周頌》、《魯頌》底周和魯，也在北方，所以《毛詩》可以說是北方文學底代表；《楚辭》底楚，却在南方，所以《楚辭》可以說是南方文學底代表；而荀卿本是北方的趙人，後來在楚國做官，死在楚國，他底賦和《佹詩》，也像《毛詩》，也像《楚辭》，而《成相》又是他獨創的格調，所以可說是南北文學合流的代表。以時代論，《毛詩》是春秋以前及春秋時代的作品，可以說是前期文學底代表；《楚辭》和荀卿底作品，都是戰國時代的作品，可以說是後期文學底代表。以民族論，《毛詩》十五國風及《魯頌》底產生地周、衞等十國，都是漢族；而楚國被稱為蠻荆，不齒於漢族的上國，雖然那時候已經漸漸被周底文化所漸染而趨於同化，究竟還是非漢族的蠻族：所以《毛詩》可以說是漢族文學底代表，《楚辭》可以說是非漢族的文學底代表，而荀卿的作品，可以說是蠻、漢兩族文學合流底代表。以作者論，《毛詩》除少數幾篇，詩中自述作者姓名外，其餘都不著作者姓名（《小序》中雖然頗有舉出作者姓名的，但是不可盡信），所以可以稱為無名詩人底總集；《楚辭》是屈原、宋玉、景差等所作，都有作者姓名，所以可以稱為屈原等底合集；而荀卿底作品，更明明有類於後世所謂別集了。以作品論，《毛詩》和《楚辭》底格調，固然絕不相同；而它們底詞釆，既是《毛詩》質樸，《楚辭》綺豔，它們底內容，也是《毛詩》多寫實際的生活，楚辭多含虛玄的神話；至於荀卿底作品，却適居其中：所以地域和民族底不同，都可以從作品上看出。

《毛詩》分《風》、《雅》、《頌》三類；《風》分十五國（《周南》、《召南》、《邶風》、《鄘風》、《衛風》、《王風》、《鄭風》、《齊風》、《魏風》、《唐風》、《秦風》、《陳風》、《檜風》、《曹風》、《豳風》），而《周南》、《召南》、《王風》、《豳風》，同屬周室之風；《邶風》、《鄘風》、《衛風》，同屬衛國之風；《魏風》、《唐風》，同屬晉國（魏後并於晉）之風，所以實在只有九國。《雅》分《小雅》、《大雅》，《大序》說，“言天下之事，形四方之風謂之雅；雅者，正也，言王政之所由廢興也；政有小大，故有《小雅》焉，有《大雅》焉”：這話後來很有人駁它。近來有人說，東遷以前的周地，就是後來的秦地，所以雅音就是所謂秦聲底“烏烏”；而雅底大小，只由於音樂上的大小而分，並不由於政治上的大小而分：這也似乎新穎而可信。但是我們現在不作精密的考證，也不必論列它底是非。《頌》分《周頌》、《魯頌》、《商頌》，除《商頌》為第一期作品外，其餘都是春秋以前和春秋時代的作品。漢代司馬遷曾說，“孔子語魯太師，‘吾自衛反魯，《雅》、《頌》各得其所’，古者詩三千餘篇，及至孔子，去其重，取可施於禮義……三百五篇，孔子皆弦歌之，以求合韶武雅頌之音……”：這是最早的孔子删詩說。後人對於此說，頗有懷疑的，以為孔子未嘗自說删詩的話，且孔子常常說，“詩三百，一言以蔽之，曰‘思無邪’”、“誦詩三百，授之以政，不達；使於四方，不能專對；雖多，亦奚以為”的話，足為詩只有三百篇的明證。其實不然，我以為周代特設采詩的專官，所采的自然不止三百篇；這三百篇的詩，是孔子所選的詩歌讀本，把它來教授弟子的。所以“雖多亦奚以為”的這個“多”字，正是指三百篇以外的詩而言；而“誦詩三百”，就是指自己底選本而言。不過其中有一個大疑問，就是頌裏面雖然有《商頌》、《魯頌》，何以《風》裏面沒有宋風、魯風？楚風可以說因為是異族的蠻荆之風，所以被擯而不采；宋是前代後裔，魯又是周公封地，都是公侯上國，難道反不如檜、曹底有風可采嗎？即使果如鄭康成所說，“周尊魯，巡守述職，不陳其詩”；“問者曰：‘列國政衰，則變風作，宋何獨無乎’？曰：‘有焉，乃不錄之。王者之後，時王所客也，巡守述職，不陳其詩；亦示無貶黜客之義也’”的話，對於宋風底沒有，或許說得過去；而對於沒有魯風底解釋，却有點不可通。魯是孔子所住的國家，難道不能就近采集？難道不能像《魯春秋》一樣，就魯史所采而選入讀本中嗎？但是這個疑問，我們雖然不滿意於鄭氏底臆說，現在也無從考證了。

《毛詩》三百十一篇，除《小雅》中有笙詩（《南陔》、《白華》、《華黍》、《由庚》、《崇丘》、《由儀》）六篇，是有聲無辭的以外，實只存三百五篇；又除《商頌》五篇，是第一期作品外，屬於周代的實只有三百篇。這三百篇中，大約抒情的作品居多，而敘事詩一類的作品，也間或有之，不過不是純粹的敘事詩罷了。如果用階級來分：《國風》和《小雅》底一部分，都是平民的草野文學；《大雅》、《周頌》、《魯頌》和《小雅》底一部分，都是貴族的廟堂文學。大約前者抒情的居多，而後者間有敘事的。

《毛詩》底時代，大約從周代初年起，到春秋陳靈公時為止，經過五百年光景。其間文、武、成、康時代，總算是箇盛世；到了經過幽、厲之亂，平王東遷以後，就是王室陵夷的衰世了。所以《黍離》一詩，就無異乎箕子《麥秀之歌》；而《小雅》自《節南山》、《正月》諸篇以後，《大雅》自《民勞》、《板》、《蕩》諸篇以後，有許多都是憂傷哀怨之音。現在把《王風·黍離》、《小雅·節南山》、《大雅·蕩》等篇節錄如下：

彼黍離離，彼稷之苗，行邁靡靡，中心搖搖。知我者謂我心憂，不知我者謂我何求；悠悠蒼天，此何人哉！

——《王風·黍離》首章（例七）

有兔爰爰，雉離于羅。我生之初，尚無為；我生之後，逢此百罹，尚寐無吪！

——《王風·兔爰》首章（例八）

不弔昊天，亂靡有定；式月斯生，俾民不寧。憂心如酲，誰秉國成？不自為政，卒勞百姓！

——《小雅·節南山》六章（例九）

駕彼四牡，四牡項領；我瞻四方，蹙蹙靡所騁！

——仝上七章（例十）

謂天蓋高，不敢不局；謂地蓋厚，不敢不蹐；維號斯言，有倫有脊；哀今之人，胡為虺蜴！

——《小雅·正月》六章（例十一）

佌佌彼有屋，蔌蔌方有穀；民今之無祿，天夭是椓。哿矣富人，哀此惸獨！

——仝上十三章（例十二）

踧踧周道，鞫為茂草；我心憂傷，惄焉如擣；假寐永歎，維憂用老；心之憂矣，疢如疾首。

——《小雅·小弁》二章（例十三）

蕩蕩上帝，下民之辟，疾威上帝，其命多辟。

——《大雅·蕩》首章（例十四）

人有土田，女反有之；人有民人，女覆奪之；此宜無罪，女反收之；彼宜有罪，女覆說之。

——《大雅·瞻卬》二章（例十五）

哲夫成城，哲婦傾城。懿厥哲婦，為梟為鴟；婦有長舌，維厲之階。亂匪降自天，生自婦人；匪教匪誨，時維婦寺！

——仝上七章（例十六）

昔先王受命，有如召公，日辟國百里，今也日蹙國百里。於乎哀哉，維今之人，不尚有舊！

——《大雅·召旻》七章（例十七）

這些都是傷宗社底顛覆、憤政治底紊亂、恨社會狀況底不良的抒情詩。比起盛世時代詩人所作的《七月》、《鹿鳴》、《文王》諸篇來，真有不堪回首的感慨了。

風有正變的話，我們不能相信它。然而據史傳所說，武王伐商的時候，不期而會者八百國；滅商以後，又加封了數百國，其中跟周室同姓的，就有五十五國：那麼，那時候並列的國家是很多的了。可是到了春秋時代，著名而強盛點的國家，已經不過十幾國了；即使連那些小國算進去，也不過數十國。可見這二三百年間，諸侯互相吞併的行為，是不會斷絕的。就是《春秋》所載，諸侯互相侵伐、爭城奪地、滅國執君，也是差不多成為常事。所以那個時代，實在是一個長期戰爭的時代。在這長期戰爭的時代中，各國君臣底亡國破家，人民底死亡勞苦，困頓流離，是可想而知的。這些景象，我們可以從《風》、《雅》中看出一些。例如：

擊鼓其鏜，踊躍用兵；土國城漕，我獨南行。從孫子仲，平陳與宋；不我以歸，憂心有忡！……

死生契闊，與子成說，執子之手，與子偕老。于嗟闊兮，不我活兮；于嗟洵兮，不我信兮！

——《邶風・擊鼓》(例十八)

式微式微，胡不歸！微君之故，胡為乎中露！

——《邶風・式微》(例十九)

伯兮朅兮，邦之桀兮；伯也執殳，為王前驅。自伯之東，首如飛蓬；豈無膏沐，誰適為容！……

焉得諼草，言樹之背？願言思伯，使我心痗？

——《衛風・伯兮》(例二十)

君子于役，不知其期，曷至哉？雞棲于塒，日之夕矣，羊牛下來；君子于役，如之何勿思！

——《王風・君子于役》(例二十一)

揚之水，不流束薪；彼其之子，不與我戍申。懷哉懷哉，曷月予還歸哉！

——《王風・揚之水》(例二十二)

無田甫田，維莠驕驕；無思遠人，勞心忉忉！

——《齊風・甫田》(例二十三)

陟彼岵兮，瞻望父兮。父曰"嗟！予子行役，夙夜無已；上慎旃哉，猶來無止"！

——《魏風・陟岵》(例二十四)

肅肅鴇羽，集于苞栩；王事靡盬，不能蓺稷黍，父母何怙！悠悠蒼天，曷其有所！

——《唐風・鴇羽》(例二十五)

豈曰無衣？與子同袍。王于興師，修我戈矛，與子同仇。

——《秦風·無衣》(例二十六)

采薇采薇，薇亦柔止；曰歸曰歸，心亦憂止。憂心烈烈，載飢載渴；我戍未定，靡使歸聘。……

昔我往矣。楊柳依依；今我來思，雨雪霏霏。行道遲遲，載渴載飢；我心傷悲，莫知我哀！

——《小雅·采薇》(例二十七)

昔我往矣，黍稷方華；今我來思，雨雪載塗。王事多難，不遑啟居；豈不懷歸？畏此簡書！

——《小雅·出車》(例二十八)

陟彼北山，言采其杞；偕偕士子，朝夕從事；王事靡盬，憂我父母！

——《小雅·北山》(例二十九)

苕之華，其葉青青；知我如此，不如無生！牂羊墳首，三星在罶；人可以食，鮮可以飽！

——《小雅·苕之華》(例三十)

何草不黃！何日不行！何人不將，經營四方！何草不玄！何人不矜！哀我征夫！獨為匪民！

——《小雅·何草不黃》(例三十一)

四牡騤騤，旟旐有翩，亂生不夷，靡國不泯。民靡有黎，具旤以燼；於乎有哀，國步斯頻！

——《大雅·桑柔》(例三十二)

其中《式微》是黎侯被狄人所逐，亡國之後，流落在衞國，他底臣子，勸他回去恢復國土的詩；其餘都是人民被兵役饑饉所苦的抒情詩。說到“何人不矜”、“民靡有黎，具旤以燼”，足見當時人死如麻了！

至於那時候的國家和社會底狀況如何呢？試看《邶風·北門》，是說做官的人，很勞苦而又很貧窶；《鄘風·鶉之奔奔》，是說無良之人，不堪為君；《王風·兔爰》是說政治不良，刑罰不中，狡滑的漏網，忠厚的遭殃；《齊風·南山》、《敝笱》、《載驅》，是說齊襄公和他底妹子魯文姜淫亂；《魏風·伐檀》，是說貪鄙的官僚無功受祿，而賢者反不得做官；《碩鼠》是說君主貪婪，賦稅很重，人民想逃到別的好地方去；《秦風·黃鳥》是說秦穆公以三良殉葬；《陳風·株林》是說陳靈公與夏姬淫亂；各國政治底不良，即此可見一斑了。說周室底政治不良的，如《小雅》底《節南山》、《正月》、《小弁》等篇，《大雅》底《民勞》、《板》、《蕩》、《召旻》等篇，前邊大略說過，不再舉了。朝廷底政治，既然不良，社會底狀況，自然也不會好。所以如《鄘風·相鼠》說無禮的人，還不如死了的好；《王風·中谷有蓷》說女子遇人不淑；《小雅·谷風》說朋友相棄，忘大德而思小怨：都是說那時候底風俗不良。又如《魏風》底《葛屨》、《伐檀》，《小雅》底《正月》、《大東》，都說及那時候富貴的人，可以坐食，而貧賤的人，勞苦而不得食的現狀，可見社會生計底不平均了。那些詩人，處在這種亂世虐政、道德淪喪、貧富懸殊的時代，所以厭世的也有，如《王風》詩人說：

我生之後，逢此百罹，尚寐無吪！

——《兔爰》（例三十三）

《小雅》詩人說：

知我如此，不如無生！

——《苕之華》（例三十四）

聽天由命的也有，如《邶風》詩人說：

已焉哉！天實為之，謂之何哉！

——《北門》（例三十五）

至于憂傷和憤懣不平的，更是随處可見了。所以那箇時代的思潮，都是對于那時候不良的國家社會狀況底反動。

詩是文學中的花；抒情詩是詩中的花；關於男女戀愛間的抒情詩，尤其是抒情詩中的花。《國風》當中，差不多全是抒情詩；而其中關於男女戀愛間的抒情詩頗多。不過有些向來被一班腐儒，不是指為淫奔之詩，就是指為託男女以寓君臣，把它們埋沒在荆棘叢中罷了。試看劈頭第一篇《關睢》[1]，就是一首戀歌。但是好好的一首戀歌，《小序》卻說是什麽"后妃之德也，風之始也，所以風天下而正夫婦也"，真是可笑得很！後來朱熹集解，又因為誤解《論語》"鄭聲淫"為鄭風淫，把《鄭風》裏面的許多戀歌，都說成淫奔之詩。試想鄭聲是孔子所惡而要放的，如果就是《鄭風》裏面的戀歌，為什麽不把它删了呢？最奇的是把《衛風》裏面的《有狐》，說成"有寡婦見鰥夫而欲見之"，真是異想天開了！現在且把《國風》裏面好的戀歌，節錄如下：

關關睢鳩，在河之洲；窈窕淑女，君子好逑。参差荇菜，左右流之；窈窕淑女，寤寐求之。求之不得，寤寐思服，悠哉悠哉，輾轉反側！

——《周南·關睢》（例三十六）

采采卷耳，不盈頃筐；嗟我懷人，寘彼周行！

——《周南·卷耳》（例三十七）

静女其姝，俟我於城隅；愛而不見，搔首踟躕！

——《邶風·静女》（例三十八）

汎彼柏舟，在彼中河；髧彼兩髦，實維我儀，之死矢靡它！母

[1] "睢"，當為"雎"。下不另註，依文逕改。——編者註

也天只，不諒人只！

——《鄘風・柏舟》（例三十九）

自伯之東，首如飛蓬；豈無膏沐？誰適為容！

其雨其雨，杲杲出日；願言思伯，甘心首疾！焉得諼草，言樹之背；願言思伯，使我心痗！

——《衞風・伯兮》（例四十）

東門之墠，茹藘在阪；其室則邇，其人甚遠！

東門之栗，有踐家室；豈不爾思？子不我即！

——《鄭風・東門之墠》（例四十一）

青青子衿，悠悠我心；縱我不往，子寧不嗣音！

青青子佩，悠悠我思；縱我不往，子寧不來！挑兮達兮，在城闕兮；一日不見，如三月兮！

——《鄭風・子衿》（例四十二）

出其東門，有女如雲；雖則如雲，匪我思存！縞衣綦巾，聊樂我員！出其闉闍，有女如荼；雖則如荼，匪我思且！縞衣茹藘，聊可與娛！

——《鄭風・出其東門》（例四十三）

野有蔓草，零露漙兮；有美一人，清揚婉兮；邂逅相遇，適我願兮！野有蔓草，零露瀼瀼；有美一人，婉如清揚；邂逅相遇，與子偕臧！

——《鄭風・野有蔓草》（例四十四）

雞既鳴矣，朝既盈矣；匪雞則鳴，蒼蠅之聲。

東方明矣，朝既昌矣；匪東方則明，月出之光。

蟲飛薨薨，甘與子同夢！會且歸矣，無庶予子憎！

——《齊風・雞鳴》（例四十五）

綢繆束薪，三星在天；今夕何夕，見此良人？子兮子兮，如此良人何！

——《唐風·綢繆》(例四十六)

蒹葭蒼蒼，白露為霜；所謂伊人，在水一方；遡洄從之，道阻且長；遡游從之，宛在水中央。

——《秦風·蒹葭》(例四十七)

《關雎》底詩人，因為要求得淑女，甚至於寤寐思服，甚至於輾轉反側；《靜女》底詩人，因為不見戀人，所以搔首踟躕；《東門之墠》底詩人、《子衿》底詩人，因為不見戀人，說其室則邇，其人甚遠，說一日不見，如三秋兮；《綢繆》底詩人，因為見了美人而不能得，說如此良人何；《蒹葭》底詩人，因為跟戀人隔著一水，要遡洄從之、遡游從之：這是戀愛未能如願的一類。《野有蔓草》底詩人，邂逅相遇了美人，就跟她適願偕臧：這是戀愛能如願的一類。《卷耳》底詩人，因為懷思戀人，不高興再采卷耳而置彼周行；《伯兮》底詩人，因為戀人遠出，弄到首如飛蓬，不願膏沐；《雞鳴》底詩人，因為盼望戀人歸來同夢，弄得神魂顛倒，把蒼蠅聲當作雞鳴，月光當作日出東方：這是別後思念戀人的一類。《伯舟》底詩人，因為戀愛的婚姻不能遂願，說之死矢靡他，而怨恨她母親底作梗；《出其東門》底詩人，因為已有戀人而不再思那如雲如荼的女郎：這是實行貞操的戀愛的一類。大約那時候禮教底束縛，本來不很嚴密，男女戀愛的事，不妨昌言；所以《鄭風·褰裳》底詩人，甚至很大膽地敢說"子不我思，豈無他人"的憤語，用反手激手段去要挾戀人。用現代的眼光看起來，那些戀歌，實在使一部《毛詩》，生色不少哩！

《國風》裏面，差不多全是抒情詩，只有《鄘風·定之方中》、《秦風·駟鐵》、《豳風·七月》，似乎是敘事詩。《小雅》中如《六月》、《采芑》、《車攻》、《吉日》等篇，《大雅》中如《大明》、《緜》、《生民》、《篤公劉》、《崧高》、《烝民》、《韓弈》、《江漢》、《常武》等篇，都含著敘事詩的意味。然而這些又不能認為原始的史詩；只有《生民》篇說姜嫄“履帝武敏歆”而生后稷，生下來以後，又有許多奇迹，有點像根于傳說的史詩罷了。現在把它節祿如下：

厥初生民，時維姜嫄。生民如何？克禋克祀，以弗無子。履帝武敏歆，攸介攸止，載震載夙，載生載育，時維后稷。

誕彌厥月，先生如達，不拆不副，無菑無害。以赫厥靈，上帝不甯，不康禋祀，居然生子。

誕寘之隘巷，牛羊腓字之；誕寘之平林，會伐平林；誕寘之寒冰，鳥覆翼之。鳥乃去矣，后稷呱矣；實覃實訏，厥聲載路。

——《大雅·生民》（例四十八）

這《生民》篇底首三章所敘述，便彷佛《新約聖書》中基督降生的靈迹了。但是《毛詩》裹面，除《商頌》中的“天命玄鳥，降而生商”，是指簡狄吞燕卵而生契的靈迹以外，這一類的話，便不多見了。

《頌》本來是祀神用的頌歌，應該是敘述神話的敘事詩了。可是《周頌》只有《有客》一篇，略帶敘事性質，但也並不敘述神話；《魯頌》只有《閟宫》一篇，是敘事的，但也只是略敘大王翦商、周公封魯、僖公復周公之土宇的事迹，雖然首章也敘述姜嫄為上帝所依而生后稷的事，卻比《生民》篇還略：所以都不是神話的頌歌。這大約因為：一、漢族本來缺乏虛玄的宗教思想；二、時代較晚，原始的神話已經多数被淘汰了；三、散文早經發達，敘事多不用詩篇的形式：所以《周頌》、《魯頌》，不過是配合樂章的祈禱讚美的詩篇，於祀天祭祖時唱著，聊以娛神罷了。

《毛詩》底音數，大體地說，是四音的，所以古來都稱《毛詩》為四言詩。然而其中從一音起，乃至八音都有。现在舉例如下：

緇衣之宜兮，敝，予又改為兮；適子之館兮，還，予授子之粲兮。

——《鄭風·緇衣》(例四十九)

魚麗於罶，鱨鯊。

——《小雅·魚麗》(例五十)

祈父，予王之爪牙。

——《小雅·祈父》(例五十一)

螽斯羽，詵詵兮；宜爾子孫，振振兮。

——《周南·螽斯》(例五十二)

麟之趾，振振公子。

——《周南·麟趾》(例五十三)

我姑酌彼金罍，維以不永懷。

——《周南·卷耳》(例五十四)

誰謂雀無角，何以穿我屋？誰謂女無家，何以速我獄？

——《召南·行露》(例五十五)

王事適我，政事一埤益我；我入自外，室人交徧讁我。

——《邶風·北門》(例五十六)

期我乎桑中，要我乎上宮，送我乎淇之上矣。

——《鄘風·桑中》(例五十七)

知我者謂我心憂，不知我者謂我何求。

——《王風·黍離》(例五十八)

坎坎伐檀兮，寘之河之干兮，河水清且漣猗。不稼不穡，胡取禾三百廛兮？不狩不獵，胡瞻爾庭有縣貆兮。

——《魏風·伐檀》(例五十九)

五月斯螽動股，六月莎雞振羽，七月在野，八月在宇，九月在戶，十月蟋蟀入我牀下。

二之日鑿冰沖沖，三之日納于淩陰，四之日其蚤，獻羔祭韭。

——《豳風·七月》(例六十)

天命不徹，我不敢傚我友自逸。

——《小雅·十月之交》(例六十一)

看這些例，可見《毛詩》底音數無定，不過大體是四音的罷了。至於從音數擴張的停數、均數、協數等，是以後唐的律詩和詞曲中才有，《毛詩》中當然沒有。

四聲起于齊、梁之間，所以以平聲為平，上、去、入三聲為仄，構成詩篇底抑揚律，是後起的抑揚律。據《公羊傳》所說，那時候只有所謂長言短言；長言大約就是現在的平、上、去三聲，短言就是現在的入聲。又據清代古音學家底考證，周秦古音，只有平、入兩聲，沒有上、去兩聲，所以《毛詩》裏面，沒有平仄相間的抑揚律，而只有長短音相間的抑揚律，正跟希臘、拉丁底抑揚律相類，我們不能用後起的平仄相間的抑揚律去讀它。

語底反復，《毛詩》中是極多的。語調相同，只換幾個字的反復如：

參差荇菜，左右流之；窈窕淑女，寤寐求之。

參差荇菜，左右采之；窈窕淑女，琴瑟友之。

參差荇菜，左右芼之，窈窕淑女，鐘鼓樂之。

——《周南·關雎》(例六十二)

的一類，固然很多；而一字不易的反復，如《召南·殷其靁》三章，每章之末，都用"振振君子，歸哉歸哉"，《邶風·北門》三章，每章之末，都用"已焉哉，天實為之，謂之何哉"的一類，也是不少。律詩一類的腔底反復，當然沒有；而語底反復中，也含有腔底反復。至於同韻相協，在《毛詩》中要算最完備，而為後來所沒有的；同紐相和，也是《毛詩》中為較多，《楚辭》中不過一見，而漢以後的作品中，更很少了。《毛詩》中種種用韻的例，清代孔廣森底《詩聲分例》、丁以此底《毛詩正韻》中，是說得很詳明的。現在所要說的，是停頭韻、停身韻、停尾韻和同紐相和（就是雙聲為韻）。停尾韻是人人知道的，不必再舉例。停頭韻、停身韻和同紐相和的例如：

求之不得，寤寐思服；悠哉悠哉，輾轉反側。（求、悠為韻，之、哉為韻。）

——《周南·關雎》（例六十三）

肅肅兔罝，椓之丁丁；赳赳武夫，公侯干城。（肅、赳為韻，兔、武為韻，罝、夫為韻，赳、公為紐。）

——《周南·兔罝》（例六十四）

翹翹錯薪，言刈其楚；之子于歸，言秣其馬。（錯、于為韻，刈、秣為韻。）

——《周南·漢廣》（例六十五）

麟之趾，振振公子，于嗟麟兮。（麟、振、麟為韻。）

——《周南·麟趾》（例六十六）

喓喓草蟲，趯趯阜螽。（喓、趯為韻，草、阜為韻。）

——《召南·草蟲》（例六十七）

殷其靁，在南山之陽；何斯違斯，莫敢或遑；振振君子，歸哉歸哉。（殷、振為韻，靁、違、歸為韻，何、違為紐，君、歸為紐。）

——《召南·殷其靁》（例六十八）

有瀰濟盈，有鷕雉鳴，濟盈不濡軌、雉鳴求其牡。（瀰、鷕為韻，濟、雉為韻，盈、鳴為韻。）

——《邶風・匏有苦葉》（例六十九）

就其深矣，方之舟之；就其淺矣，泳之游之。（方、泳為韻。）

——《邶風・谷風》（例七十）

知子之來之，雜佩以贈之。（子、來、佩為韻，子、贈為紐。）

——《鄭風・女曰雞鳴》（例七十一）

子惠思我，褰裳涉溱；子不我思，豈無他人？狂童之狂也且。（裳、狂為韻。）

——《鄭風・褰裳》（例七十二）

中心好之，曷飲食之。（心、飲為韻。）

——《唐風・有杕之杜》（例七十三）

角枕粲兮，錦衾爛兮。（角、錦為紐，枕、衾為韻，粲、爛為韻。）

——《唐風・葛生》（例七十四）

鴥彼晨風，鬱彼北林。（鴥、鬱為韻，風、林為韻。）

——《秦風・晨風》（例七十五）

鴻飛遵渚，公歸無所，於女信處。（鴻、公為韻，飛、歸為韻，遵、信为韻。）

——《豳風・九罭》（例七十六）

決拾既佽，弓矢既調，射夫既同，助我舉柴。（佽、柴為韻，調、同為紐。）

——《小雅・車攻》（例七十七）

鳳凰于飛，翽翽其羽，亦集爰止，藹藹王多吉士，惟君子使，媚于天子。（翽、藹、媚為韻。）

鳳凰鳴矣，于彼高岡；梧桐生矣，于彼朝陽；菶菶萋萋，雝雝喈喈。（鳳、桐、菶、雝為韻，凰、岡、陽為韻，鳴、生為韻，于、梧、于為韻，高、朝為韻，萋、喈為韻。）

——《大雅·卷阿》（例七十八）

如彼歲旱，草不潰茂，如彼棲苴；我相此邦，無不潰止。（歲、潰、棲、此、潰為韻。）

——《大雅·召旻》（例七十九）

停頭韻和停身韻，《毛詩》以後，都漸漸被淘汰了；同紐相和，《離骚》中還有用此律的，但也只是停尾紐而沒有停頭紐和停身紐了。其中如《葛生》、《九罭》以及《卷阿》底第二例，我們不能不說它組織很工緻的了。

古代語言中，多含複字，和聯綿的雙聲疊韻字；《毛詩》裏面用得很多，頗能增加律聲和修辭上的美。例如《周南·關雎》篇：關關是複字，窈窕、輾轉是叠韻，參差是雙聲。《卷耳》篇：采采是複字，頃筐、高岡、玄黄都是雙聲，崔嵬、虺隤都是疊韻。《邶風·擊鼓》篇：踊躍、死生、契闊都是雙聲。《谷風》篇：黽勉、匍匐都是雙聲。《靜女》篇：搔首、踟蹰都是雙聲。《新台》篇：瀰瀰、浼浼都是複字，燕婉是雙聲，籧篨是叠韻。其餘連用六組複字的，有：

河水洋洋，北流活活，施罛濊濊，鱣鮪發發，葭菼揭揭，庶姜孽孽。

——《衛風·碩人》（例八十）

連用四組複字的，有：

臨衝閑閑，崇墉言言，執訊連連，攸馘安安。

——《大雅·皇矣》（例八十一）

連用五組雙聲疊韻字的，有：

果蠃之實，亦施于宇；伊威在室，蠨蛸在户，町畽鹿場，熠燿宵行。（果蠃疊韻，伊威疊韻兼雙聲，蠨蛸疊韻兼雙聲，町畽雙聲，熠燿雙聲。）

——《豳風·東山》（例八十二）

這些都是字底反復，和同紐相綴，同韻相綴，是屬於外形律上語底反復，紐底反復和韻底反復的。後來楚辭裏面，也多用這種外形律，漢代以後，連用複字的，有《古詩十九首》中的《青青河畔草》；多用雙聲疊韻字的，只有唐代杜甫。

四言詩畢竟地小不足以迴旋，所以《毛詩》是四言詩底極盛，也就是四言詩底窮途。窮則必變，所以漢代就從四言而變為五言了。至於《楚辭》，因為地域、民族底不同，別有淵源，並非《毛詩》所變。後人慣說三百第一變而為《楚辭》，三百篇亡而後有骚赋的話，其實都說錯了。

楚國在南方，楚底民族，又是非漢族的蠻族，所以《楚辭》是南方的蠻族文學，跟《毛詩》底淵源不同，並非從《毛詩》一變而出。試看毛詩中敘述周宣王南征楚國的敘事詩說：

蠢爾蠻荆，大邦為讐……顯允方叔，征伐玁狁，蠻荆來威。

——《小雅·采芑》（例八十三）

荆字上加一個蠻字，又把它跟北方非漢族的玁狁對舉。敘述魯僖公武功的敘事詩說：

戎狄是膺，荊舒是懲。

——《魯頌·閟宮》（例八十四）

把在南方的荆和舒，跟在北方的非漢族的戎和狄對舉。又，《史記·楚世家》所載：

熊繹當周成王之時，舉文武勤勞之後嗣，而封熊繹於楚蠻，封以子男之田。

熊渠曰，“我，蠻夷也，不與中國之號謚”，乃立其長子康為句亶王，中子紅為鄂王，少子執疵為越章王，皆在江上楚蠻之地。

楚伐隨，隨曰，“我無罪”。楚曰，“我，蠻夷也。今諸侯皆為叛，相侵或相殺；我有敝甲，欲以觀中國之政，請王室尊吾號”，……王室不聽。……楚熊通怒曰，“吾先鬻熊，文王之師也。早終，成王舉吾先公，乃以子男田令居楚，蠻夷皆率服，而王不加位，我自尊耳”。乃自立為武王，與隨人盟而去。

成王惲元年，初即位，布德施惠，結舊好於諸侯，使人獻天子；天子賜胙曰，“鎮爾南方夷越之亂，無侵中國”，於是楚地千里。

這些都足為楚底民族，是南方蠻族的明證。或者說，“《史記·楚世家》说：‘楚之先祖，出自帝顓頊高陽。高陽者，黃帝之孫，昌意之子也’；屈原《離骚》中自敘家世，也說是‘帝高陽之苗裔’：那麼，楚底民族，雖是蠻族，而楚底王族，却是漢族。屈原既是楚之同姓，當然也是漢族了，為什麼說《楚辭》是蠻族文學呢”？不知楚底王族，雖是漢族，而自從熊繹被封於蠻族所在地的荆楚以後，即使不像吳太伯仲雍二人奔到荆蠻，便斷髮文身而完全蠻族化，也一定漸染了所在地民族底風氣；所以熊渠，熊通，都有“我蠻夷也”的話，《左傳》昭公十二年傳及《史記·楚世家》都載楚大夫析父對楚靈王說，“昔我先王熊繹，辟在荆山，篳路藍縷，以處草莽，跋涉山林，以事天子，惟是桃弧棘矢，以共禦王事”的話：可見楚底王族底不免蠻族化了。不過雖然蠻族化，而他們所用的文字，却因為受周代“書同文”的影響的緣故，還是跟北方各國所用的文字相同；所以《楚辭》並不像《說苑》所載的越人歌辭，全用越語，必須翻譯一度，才能懂得。

人人知道文學是貴乎創造的。然而無論那一個大文學家，當創造的時候，誰也廢不了因襲的摹仿。所以一種文學底勃興，一定有它底淵源，決不是突然發生；正跟人類不是突然發生，而是從猿類進化，再推上去，猿類也是從別的動物進化，而一切動植物都是從原始生物進化一樣。《毛詩》以前，有《麥秀》、《采薇》等詩歌，做它底先河，所以它不是突然發生；《楚辭》應該也是這樣。那麼，《楚辭》底先河，是什麼呢？保存這一類原始詩歌的古代書籍，經過秦火燔燒，不幸大都亡失了；所以要作這個問題的答案，頗感困難。近來胡適氏底《讀〈楚辭〉》，和陸侃如氏底《屈原評傳》，都討論到這個問題。胡氏說，"《九歌》與屈原的傳說絕無關係，細看內容，這九篇大概是最古之作，是當時湘江民族底宗教舞歌"；陸氏也說《九歌》是屈原以前的作品，而且把它分成三類：

一、輓歌：《國殤》是楚國北部的作品；

二、祭歌：《東皇太一》、《雲中君》、《東君》、《禮魂》——是楚國中部——郢都——的作品；

三、戀歌：《湘君》、《湘夫人》、《大司命》、《少司命》、《河伯》、《山鬼》——是楚國南部的作品。

他又找出《子文之族》、《薪乎萊乎》、《孫叔敖歌》、《越歌謠》、《漁父歌》、《越人歌》、《庚癸歌》、《接輿歌》、《滄浪歌》、《吳夫差時童謠》等十種古詩歌，作為《九歌》以前的《楚辭》底遠祖。考《子文之族》和《薪乎萊乎》，都見於劉向《說苑》。但是《子文之族》，絕不像漢以前的詩歌，決為後人偽託；《薪乎萊乎》，是楚人因諸御己能諫阻楚莊王，使他罷築層臺而作，但是諸御己底諫辭裏面，有"吳不用子胥而越并之"的話，也可決定它是後人偽託。《孫叔敖歌》，載在《史記》的，跟《孫叔敖碑》所載不很同，陸氏說它"……雖名不副實，但這也許是司馬遷底疏忽，當時總真正有一首的"；我們或許可以承認"當時真正有一首的"這句話，但是這兩首總不是原來的那一首。因為它底用韻，不合周、秦古韻，它底語調，也不足為《楚辭》底遠祖。《越歌謠》見《風土記》，它底語調，頗像《荀子·成相》篇，但措辭又不像漢代以前的人底口吻，所以也不可靠。至於《吳越春秋》底《漁父歌》，所用的韻，跟周、秦古韻也不很合，所以也靠不住；而《述異記》底《吳夫差時童謠》，更不可靠了。因此陸氏所舉的，只有《庚癸歌》、《接輿歌》、《滄浪歌》，是可靠的。《越人歌》雖然也出於《說苑》，但是它有絕不可解的越語原文，一同記著，或許不是偽託的了。現在把《越人歌》、《庚癸歌》、《接輿歌》、《滄浪歌》錄在下面：

濫兮抃草濫予昌擅澤予昌州州𩜱州焉乎秦胥胥縵矛乎昭澶秦踰滲堤隨河湖

——《越人歌》原文（例八十五）

今夕何夕兮，搴中洲流；今日何日兮，得與王子同舟！蒙羞被好兮，不訾詬恥；心幾頑而不絕兮，得知王子。山有木兮木有枝，心說君兮君不知。

——《越人歌》楚譯（例八十六）

佩玉縈兮，余無所繫之；旨酒一盛兮，余與褐之父睨之。

——《庚癸歌》（例八十七）

鳳兮鳳兮，何德之衰！往者不可諫，來者猶可追！已而已而，今之從政者殆而！

——《接輿歌》（例八十八）

滄浪之水清兮，可以濯我纓；滄浪之水濁兮，可以濯我足！

——《滄浪歌》（例八十九）

這些似乎都可以承認它是《楚辭》底遠祖的。我以為楚辭最遠的遠祖，要算塗山氏之女所作的南音，就是"候人兮猗"的《塗山歌》了，如果《呂覽·音初篇》所載是可靠的話。

《楚辭》經陸侃如氏整理了一下，考定屈原底作品共十一篇：

一、《橘頌》

二、《離騷》

三、《抽思》

四、《悲回風》

五、《惜誦》

以上五篇作於懷王朝。

六、《思美人》

七、《哀郢》

八、《涉江》

九、《懷沙》

十、《惜往日》

十一、《天問》

以上六篇作於頃襄王朝。還有十六篇，有人認為屈原作的，他卻以為不是：

一、《九歌》（十一篇）

十二、《遠游》

十三、《卜居》

十四、《漁父》

十五、《招魂》

十六、《大招》

這個考定，我們可以承認他大致不錯。因為《遠游》抄襲司馬相如底《大人賦》，並且思想跟屈原其他的作品中的思想不合，所以決定是後人偽作。《卜居》、《漁父》兩篇，開首都說“屈原既放”，明明是後人的話。《招魂》假定是宋玉所作，《大招》假定是景差或後人仿《招魂》而作，也都說得過去。獨有《九歌》，陸氏和胡適氏都認它為最古之作，是《離騷》等篇底近祖，我卻以為還有可以研究的餘地。胡氏底理由是：

一、若《九歌》也是屈原作的，則《楚辭》底來源便找不出，文學史便變成神異記了。

二、《九歌》顯然是《離騷》等篇底前驅。我們與其把這種進化歸於屈原一人，甯可歸於《楚辭》本身。

這兩個理由都不很充足。因為《楚辭》底來源，陸氏既然找得一些，不能說是沒有。《九歌》跟《離骚》的進化關係，何以不可歸於屈原一人？陸氏底理由，更是似是而非了。他說，“我們……雖已考出了《楚辭》底遠祖，但那些楚語古詩，大都產生於前六、七世紀。自此時至宋玉底《九辯》，尚有一百多年，竟無可靠的詩歌留傳下來。若說是年久失傳，則為何前後都有，而獨少此時期內的？我們若把《九歌》填補在內，則《楚辭》進化史上自然更易解釋了”。不知這一百多年內的作品失傳，並非不會有的事：何必一定要拉出《九歌》來，把它底時代提前了，去填補這個空缺？即使退一步承認這話，幸而《楚辭》裏還保存着它，可以讓他拉出來去填補空缺；萬一沒有《九歌》這一類的作品，便怎麼辦呢？所以我們對於《九歌》是《離骚》等篇底前驅的話，我們可以作相對的承認；但也可說是《離骚》等篇底別調。因為宋玉底《九辯》裏面，和《招魂》篇底《亂辭》，也有此種格調，所以可認為《離骚》等篇底別調。胡氏說“《九歌》與屈原底傳說絕無關係”；但是一個詩人的作品，並非一定要篇篇跟他底身世有關係的。或者真像王逸所說的，“昔楚國南郢之邑，沅湘之閒，其俗信鬼而好祠；其祠必作歌樂鼓舞，以樂諸神。屈原放逐，竄伏其域，懷憂苦毒，愁思沸鬱，出見俗人祭祀之禮，歌舞之樂，其詞鄙陋，因為作《九歌》之曲，上陳事神之敬，下見己之寃結，託之以風諫，故其文意不同，章句雜錯，而廣異義焉”；所以它底格調，也許就是那時候俗樂底格調，而詞句却是屈原所作。

《離骚》是屈原底自敍傳，是一首二千五百字的敘事的長抒情詩。它底本事，詳載於《史記·屈賈列傳》。大致是屈原在楚懷王的時候，以同姓的貴族，做左徒的官。當初懷王很信任他，後來因為被同列的上官大夫所讒，懷王把他疏遠了，所以他疾王聽之不聰，讒諂之蔽明，邪曲之害公，方正之不容，憂愁幽思而作《離骚》——“離骚”就是“遭憂”的意思。陸侃如氏把它分作兩段，他說，“這篇可分為兩段：第一段至記女嬃底話為止，於真的事實中夾些抒情的話；自陳辭重華以下為第二段，借理想的事實來表情”：這分法分得很對。篇中用自傳式的體裁，固然是他底創造；而多用擬人格、隱喻格的修辭法，也足見他藝術手段之高。總之這篇是中國文學史上創格的作品，稱為後世一切詞賦不祧之祖，實在當得起。如果沒有屈原那樣的天才，固然作不出；有了他那樣的天才，而沒有他那樣的遭遇，也許不會有這樣的作品。所以他底身世固然可憐；而因為他身世可憐，卻給中國文壇留下這樣偉大的創作，又是中國文學史上的光榮了！

據陸侃如氏底考定，屈原於少年時先作了《橘頌》一篇；於作《離騷》以後，被讒而放於漢北，作《抽思》和《悲回風》兩篇；召回以後，任三閭大夫，因為楚國背了齊國底從約，和秦國連橫，力諫不聽，作《惜誦》一篇；到頃襄王的時候，被讒再放，作《思美人》、《哀郢》、《涉江》、《天問》等篇；後來自沈於汨羅以前，作《懷沙》和《惜往日》兩篇。雖然其間時期底前後，不免鑿空，而且《天問》一篇，又把它分割開來，定為六年間分部作成的作品，不免支離；但是我們也可作大體的承認。

《九歌》底格調，固然跟《離騷》等篇有異；《天問》底格調，尤其特別。但是像屈原那樣的一個大詩人，當然不會只用單純的一種格調，所以這幾篇都可以說是他底別調的作品。《九歌》中有幾篇，陸侃如氏說它是戀歌，而胡適氏更說《天問》是後人雜湊的，因為“文理不通，見解卑陋”。關於後者，陸侃如氏已經略有辨證，說其中有許多很深刻的疑問，如“登立為帝，孰道尚之”之類，不是後代腐儒所能偽造，而是屈原於經歷種種逆境之後，思想變遷，懷疑到君主底來路的疑問，關於前者，我以為《湘君》、《湘夫人》等六篇，雖然好像戀歌，但其中仍包含着神話，而它們底篇名，又明明都是神名，所以王逸說是樂神之歌，並沒有錯。其實，詩人當情感切摯，思想超妙的時候，往往跟情人瘋人相一致。我們可以說屈原作《九歌》中《湘君》等篇時，有跟情人一致的情感；作《天問》篇時，有跟瘋人一致的思想。至於《天問》底文義晦澀，文理錯亂，正因為他那時候失望灰心，差不多已經成為瘋人了的緣故。

《楚辭》除《遠游》是偽作，《卜居》和《漁父》都是後人追紀屈原底逸事的作品以外，就是宋玉底《九辯》、《招魂》和景差底（？）《大招》了。《九辯》明明是摹仿《離骚》等篇而不及的，其中除一、三、七諸篇，只是悲時序的話外，其餘說它是“閔惜其師，忠而放逐……以述其志”（王逸底話），也還可通。《招魂》、《大招》，有人說是招屈原底魂的；也有人說“其中雜陳宮室飲食女色珍寶之盛，皆非諸侯之禮不足以當之”，所以所招的不是屈原底魂，而是懷王底魂。然而既然託之神話，何所不可。難道《離骚》篇說“屯余車其千乘兮，齊玉軑而並馳，駕八龍之蜿蜿兮，载雲旗之委移”，屈原底車馬，真能有這樣的盛況嗎？這種說法，未免以辭害意了。但是我們看起來，《招魂》底文章，却比《九辯》做得好；這大約因為《九辯》是摹仿的作品，而《招魂》卻是創造的作品的緣故。至於《大招》，又是摹仿《招魂》底作品，所以又不很工了。

我們把《楚辭》和《毛詩》拿來並看，覺得它們底格調，固然絕不相同，而它們底內容思想，也是不同。《毛詩》中“人之無良，我以為兄”、“人而無儀，不死何為”、“子不我思，豈無他人”，一類很質直的話，《楚辭》中是沒有的；大不了也不過說“已矣哉！國無人，莫我知兮，又何懷乎故都？既莫足與為美政兮，吾將從彭咸之所居”一類比較委宛的話，這可見藝術手段底不同。《離骚》、《九歌》、《天問》、《招魂》、《大招》，都包含着許多神話；這種宗教思想，大約是南方的蠻族所有，而為北方的漢族所無，所以《毛詩》中絕對沒有。至於多用複字和雙聲叠韻字的修辭法，都是跟毛詩相同的；不過《毛詩》中停頭、停身用韻的方法，卻為它們所不備，而所用的只是停尾韻罷了。只有雙聲為韻，還有：

曰勉陞降以上下兮，求榘矱之所同；湯禹嚴而求合兮，摯臯陶而能調。

——《離騷》(例九十)

《楚辭》各篇中的佳句，如：

紛吾既有此內美兮，又重之以修能；扈江離與辟芷兮，紉秋蘭以為佩。

日月忽其不淹兮，春與秋其代序；惟草木之零落兮，恐美人之遲暮。老冉冉其將至兮，恐修名之不立。

朝飲木蘭之墜露兮，夕餐秋菊之落英。亦余心之所善兮，雖九死其猶未悔。

製芰荷以為衣兮，集芙蓉以為裳，不吾知其亦已兮，苟余情其信芳。及年歲之未晏兮；時亦猶其未央，恐鵜鴂之先鳴兮，使夫百草為之不芳。

——《離騷》(例九十一)

望夫君兮未來，吹參差兮誰思。横流涕兮潺湲，隱思君兮陫側。

采薜荔兮水中，搴芙蓉兮木末；心不同兮媒勞，恩不甚兮輕絕。石瀨兮淺淺，飛龍兮翩翩；交不忠兮怨長，期不信兮告余以不閒。

采芳洲兮杜若，將以遺兮下女，旹不可兮再得，聊逍遙兮容與。

——《九歌·湘君》（例九十二）

帝子降兮北渚，目眇眇兮愁予；嫋嫋兮秋風，洞庭波兮木葉下。沅有芷兮澧有蘭，思公子兮未敢言。

九嶷繽兮並迎，靈之來兮如雲。捐余袂兮江中，遺余褋兮澧浦；搴汀洲兮杜若，將以遺兮遠者；時不可兮驟得，聊逍遙兮容與。

——《九歌·湘夫人》（例九十三）

秋蘭兮青青，綠葉兮紫莖；滿堂兮美人，忽獨與余兮目成。入不言兮出不辭，乘回風兮載雲旗；悲莫悲兮生別離，樂莫樂兮新相知。荷衣兮蕙帶，儵而來兮忽而逝；夕宿兮帝郊，君誰須兮雲之際。

——《九歌·少司命》（例九十四）

青雲衣兮白霓裳，舉長矢兮射天狼，操余弧兮反淪降，援北斗兮酌桂漿。

——《九歌·東君》（例九十五）

靈何為兮水中，乘白黿兮逐文魚；與女游兮河之渚，流澌紛兮將來下；子交手兮東行，送美人兮南浦；波滔滔兮來迎，魚隣隣兮媵予。

——《九歌·河伯》（例九十六）

若有人兮山之阿，被薜荔兮帶女羅；既含睇兮又宜笑，子慕予兮善窈窕。乘赤豹兮從文貍，辛夷車兮結桂旗；被石蘭兮帶杜蘅，折芳馨兮遺所思；余處幽篁兮終不見天，路險難兮獨後來。表獨立兮山之上，雲容容兮而在下；杳冥冥兮羌晝晦，東風飄兮神靈雨。靁填填兮雨冥冥，猨啾啾兮又夜鳴；風颯颯兮木蕭蕭，思公子兮徒離憂。

——《九歌·山鬼》（例九十七）

翡翠珠被，爛齊光些；蒻阿拂壁，羅幬張些；……姱容修態，絚洞房些；蛾眉曼睩，目騰光些；靡顏膩理，遺視矊些；離榭修幕，侍君之閒些；……坐堂伏檻，臨曲池些；芙蓉始發，雜芰荷些；紫莖屏風，文緣波些；……美人既醉，朱顏酡些；娭光眇視，目曾波些；被文服纖，麗而不奇些；長髮曼鬋，豔陸離些；……目極千里兮傷春心，魂兮歸來哀江南。

——《招魂》（例九十八）

從這些句子裏，它們修辭的美妙，足見一斑。梁代劉勰說《離騷》“驚才風逸，壯志煙高……金相玉式，豔溢錙毫”，實在並非溢美之談。並且《九歌》中佳句獨多，也可以證明非屈原底天才，不能作此；而從“思公子兮徒離憂”一語，更可見“離憂”兩字跟《離騷》篇名相應，《九歌》為屈原所作，似乎更無疑義了。

宋玉底作品，除見于楚辭者以外，還有《高唐賦》、《神女賦》、《登徒子好色賦》、《諷賦》、《風賦》、《笛賦》、《舞賦》、《釣賦》、《大言賦》、《小言賦》等十篇，似乎都不很可靠，而是後人託古的作品。試看《高唐賦》開首用“昔者楚襄王”五字起；如果真是宋玉底作品，決不會說“昔者”，也決不會於“襄王”之上，加以楚字。這種託古的作法，是後世文人底習慣；謝惠連《雪賦》，託之司馬相如，謝莊《月賦》，託之王粲，就是很顯著的實例。所以我們不能承認這十篇是宋玉底作品。

後世所傳的《宋玉賦》，既不很靠得住，那麼，繼承《毛詩》和

《楚辭》兩派文學底餘緒，而衍為合流的文學的，自然要推荀卿底《賦篇》和《成相》篇了。荀卿名況，因為荀和孫同音，也被稱為孫卿子。他是北方的趙國人，曾經在齊國做官，後來因為被齊人讒譖，便離開齊國，往楚國去。那時候正值春申君黃歇做楚國考烈王底相國，他便叫荀卿做蘭陵令的官。直到春申君被李園所殺，荀卿便不做官了；卻仍舊住在蘭陵，在那里著成了《荀子》這一部書。到他死後，就葬在蘭陵。這是《史記·孟子荀卿列傳》裏所載的話。但是據《戰國策·楚策》所載，似乎他做蘭陵令以後，因為被春申君所疑，曾經一度離開楚國，回到趙國去做過上卿。春申君雖然悔悟了，去請他回來，他曾作書謝絕。究竟他何時重到楚國，還是並不死在楚國，現在也無從考證了。

《漢書·藝文志》列孫卿賦十篇，而現在《荀子》裏的《賦篇》中，只有《禮賦》、《知賦》、《雲賦》、《蠶賦》、《箴賦》五篇，和《佹詩》二篇。《藝文志》又列《成相雜辭》十一篇，不著作者姓名，而現在《荀子》裏《成相》篇有《成相》三篇，大約《成相雜辭》十一篇中，總包含有《荀卿》底《成相》三篇的。又《戰國策·楚策》中所載孫子從趙國作書謝絕春申君，書中附有《賦》一篇，內容大略跟《佹詩》第二篇相同。我們現在所看得見的荀卿底文學作品，就是這十篇了。

荀卿的《賦》和《佹詩》，跟《毛詩》和《楚辭》，都有點類似；而《謝春申君書》中的《賦》，跟《佹詩》第二篇詞句略有不同，更能顯出它底類似之點了。現在把它底《雲賦》、《佹詩》第一篇，和《謝春申君書》中的《賦》，錄在下面：

有物於此，居則周靜致下，動則綦高以鉅；圓者中規，方者中矩；大參天地，德厚堯禹；精微乎毫毛，而大盈乎大寓；忽兮其極之遠也，攭兮其相逐而反也，卬卬兮天下之咸蹇也；德厚而不捐，五采備而成文；往來惛憊，通於大神；出入甚亟，莫知其門：天下失之則滅，得之則存。弟子不敏；此之願陳。君子設辭，請測意之，曰：此夫大而不塞者與！充盈宇宙而不窕，入郄穴而不偪者與！行遠疾速而不可託訊者與！往來惛憊而不可為固塞者與！暴至殺傷而不億忌者與！功被天下而不私置者與！託地而游宇，友風而子雨；冬日作寒，夏日作暑：廣大精神，請歸之雲！

——《雲賦》（例九十九）

天下不治，請陳佹詩：天地易位，四時易鄉；列星殞墜，旦暮晦盲；幽晦登昭，日月下藏；公正無私，反見從橫；志愛公利，重樓疏堂；無私罪人，憼革貳兵；道德純備；讒口將將；仁人絀約，敖暴擅彊；天下幽險，恐失世英；螭龍為蝘蜓，鴟梟為鳳皇；比干見刳，孔子拘匡；昭昭乎其知之明也，郁郁乎其遇時之不祥也，拂乎其欲禮義之大行也，闇乎天下之晦盲也；皓天不復，憂無疆也；千歲必反，古之常也；弟子勉學，天不忘也；聖人共手，時幾將矣；與愚以疑，願聞反辭！其小歌曰：念彼遠方，何其塞矣！仁人絀約，暴人衍矣！忠臣危殆，讒人服矣！

——《佹詩》之一（例一百）

寶珍隋珠，不知佩兮！褘布與絲，不知異兮！閭姝子奢，莫知媒兮！嫫母求之，又甚喜之兮！以瞽為明、以聾為聰，以是為非，以吉為凶；嗚呼上天，曷維其同！詩曰："上天甚神，無自瘵也"！

——《謝春申君書》中的《賦》

（例一百零一）

他底作品，所以跟《毛詩》和《楚辭》都有點類似的緣故，因為他是孔門再傳弟子於詩很有研究——他底著作裏面，引詩的地方很多——的，當然受詩底感染；他又在楚國做官，後來死在楚國，那時候正當屈原、宋玉之後，自然受他們作品底影響了。

《成相》底內容，都是對于人主箴規的話，跟《佹詩》底用意相仿。《漢書·藝文志》把《成相雜辭》，列於雜賦類，可見它也是賦底一體。它底體裁，與後來所稱為賦的不同。漢代以後，也沒有人再去摹仿它。不過它底調子，卻有點跟近代的彈詞想像[1]，所以有人說它就是彈詞的祖先。現在節錄它底首篇前三節如下：

請成相，世之殃，愚闇愚闇墮賢良，人主無賢如瞽無相何倀倀！

請布基，慎聖人，愚而自專事不治，主苟忌勝羣臣莫諫必逢災！

禍論臣過，反其施，尊主安國尚賢義，拒諫飾非愚而上同國必禍！

——《成相》前三節（例一百零二）

三節的調子，差不多都是如此。這種調子，還是荀卿所創，還是向來所有，而荀卿不過用舊調填新詞，現在都無從證明了。但《逸周書》中有一篇《周祝解》，全篇都是韻文；《成相》底調子，頗有跟它類似的地方，大約可以說《周祝解》是《成相》底先河了。因為其中如：

天為蓋，地為軫，善用道者終無盡；地為軫，天為蓋。善用道者終無害；天地之間有滄熱，善用道者終不竭。

天為高，地為下，察汝躬奚為喜怒；天為古，地為久，察彼萬物名於始；左名左，右名右，視彼萬物數為紀。

用其則，必有羣，加諸物則為之君；舉其修，則有理，加諸物則為天子。

——《逸周書·周祝解》（例一百零三）

[1] “想像”，當為“相像”。——編者註

這都是跟《成相》類似的。

然而荀卿實在不過是個哲學家，他底學問是很淵博的；他底心理學、論理學的學說，都是很有可觀的；他底論天，更有獨到的地方：所以他在哲學方面的成就，實在遠過於文學方面。他本是個北方的儒家，很注重實際的人事，而不看重虛玄的天道。所以他底文學作品，在形式方面雖然受了南方的《楚辭》底影響；而在內容方面，所表现的還是儒家思想。他底藝術手段，並不高妙；我們把它底作品跟《楚辭》比較起來，覺得不如遠甚。所以我們可以說他實在沒有多大的文學的天才；不過因為他既然承受了《毛詩》和《楚辭》底文學底流風，衍為南北兩方蠻漢兩族合流的文學，而且為秦代李斯刻石文學底先河，後世賦體不祧之宗，所以不能不承認他在中國文學史上占有很重要的位置罷了。

秦代年數很短，而且燔燒詩書，嚴禁人民偶語詩書，所以民間的文學作品，完全沒有；我們所看得見的，就是李斯底幾篇《刻石文》罷了。李斯是楚國上蔡人，上蔡本為周代的蔡國，後為楚國所有。李斯曾經從荀卿學帝王之術，是荀卿底弟子；所以他底學問文章，都受荀卿底影響。他是一個南方的楚國人，卻做北方秦國的官，所以荀卿是由北而南的，他卻是由南而北的。《史記·秦始皇本紀》中所載的《泰山刻石》、《琅玡臺刻石》，《之罘刻石》、《東觀刻石》、《碣石刻石》、《會稽刻石》，以及《史記》所未載的《繹山刻石》，共計七篇，相傳都是李斯底作品。這七篇刻石文都是四言的，除《琅玡臺刻石》是兩句一韻外，其餘六篇，都是三句一韻。它底應用反復律底韻底反復，比《毛詩》、《楚辭》和荀卿底詩賦，都來得整齊。至於內容，不過稱頌秦始皇功德罷了，在藝術上無甚價值；但是嬴秦一代文學作品，只有這一點點，而且也為南北兩方蠻漢兩族文學合流所衍，而開後世銘刻文學底先河，所以在中國文學史上，也占有相當的位置。

據《史記·秦始皇本紀》所載，始皇曾經“使博士為《僊真人詩》，及行所游天下傳，令樂人歌弦之”；這《僊真人詩》，大約是一種敘述虛玄的理想的羅曼作品，可惜不曾傳下來！

至於其餘屬於這一期的作品，如《吳越春秋》、《越絕書》、《說苑》……等書所載，有些都是我們認為不很可靠的。比較可信的，有《穆天子傳》底《西王母謠》和《周穆王答辭》，《儀禮》底《士冠禮辭》，《左傳》底辛甲《虞箴》，《齊人責稽首歌》，晉《輿人誦》，鄭輿人《子產誦》、宋《城者謳》、《澤門之晳謳》，《禮記》底原壤《登木歌》、《成人歌》，孔子將歿時《山頹木壞歌》，《國語》底晉優施《暇豫歌》，《國策》底荆軻《易水歌》，馮煖《彈鋏歌》，齊人《松柏歌》，《史記》底孔子去魯時《彼婦歌》，趙武靈王《夢處女歌》之類。現在把荆軻《易水歌》、齊人《松柏歌》、趙武靈王《夢處女歌》錄在下面：

風蕭蕭兮易水寒，壯士一去兮不復還！

——荆軻《易水歌》（例一百零四）

松耶柏耶，住建共者客耶！

——齊人《松柏歌》（例一百零五）

美人熒熒兮，顔若苕之榮；命乎命乎，曾無我嬴！

——（趙）武靈王《夢處女歌》

（例一百零六）

《夢處女歌》是戀歌；《易水歌》是很悲壯的離別歌；《松柏歌》是齊人於王建亡國之後的悲歌，跟《麥秀》、《黍離》之詩一樣：都是很有文學的價值的。還有三篇歌辭：一是魯寡婦陶嬰《黃鵠歌》，出于《古列女傳》；一是宋韓憑妻何氏《烏鵲歌》，出於《彤管集》；一是秦姬人《琴聲》，出于《燕丹子》：雖然不很可靠，但是前二者是兩篇很好的戀歌，後者和荊軻刺秦皇事有關，所以附錄在後面：

黃鵠之早寡兮，七年不雙，宛頸獨宿兮，不與衆同；夜半悲鳴兮，想其故雄；天命早寡兮，獨宿何傷；寡婦念此兮，泣下數行；嗚呼哀哉兮，死者不可忘：飛鳥尚然兮，況於貞良；雖有賢匹兮，終不重行！

——陶嬰《黃鵠歌》（例一百零七）

南山有烏，北山張羅；烏自高飛，羅當奈何！

烏鵲雙飛，不樂鳳凰；妾是庶人，不樂宋王。

——（宋）韓憑妻何氏《烏鵲歌》

（例一百零八）

羅縠單衣，可掣而絕；八尺屏風，可超而越；鹿盧之劍，可負而拔！

——（秦）姬人《琴聲》（例一百零九）

從《易水歌》、《松柏歌》、《夢處女歌》等作品中，我們可以看出《楚辭》底流風，在那時候已經推行到北方了；所以後來漢初的文學作品，都帶着楚聲。

這一期的詩歌，所用的都是周、秦古韻，跟漢代所用的韻不同。那時候雖然並無韻書，可是因為所用的文字，都是篆文（凡是篆文諧聲字底音讀，一定跟聲母相同，聲母在某韻，從這一個聲的字，都跟它同韻），形體分明，不曾變易，聲母底認識，很是容易，所以沒有亂用的韻。因此，我們要辨明這一期的作品，是否漢代以後的人所偽託，可以從它底用韻處觀察它。

周代小說一類的作品，現在存留的，只有《穆天子傳》六卷。此書是晉代咸甯五年，汲縣民人不準盜發戰國時魏襄王（或說是魏安釐王）塚所得，其中頗有殘缺。前五卷是記周穆王駕着八駿，領着七萃之士，向西方巡游的事情；後一卷記穆王所寵的盛姬死在路上，回來辦理喪葬的事情；是一種敍述傳說的小說。除此以外，《漢書・藝文志》小說家，雖然列有《鬻子說》十九篇，《周考》七十六篇，《師曠》六篇，《宋子》十八篇等，似乎是周代的小說；但是現在都亡佚了，內容如何，無從知道，不知它們是否現代的所謂小說，所以無從說起。不過《戰國策》、《莊子》、《列子》（此書雖係後人偽託，但頗抄撮古書）、《韓非子》、《呂覽》……等書中，所記的寓言、神話、傳說，頗有類似現代所謂小說的；雖然他們不過借此證明他底學說，或是借此作游說的資料，並非有意作小說。還有《山海經》一書，有人以為其中一部分是周秦閒人所作；那麼，這書內包含的許多神話，也有一部分是周秦人底作品了。總之，這一期中，武斷一句，說是沒有小說，也未始不可。因為《穆天子傳》一類的作品，稱為小說，畢竟也是勉強的。

第一期的文學，正如黃河、長江，發源於崑崙、岷山，分途而同歸于海，所以為後世文學底源泉；而《毛詩》和《楚辭》，同為中國文學史上不祧之祖。本來兩種異派的文學合流，正如異族為婚，必能產生優良的佳種。可惜荀卿底文學天才不高，不能擔負這個責任，而絪緼化醇，發揚光大，不能不讓漢代以後的文學家了。

第四篇

第三期上 兩漢

第三期前半，是辭賦和五言詩的領域；後半是五七言詩和駢體文底領域。其間幹派源流底變遷，都是很足供咱們探討玩味的。現在且先向前半期中游目騁懷吧。

兩漢底文學，是上承周代南北兩派文學底流風而演進的。所以漢代辭賦，是周代南方文學《楚辭》底嫡胤；五七言詩，是周代北方文學《毛詩》底產兒；而樂府卻是兼祧的嗣子。但這不過從它們底外形上講；至於內容，却是兩派交流，絪緼化醇，三者都兼含南北兩異性底血系的。所以班固說，“賦者古詩之流也”；而梁代鍾嶸說，“……漢李陵始著五言之目”，又說，“其源出於《楚辭》，文多悽怨者之流”。不過漢代憑藉故楚底餘憤，起來反抗暴秦底淫威，所以開國的高祖，就是很愛作楚聲的；而武帝愛好辭賦，尤其喜讀《楚辭》。因此，辭賦底盛行，遠勝於五七言詩；直到東漢末葉的建安年間，詩歌才和辭賦並盛。綜計兩漢的文學作品，辭賦賞為大宗，樂府和五七言詩次之，而小說則不過附庸罷了。

古詩都是可以合樂的，所以詩樂不分，詩就是歌；而《毛詩》三百篇，實在是周代底樂府詩集，其中不但《雅》、《頌》可歌，就是《國風》也是可歌的作品；所以司馬遷說“三百五篇，孔子皆絃歌之，以求合韶武雅頌之音”。《楚辭》中《離骚》、《九章》、《九辨》等篇，已經是“不歌而誦”的賦底祖先，所以後人就稱它為賦；而只有《九歌》因為合樂可歌的緣故，獨稱為歌，跟《毛詩》中的頌一樣，而且其中含有神話，比頌更含有颂歌底性質。然而《離騷》、《九章》、《九辨》等篇，雖不可歌，而畢竟跟《毛詩》中的《風》、《雅》，異體同質；並且因為它底體裁，便於敷敍，有合於六義中的所謂賦，所以後來就演而為賦。經過嬴政、項羽，兩度燔燒，《毛詩》底樂譜，完全亡失；而楚聲卻因為民間流傳頗廣，所以當時草澤之雄，都能作此。例如：

力拔山兮氣蓋世，時不利兮騅不逝；騅不逝兮可奈何！虞兮虞兮奈若何！

——（楚）項羽《垓下歌》（例一百十）

大風起兮雲飛揚，威加海內兮歸故鄉，安得猛士兮守四方！

——（漢）劉邦《大風歌》（例一百十一）

這明明都是楚聲，都彷彿《楚辭》中《九歌》底格調。《大風歌》後來稱為《三侯之章》；因為當時曾發沛中兒百二十人和習此歌，所以後來惠帝以沛宮為原廟，仍使歌兒吹習此歌，以百二十人為常員，這實在是漢代樂歌底首唱。高祖又使唐山夫人作《房中之歌》，惠帝二年，使樂府令夏侯寬配合簫管，更名為《安世樂》，共十七章；《漢書・禮樂志》說：

凡樂樂其所生，禮不忘本，高祖樂楚聲，故《房中樂》，楚聲也。

所以《房中樂》也是楚聲。但樂是楚聲，內容也頗像《楚辭》，而詩底形式，卻像毛詩，這又足為漢代樂府兼承周代南北兩派流風底明證。後來武帝的時候，又增《練時日》等十九章，為《郊祀歌》，以李延年為協律都尉，立起樂府底官署來，專管樂歌，並采集代趙之謳，秦楚之風的歌謠，配以樂曲。於是樂府底範圍確定，而古詩和樂府所掌的樂歌，從此分為兩途了。

辭賦和詩歌，本來都是跟從[1]橫家有關係的，而辭賦底關係更深。《漢書・藝文志》說：

從橫家者流，蓋出於行人之官。孔子曰，“誦詩三百，使於四方，不能顓對，雖多，亦奚以為”；又曰，“使乎使乎”；言其當權事制宜，受命而不受辭，此其所長也。

傳曰，“不歌而誦謂之賦”；“登高能賦，可以為大夫”：言感物

[1] “從”〈古〉同“縱橫”的“縱”。——編者註

造耑，材知深美，可與圖事故，可以為列大夫也。古者諸侯卿大夫交接鄰國，以微言相感，當揖讓之時，必稱詩以喻其志，蓋以別賢不肖而觀盛衰焉；故孔子曰，“不學詩，無以言”也。春秋之後，周道寖壞，聘問歌詠，不行於列國，學詩之士，逸在布衣，而賢人失志之賦作矣。及楚臣屈原，離讒憂國，皆作賦以風，咸有惻隱古詩之義。

我們從《春秋》、《左傳》中，可以看見古代行人於聘問時以賦詩為應對的辭令的事情。戰國時，聘問不行，而縱橫家游說之風大盛。那時候即使不是縱橫家，也都带着幾分縱橫氣。他們以布衣之士，去游說萬乘的人主，要使他自己底話，可以見信。於是他們覺得“微言相感”、“稱詩以喻其志”的方法，是不很適用的了；只有擴充“稱詩喻志”的意義，作雄辯術，修辭法底簡練揣摩。所以《戰國策》所載的那些策士底說辭，都是巧于修辭的，有幾篇更是頗有賦底意味；而辭賦底始祖屈原，也就是嫻於辭令，能接遇賓客，應對諸侯的：可見辭賦跟縱橫家很有關係了。秦滅六國以後，縱橫家一時無所施其技，於是一部分人充了秦底博士，後來被秦皇阬[1]了許多。漢興以後，陸賈、鄒陽、枚乘、嚴忌之流，都以縱橫家而兼辭賦家。當時高祖曾叫陸賈去游說南越王趙佗，而《漢書·藝文志》載《陸賈賦》三篇。漢初諸王，如楚元王交、吳王濞、梁孝王武、河間獻王德、淮南王安，都模仿戰國養士的風氣，招致游客；其間以吳梁淮南三國底游客，多從横家而兼擅辭賦的人。鄒陽、枚乘、嚴忌，都是始游吳而後游梁的。《漢志》從横家有《鄒陽》七篇，而《西京雜記》稱鄒陽曾為《几賦》、《酒賦》。《漢志》有《莊夫子卽嚴忌賦》二十四篇，《枚乘賦》九篇，而這兩人却

[1] “阬”，同“坑”。——編者註

也跟鄒陽相仿，都是有從横氣的。淮南王曾為《離骚》作傳，《漢志》有《淮南王賦》八十二篇，《淮南王羣臣賦》四十四篇，而他所招致的諸客如伍被之流，也是從横家一流人物。所以辭賦雖從《楚辭》、《荀卿賦》而出，而實在是從横家說辭底變相。漢代底辭賦家，不是借辭賦以隱諷人主，就是用辭賦來獻媚人主；像枚皋、東方朔之流，甚至被人主當作倡優看待，辭賦家底人格卑下至於如此，這也是屈原、荀卿所不及料的。所以當時的辭賦，大體地說，不過是娱樂貴族的文學罷了。

漢代最早的辭賦家，自然要推賈誼了。賈誼是雒陽人，文帝時由博士遷為大中大夫，被周勃、灌嬰、馮敬等所讒，謫為長沙王太傅，又遷為梁懷王太傅。懷王墮馬而死，誼自傷為傅無狀，哭泣歲餘，也就死了，只活了三十三歲。他曾作《弔屈原賦》和《服賦》，都是學《楚辭》的。又有《惜誓》一篇，本傳不載，相傳也是他所作。但是開口就說“惜余年老而日衰兮，歲忽忽而不反”，决不是三十壯年的人底口吻，所以王逸說“《惜誓》者，不知誰所作也？或曰賈誼，疑不能明”。他底兩賦，只是自傷不遇的抒情詩，並非獻媚人主，所以沒有倡優的陋習。

其次便是枚乘、嚴忌了。嚴忌本姓莊，避明帝諱，《漢書》亦稱嚴忌，又稱莊夫子，由拳人，他底賦不傳，只傳《哀時命》一篇。枚乘字叔，淮陰人，曾為吳王濞中郎。吳王將反，諫阻不聽，去而游梁。景帝時七国既平，拜為《弘農》都尉，託病辭官，又到梁國去。後來武帝慕他底文名，又用安車蒲輪徵召他，不幸他因為年老的緣故，半路上死了。他底作品有《柳賦》、《梁王菟園賦》，都是在梁時所作。又曾作《七發》，託為楚太子有病，吳客用種種說辭去療治他，終於告以妙語要道而太子底病就好了。這是骚賦底變體，縱横底遺術，而為後來《七體》底創始。《古詩十九首》中《西北有高樓》、《東城高且長》、《行行重行行》、《涉江采芙蓉》、《青青河畔草》、《庭中有奇樹》、《迢迢牽牛星》、《明月何皎皎》等八首，和古詩《蘭若生春陽》一首，《玉臺新詠》指為枚乘《雜詩》；那麽，他又是漢代五言詩底元祖了。至於跟枚乘同時賦鶴的路喬如、賦文鹿的公孫詭、賦酒的鄒陽、賦月的公孫乘、賦屏風的羊勝、作《几賦》不成而由鄒陽代作的韓安國，都是梁國游士；但也有說這些賦都是後人所偽託的。

冠絕漢代的辭賦家，為後來揚雄所傾服的，不得不推武帝時的司馬相如。相如字長卿，是蜀郡成都人。少年時愛讀書，學擊劍，本名犬子，因慕戰國時藺相如底為人，改名相如。景帝時曾做武騎常侍的官，因為景帝不愛辭賦，他無所見長，所以託病辭官，到梁國去作游士。在梁國的時候，作了一篇《子虛賦》，說齊楚諸侯游獵的事情。後來這篇賦被武帝看見，說他很好，但誤認為古人所作，恨不得跟他同時。當時有一個狗監楊得意，也是蜀人，對武帝說，這是臣底同鄉司馬相如所作；於是武帝召了相如去，叫他作賦。他說《子虛賦》不過說諸侯游獵的事情，還不足觀，請作天子游獵之賦。於是續成《上林賦》一篇，末章說到應該節儉的話，隱諷武帝，武帝就叫他為郎。後來拜為孝文園令，因為武帝愛慕神仙，他又作了一篇《大人賦》，想借此諷諫；但武帝讀了，反覺得飄飄然有凌雲之意。他又曾做《哀二世賦》、《美人賦》二篇，但《美人賦》未必真是他底作品，因為格調跟宋玉《好色賦》差不多，也許是後人託古的作品。當時武帝陳皇后因妒失寵，用黃金百斤求相如作《長門賦》一篇，感悟武帝，仍得寵幸。其餘如《喻巴蜀檄》、《難蜀父老文》等篇，都是用賦筆為文。死後又有《封禪文》一篇上奏，後來武帝果然實行封禪了。可見他底辭賦很能感動當時的人主。他曾有一段答友人盛攣問作賦的話說：

合纂組以成文，列錦繡而為質，一經一緯，一宮一商，此作賦之跡也。賦家之心，包括宇宙，總覽人物，斯乃得之於內，不可得其傳者也。

這話正是他說明賦底外形律和內容律處，頗能道出他自己作賦的本領。所以揚雄讚美他說，“長卿之賦，非自人間來，其神化之所至耶”！又說“如孔氏之門用賦也，則賈誼升堂，相如入室矣”。大概贾誼是學屈原宋玉的，相如是學荀卿的。但是賈誼還不過是模仿而已，相如却能從模仿而創造了。這因為他底天才，勝於賈誼的緣故；而他底辭賦所以能冠絕漢代，也在乎此。

同時龍門司馬遷，字子長，是一位能創造的歷史家；他也能作賦，所以《漢志》也列有《司馬遷賦》八篇，不過现在都不傳了，只有《藝文類聚》裏面，載着他底《悲士不遇賦》一篇，有點跟荀卿《賦篇》中的作品相像。他底史才，為後來歷史家底模範；他所作《本紀》、《世家》、《列傳》，都能運用文學的手段，為後來模仿者所不及；所以他底赋雖不盡傳，從他底散文中，也可窺見一斑了。

嚴助、枚皐、東方朔、朱買臣、莊葱奇、吾丘壽王，都是跟相如同時的辭賦家；但其餘的都不傳，有作品傳下來的，只有東方朔。枚皐是枚乘底孽子，字少孺，武帝召他為郎，跟東方朔、司馬相如等，同被寵幸。他作文很敏疾，所以作品很多，漢志列有《枚皐賦》百二十篇。但是他雖跟相如齊名，而所作不及相如。相如作文雖慢，而作品比他好得多。他又不通經術，不比相如長於文字學，所以所作不過滑稽詼諧之類，只是献媚人主，等于倡優而已。揚雄曾說，“軍旅之際，戎馬之間，飛書馳檄，則用枚皐；廊廟之下，朝廷之中，高文典册，則用相如”：這是就他們兩人作文快慢底比較而言。其實他不能像相知還能于辭賦中略寓諷諫底微意，而一味嫚戲；武帝也不過把他跟東方朔等，同看作倡優罷了。

東方朔，字曼倩，平原厭次人，曾在武帝朝為大中大夫，又曾為郎。他底作品，至今存在的，有《七諫》七章，是模仿《楚辭》中的《九章》、《九辨》等篇的。又有《非有先生論》、《答客難》二篇，都是以賦筆為文的；《漢書·東方朔傳》曾說，“朔之文辭，此二篇最善”。其餘辭賦，現在多不傳了。他雖然詼諧滑稽，跟枚皋相類，同被武帝看作倡優，不得大用；然而他有時頗能揣摩武帝心理，直言正諫，得武帝採納，而《七諫》等篇，也並無嫚戲的話，所以他畢竟高出枚皋一籌。

當時又有廣川董仲舒，景帝時曾為博士。武帝時以賢良對策，拜為江都相，後又遷為膠西相。他本是個經術家，但也有《士不遇賦》一篇，半仿《毛詩》，半仿《楚辭》，無甚出色。不過因此足見那時候的文學，是兼承周代南北兩派的，而董氏所作，只是因襲的模仿罷了。

武帝時因為在上者愛好辭賦，開了風氣，所以那時候出了許多擅長辭賦的人，可算是漢代辭賦文學極盛時期，為昭、宣以後所不及。昭帝、宣帝兩朝，霍光秉政，他是一個不學無術的人，所以不重文士，而文學因此中衰了。宣帝雖然也曾修武帝故事，徵辟能為《楚辭》的九江被公，召見誦讀，並召高材的劉向、張子僑、華龍、柳褒等，待詔金馬門；他自己又頗作歌詩，要興復武帝時協律的事情，召見知音而善鼓雅琴的渤海趙定，梁國龔德，也使他們一併待詔；又因益州刺史王襄底奏荐，徵召蜀人王褒，叫他做了一篇《聖主得賢臣頌》，使他跟張子僑等一同待詔：然而他主觀上看待辭賦，不過勝於倡優博弈罷了。所以《漢書·王褒傳》中，有這麼一段話：

上……數從褒等放獵，所幸宮館，輒為歌頌，第其高下，以差賜帛；議者多以淫靡不急。上曰："不有博弈者乎？為之猶賢乎已！辭賦，大者與古詩同義，小者辯麗可喜。辟如女工有綺縠，音樂有鄭、衛，今世俗猶皆以此虞說耳目；辭賦比之，尚有仁義風諭，鳥獸草木多聞之觀，賢於倡優博弈遠矣"！

可見他看待辭賦，無非比女工底綺縠，音樂底鄭、衛，和倡優博弈略勝一籌而已。

當時底辭賦家，有作品傳下來的，就是王褒。褒字子淵，宣帝時曾為諫議大夫。他底作品，有《洞簫賦》、《聖主得賢臣頌》、《甘泉宮頌》、《移金馬碧雞文》、《四子講德論》、《九懷》、《責髯奴文》等篇。其中《洞簫賦》、《移金馬碧雞文》和《九懷》，都是模仿《楚辭》的；《責髯奴文》是一篇游戲文章，也有人說不是他所作，而是黃香作的。除模仿《楚辭》的作品以外，多用排偶句子，已經開後來駢儷文學之端了。當時太子（即元帝）有病，宣帝使他和別的辭賦家，都到太子宮裏去虞侍太子，朝夕誦讀奇文和他們自己底作品，後來太子底病，果然好了。太子很喜歡褒所作的《甘泉宮頌》和《洞簫賦》，使後宮貴人左右都誦讀它。從這件事看來，他真是跟倡優相去無幾了；雖然他底《聖主得賢臣頌》後面，因為宣帝頗好神仙，有排斥彭祖、喬松的話，借以諷諫，跟相如底《子虛賦》、《上林賦》用意相似。總之上面所舉的他底作品，都是貴族文學；但是他卻有一篇平民文學的作品，叫做《僮約》，大約是用當時的白話做的韻文。現在把它錄在下面，以見漢代辭賦家白話文學底一斑。

蜀郡王子淵，以事到湔，止寡婦楊惠舍。惠有夫時奴名便了，子淵倩奴行酤酒；便了拽大杖上夫冢巔曰："大夫買便了時，但要守家，不要為他人男子酤酒"。子淵大怒曰："奴寧欲賣耶"？惠曰："奴大忤人，人無欲者"。子淵即決買，券云云。奴復曰："欲使，皆上券！不上券，便了不能為也"。子淵曰："諾"。券文曰："神爵三年正月十五日，資中男子王子淵，從成都安志里女子楊惠，買亡夫時户下髯奴便了，决賈萬五千：奴當從百役使，不得有二言！晨起早掃，食了洗滌！居當穿臼縛箒，裁盂鑿斗；浚渠縛落，鉏園斫陌；杜埤地，刻大枷；屈竹作杷，削治鹿盧！出入不得騎馬載車，踑坐大呶！下床振頭，捶鉤刈芻；結葦臘纑；汲水酪，佐酣醭；織履作麤，黏雀張烏；結網捕魚，繳雁彈凫；登山射鹿，入水捕龜；後園縱養，雁鶩百餘；驅逐鴟烏，持梢牧猪；種薑養芋，長育豚駒；糞除堂廡，餧食馬牛，鼓四起坐，夜半益芻！二月春分，被隄杜疆，落桑皮椶，種瓜作瓠，别茄披葱；焚槎發芋，壟集破封；日中早蔓（音復），雞鳴起舂；調治馬户，兼落三重！舍中有客，提壺行酤，汲水作餔；滌杯整桉，園中拔蒜，斷蘇切脯，築肉臛芋；膾魚炰鱉，烹茶盡具！已而蓋藏，關門塞竇；餧猪縱犬，勿與鄰里爭鬥！奴但當飯豆飲水，不得嗜酒；欲飲美酒，唯得沾唇漬口；不得傾盂覆斗！不得辰出夜入，交關伴偶！舍後有樹，當裁作船；上至江州下到湔，主為府掾求用錢！推訪堊，販椶索；緜亭買席，往來都洛，當為婦女求脂澤！販於小市，歸都擔枲；轉出旁蹉，牽犬販鵝；武都買茶，楊氏担荷；往來市聚，慎護奸偷！入市不得夷蹲旁臥，惡言醜罵！多作刀矛，持入益州，貨易羊牛！奴自教精慧，不得癡愚！持斧入山，斷輮裁轅；若有餘殘，當作俎几木屐及彘盤！焚薪作炭，壘石薄岸；治舍蓋屋，削書伐櫝；日暮欲歸，當送乾薪兩三束！四月當披，九月當穫，十月收豆，掄麥窖芋！南安拾栗採橘，持車載輳！多取蒲苧，益作繩索；兩墮無所為，當編蔣織薄！種植桃李，梨柿柘桑；三丈一樹，八樹為行；果類相從，縱横相當；果熟收斂，不得吮嘗！犬吠當起，驚告鄰里；棖門柱户，上樓擊鼓；荷盾曳矛，還落三周；勤心疾作，不得遨游！奴老力索，種莞織席；事訖休息，當舂一石；夜半無事，浣衣當白！若有私錢，主給賓客；奴不得有奸私，事事當關白；奴不聽教，當笞一百”！讀券文適訖，詞窮詐索；仡仡叩頭，兩手自搏，目淚下落，鼻涕長一尺：審如王大夫言，不如早歸黄土陌，丘蚓鑽額！早知當爾，為王大夫酤酒，眞不敢作惡！

——《僮約》（例一百十二）

這篇文章，可以算是二千多年來第一篇白話文，所以把它全引了。我們看了其中“目淚下落，鼻涕長一尺”等句，覺得它跟——

……是以聖主不徧窺望而視已明，不殫傾耳而聽已聰，恩從祥風翱，德與和氣游，太平之責塞，優游之望得，遵游自然之勢，恬淡無為之場，休徵自至，壽考無疆，雍容垂拱，永永萬年；何必偃仰詘信若彭祖，呴嘘呼吸如喬松，眇然絕俗離世哉……

——《聖主得賢臣頌》（例一百十三）

的排偶調子，完全是兩副筆墨了。所以《僮約》不但在王褒集中是一篇特異的文字，就是兩漢諸家辭賦中，也找不出第二篇來。

王褒以後，從元帝朝直到王莽篡漢，其間辭賦家可以稱述的，只有劉向、劉歆和揚雄三人，而揚雄實為西漢一代辭賦家底殿軍。

劉向字子政，本名更生，宣帝時曾獻賦頌數十篇；後來歷元帝、成帝兩朝，終於中壘校尉一官。其間屢次以忠鯁遭讒譖，而仍以當時外戚王氏擅權，自念身為宗室遺老，不忍劉氏危亡，而直言極諫，希望成帝能夠振作；他底人格，跟他兒子劉歆底阿附王莽，以圖富貴，終於自殺，以及揚雄底《劇秦美新》，難免投閣的結局，真有天淵之別。他底辭賦，現在存在的，只有《九歎》一篇；雖然只是模仿《楚辭》，而不能企及的作品，但是他卻是借此抒寫他底離讒憂國之思的。因為他底所遭，雖然沒有屈原那麼慘酷，而當時底國勢岌岌，實和楚懷王時相類似；所以司馬遷於《屈原傳》中說，“屈原既死之後……楚日以削，數十年竟為秦所滅”，而班固也於《劉向傳》中說，“向……卒後十三歲，而王氏代漢”，可見《九歎》底並非無病呻吟，並非只是“追念屈原忠信之節”而作了。

劉歆字子駿，是劉向少子，經術文章，都能繼承家學；可是他後來竟做王莽國師，幫他篡漢，又因怨懼，密謀誅莽，事洩自殺，以致家風掃地，可謂有文無行了。他底作品，全篇存在的，只有《遂初賦》一篇。雖然也是摹仿《楚辭》，但不過是不得為河內太守的怨憤之作罷了。

揚雄字子云，蜀郡成都人，跟司馬相如、王褒同郡。他跟相如，頗有類似之點：相如產於成都，他也產於成都；相如口吃；他也口吃；相如長於文字學，他也長於文字學；相如辭賦冠絕漢代，他底辭賦，也大略可跟相如比肩。他生平傾服相如底辭賦，所以他底《長楊》、《河東》、《羽獵》、《甘泉》四賦，都是模擬相如底《子虛賦》、《上林賦》的；而《劇秦美新》一文，也模仿相如底《封禪文》。他又以為屈原文過相如，也須模仿，所以摭取《離騷》的文字，反用它底意思，作《反離騷》以弔屈原；又仿《離騷》，作《重》一篇，名曰《廣骚》；又仿《惜誦》以下至《懷沙》一卷，名曰《畔牢愁》：這些模仿《楚辭》的作品，現在存在的，只有《反離骚》了。其餘，《蜀都賦》也仿相如，《太玄賦》也仿《楚辭》，而《逐貧賦》、《酒賦》和《趙充國頌》，都有點模仿《毛詩》的意味。至於所作各箴，是模仿《虞箴》的；而《解嘲》、《解難》兩篇，也是模仿東方朔底《答客難》的。

他不但在辭賦方面，模仿古人；而且於哲學方面，作《太玄》以仿《周易》，作《法言》以仿《論語》；於文字學方面，作《訓纂篇》以仿《倉頡篇》、《凡將篇》，作《方言》以仿《爾雅》；於歷史方面，作《蜀王本紀》以仿《項羽本紀》，作《自序傳》以仿《太史公自序》；而《連珠》底體裁，也是模仿《韓非子·內儲說》等篇而作：總計他底著作，幾乎無一不是規模前人的。不過他天才還高，一方面雖然似乎以模仿生活埋沒了他底天才，一方面却也還能於模仿之中，運用他底天才；所以他底模仿，總算比較地能夠成功的。後來的人，跟着他幹那模仿生活，就每下愈況了。至於他底模仿主義，可以從他《答桓譚論賦書中》看出。他說：

長卿賦不似從人間來，其神化所至耶！大諦能讀千賦，則能為之。諺云："習伏眾神，巧者不過習者之門"。

他所謂"巧"，就是天才；他所謂"習"，就是模仿。其實司馬相如未必讀過千賦，那時候也未必有千賦可讀；而且追溯上去，屈原又何嘗讀過千騷，才作出《離骚》來？所以任何天才，必須經過模仿時期，這是我們可以承認的；所謂一種文學，不是突然發生，必有它底淵源，就是這個緣故。但是像他底終身從事於模仿生活，雖有天才，也難免被模仿所掩蓋了。

大抵前漢這些辭賦家，或兼長政論，或兼治經術，或兼攻歷史、校勘和纖緯；而純粹以辭賦名家的，就是司馬相如、枚皋、東方朔、王褒、揚雄這幾人，其中尤以司馬相如和揚雄為最有盛名。揚雄也曾兼作哲學底研究；但雖然同是模仿，而他在哲學方面的成就，畢竟還是辭賦方面的成就為多。所以後人論起他底哲學來，把他跟荀卿並稱，而其實不及荀卿；論起他底辭賦來，把他跟司馬相如並稱，而他底辭賦確是勝于荀卿，差足跟相如比肩。至於這一代辭賦性質底變遷，就是從諷諫而漸漸變成獻媚，從縱橫文學而漸漸變成倡優文學。因為嚴格地說起來，像相如底《封禪文》，揚雄底《劇秦美新文》，原也是倡優文學；所以《劇秦美新文》，固然被後世所詬病，而《封禪文》也被後人譏為啟武帝封禪底侈心。

在這種倡優文學底波流中，不致隨波逐流，而稱得起中流砥柱的，只有一個劉向。所以到了王莽篡漢，頌莽功德的，甚至有四十八萬人之多；說這是武帝、宣帝獎勵倡優文學的結果，也不算過分。但是到了東漢，卻略有不同了。光武本以儒生而成帝業，跟高祖底性不好儒的不同；所以光復舊物以後，覺得前漢末年，士習大壞，非矯正不可。於是提倡儒術，砥礪名節，以挽頹風。這種設施，影響於政治學術方面的，固然很大；而文學方面，也不無影響。所以雖有依附竇憲的班固，依附鄧隲、梁冀的馬融，依附董卓的蔡邕；但是《後漢書·文苑傳》中，畢竟氣節之士頗多，這也足見東漢底辭賦家，漸漸有脫離倡優文學底傾向，而光武底力挽狂瀾，不為無益了。

《漢書》有《藝文志》一卷，而後漢書沒有《藝文志》；《漢書》沒有《文苑傳》，而《後漢書》有《文苑傳》一卷。但是東漢著名的辭賦家，如馮衍、班固、崔駰、張衡、馬融、蔡邕之流，都不在《文苑傳》中；這因為他們大都別有事業，不單是辭賦家的緣故。

東漢著名的辭賦家，最早的算馮衍、杜篤。馮衍字敬通，京兆杜陵人。王莽時，有許多人薦舉他，他不肯做王莽的官。後來王莽使更始將軍廉丹往山東抗拒討莽的兵，廉丹召他去做掾屬，他屢次勸丹棄莽就漢，廉丹不能聽他的話，終於被赤眉所殺。廉丹死後，他就去歸附更始部下的鮑永，鮑永叫他做立漢將軍。到了光武即位，更始已經敗亡，他還疑心更始沒有死，不肯投降光武。後來知道更始確已死了，才和鮑永一同降了。但是光武嫌他降得遲了，不去任用他，所以他終身不得志。他因為不得志，曾模仿《離騷》，作《顯志賦》一篇，是他现在僅存的作品。其中多用排偶的句調，駢儷底程度，更過於前漢底王褒。他不但韻文如此，就是散文，也是這樣；所以有人說開六朝駢體底風氣的，前有王褒，後有馮衍。

杜篤字季雅，也是京兆杜陵人。他曾住在美陽地方，因為美陽令跟他有嫌隙，把他誣陷了，逮捕了他，送往京師，下在獄裏。恰值大司馬吳漢死了，光武叫一班儒生做誄辭，杜篤在獄裏也做了一篇，光武說他做得最好，就賜帛免刑。他後來在車騎將軍馬防幕下，做從事中郎，跟馬防去攻打西羌，戰死於射姑山。當時光武因為西京殘破，改都洛陽。篤不以為然，以為關中表裏山河，先帝舊京，不宜改營洛邑；曾仿司馬相如《子虛》、《上林》，揚雄《羽獵》、《長楊》底體裁，作《論都賦》一篇，以諷光武。他底辭賦，傳下來的，也只有這一篇了。他所以有此主張，大約因為他是京兆人的緣故。從他以後，崔駰有《反都賦》，班固有《兩都賦》，張衡有《兩京賦》，都是討論這個問題，而主張卻跟他相反的。大約前漢底辭賦家以游獵為重要題目，而東漢底辭賦家卻以京都為重要題目，這就是從他起的。

稍後於馮杜兩人的，便是班固、崔駰、傅毅。班固字孟堅，是扶風安陵人，班彪底長子。班彪次子班超，以武功著名；女兒班昭，就是稱為曹大家的，也有文才：他們一門父子兄妹四人，都是有盛名的人。現在所傳的《漢書》，雖然稱為班固所著，然而其中一部分是班彪底手筆；班固死後，《八表》和《天文志》都沒有完篇，又經班昭續成：所以班固、班昭，都是以歷史家而兼辭賦家的。班固當明帝時，會作蘭臺令史；章帝時，在大將軍竇憲幕下，作中護軍；後來竇憲被誅，他也連坐免官；又被洛陽令种兢所捕，死於獄中。他底《漢書》，固然有一部分是勦襲司馬遷《史記》的；而他底辭賦，也大抵有所模仿。《兩都賦》是模仿司馬相如底《子虛》、《上林》的；《幽通賦》是模仿屈原底《離骚》的；《典引》是模仿司馬相如底《封禪》和揚雄底《劇秦美新》的：《答賓戲》是模仿東方朔底《答客難》和揚雄底《解嘲》的；《擬連珠》是模仿揚雄底《連珠》的，《十八侯銘》是模仿揚雄底《百官箴》的，而《明堂》、《辟雍》、《靈臺》、《寶鼎》、《白雉》五詩底模仿《毛詩》和《楚辭》，更不消說了。所以他底模仿主義，實在跟揚雄差不多；而他底能於模仿生活中運用他底天才，也跟揚雄差不多。

班昭也能作赋頌，但是现在所傳的只有《東征賦》一篇，和不全的《大雀賦》、《鍼縷赋》、《蟬赋》而已。

崔駰字亭伯，涿郡安平人。章帝時曾獻《四巡頌》，為帝所賞，對竇憲說，“公愛班固而忽崔駰，此葉公之好龍也”。於是竇憲引駰為上客，後來竇憲為車騎將軍，辟他為掾屬，出擊匈奴時，又以他為主簿，憲以貴戚擅權，驕恣不法，駰屢次諫誡，並指斥他，憲不能容，就漸漸疎遠他，叫他去做長岑長，他不到任而歸。他曾作《反都賦》、《大將軍西征賦》、《大將軍臨洛觀賦》、《七依》等篇，但現在所傳的都不是全豹，《四巡頌》也不全了，完全的只有模仿《答客難》和《解嘲》的達旨一篇，和《太尉箴》、《司徒箴》、《大理箴》。他底入竇憲幕下，是天子所薦，後來又能對憲諫諍，不跟憲同敗。雖然他底辭賦究竟勝于班固與否，我們不能據章帝一言為定論；然而他底人格，畢竟高出班固之上了。

傅毅字武仲，扶風茂陵人，章帝時為蘭臺令史，又拜郎中。後來曾在車騎將軍馬防幕下為軍司馬，又曾在車騎將軍責憲幕下為主記室和司馬。他少時曾作《迪志詩》，是模仿《毛詩》的四言詩；又模仿枚乘底《七發》，作《七激》以諷明帝底求賢不篤；在章帝時，又模仿《周頌·清廟》，作《顯宗頌》十篇。但《顯宗頌》現在不傳。他跟班固、崔駰，都為竇憲賓客，當時竇憲府中，文章稱盛，就因為有他們三人的緣故。

前漢有齊名的枚、馬，東漢有並稱的班、張。但枚、馬只工辭賦，而班、張卻都是辭賦家而兼長歷史的。張衡在安帝時，曾屢次上書，求準他補改班固《漢書》，不蒙採納；然而看他底持論，史識却有勝于班固的地方。衡字平子，南陽西鄂人，安帝時召拜郎中，遷為太史令；順帝時出為河間相，後來召拜尚書，卒於永和四年。他曾拒絕大將軍鄧騭底辟召，是他底氣節高出于他人處。他又不信圖緯，指為虛妄，上疏力諍，又足見他底卓識高出于漢代諸儒。他又兼長天文歷算機巧之學：曾作《歷議》、《渾儀》、《靈憲》、《算罔論》，以明天文歷算；又作渾天儀以明天象，候風地動儀以候地動，而地動儀尤為精妙。所以他實在又是當時的一個大科學家；崔瑗說他"數術窮天地，製作侔造化"，在當時真不是溢美之談。不過他在辭賦方面，卻又難免模仿。《兩京賦》模仿班固底《兩都》，《南都賦》模仿揚雄底《蜀都》；《思玄賦》模仿班固底《幽通》；《七辯》模仿枚乘底《七發》；《應閒》模仿東方朔底《答客難》；這大約因為那時候辭賦家習慣如此的緣故。至於其餘《溫泉賦》等篇，現在所傳，都已殘缺；而《周天大象賦》，又是唐李播所作，而誤題他底姓名的。總之他底辭賦，雖有盛名，我以為還不及他底詩歌。

同時有李尤、崔瑗、馬融：李尤略先；而崔瑗、馬融，是跟張衡相友好的。李尤字伯仁，廣漢雒人，和帝時，侍中賈達荐他有相如、揚雄之風，被召到東觀，受詔作賦，拜蘭臺令史。安帝時為諫議大夫，帝廢太子為濟陰王，尤曾上書諫諍，順帝既立，遷為樂安相。他底作品，以銘為最多，有《函谷關銘》等八十多篇，大抵從揚雄《百官箴》，班固《十八侯銘》而出。《後漢書·文苑傳》說他曾作《七歎》，現在不傳，只有不全的《七款》，或許款字就是歎字之誤。至於賦，存者只有《函谷關賦》等五篇，但都非全豹，而且跟相如、揚雄比較，也覺得相差很遠，不知賈逵當時何以有這話？

崔瑗是崔駰底兒子，作品不傳。他頗有清操直節，曾為汲令，經濟北相。馬融是以經學大師而兼辭賦家的，涿郡盧植，北海鄭玄，都是他底門下弟子。但是他底節操，卻被熱中所誤，出入于鄧氏、梁氏之門，為梁冀作《誣奏太尉李固書》，又作《大將軍西第頌》，即為正直所羞，而仍不免被抑於鄧氏，被辱於梁氏；東漢辭賦家中，要算他最沒有氣節了。融字季長，扶風茂陵人；曾從京兆摯恂游學，博通經籍。安帝永初二年，大將軍鄧騭召他為舍人，辭不應命；後來因為饑困的緣故，懊悔起來，又去應鄧騭底辟召，拜為校書郎中，在東觀典校祕書。元初二年，他以為文武之道，不可偏廢，上《廣成頌》以諷諫，因此忤了鄧氏，十年不得調，託故自劾而歸；鄧太后以為他羞薄詔除，下令禁錮他。安帝親政後；召還郎署，又出為河間王廐長史，因上《東巡頌》，召拜郎中。後來經大將軍梁商表為從事中郎，轉武都太守；桓帝時又為南郡太守，因為忤了大將軍梁冀意旨，令有司奏他在郡貪濁，有詔免官，髡徙朔方，自殺不死。得赦放還，又拜議郎。他因為當初為鄧氏所抑，不敢違忤勢家，所以有為梁冀草奏李固和作《西第頌》的事情，但是終不免為梁冀所陷，真可謂患得患失的鄙夫了！他底作品，完全存在的，有《長笛賦》一篇；其餘《圍碁賦》、《摴蒱賦》、《琴賦》、《廣成頌》、《東巡頌》，大約都不全了。他底《廣成頌》，文辭富麗，意在炫露才華，竟為鄧氏所怒，《東巡頌》較為古質，卻被安帝所賞：可見文章底遇合，非可逆料了。

又有崔琦，是崔瑗底族人，曾舉孝廉為郎。梁冀聽說他有文才，請與交好。冀行為不法，琦屢次引述古今成敗之迹，去勸戒他，冀不能受；乃作《外戚箴》一篇，以危言動冀，冀又不從；遂作《白鵠賦》一篇以為諷諫，冀終不悟，而且恨他，終于把他捕殺了：所以他也是一個有節操的人。

安帝時有南郡宜城人王逸，字叔師；元初中舉上計吏，為校書郎；順帝時為侍中。他曾結集《楚辭》，編為《楚辭章句》，而把自己所作的模仿《九章》的《九思》，附在後面。其餘《機賦》、《荔支賦》，現在都不全了；而所作《漢詩》百二十三篇，也不曾傳下來。他底兒子延壽，字文考，曾作《魯靈光殿賦》，為蔡邕所奇。又有《夢賦》、《王孫賦》兩篇，但《王孫賦》是不全的。

又有趙壹，字元叔，漢陽西縣人；恃才倨傲，為鄉黨所擯，曾作《解檳》一篇。後來屢次犯罪幾死，為友人所救，乃作《窮鳥賦》以示感激，作《刺世疾邪賦》以舒怨憤。他底賦體，跟西京以來的賦體不很相同；有人說它是辭賦之靡，但我們也可說它沒有因襲模仿的陋習。當時因為他狂傲異於流俗，司徒袁逢、河南尹羊陟、弘農太守皇甫規，都很推重他；名動京師，士大夫都想望他底風采，州郡爭致禮命，公府十次辟召；但是他都不就，終于郡計吏。現在把他底《刺世疾邪賦》錄在下面，以見賦體變遷底一斑。

伊五帝之不同禮，三王亦又不同樂；數極自然，變化非是，故相反駁。德政不能救世溷亂，賞罰豈足懲時清濁？春秋时禍敗之始，戰國愈增其荼毒；秦漢無以相踰越，乃更加其怨酷：寧計生民之命，唯利己而自足。於茲迄今，情偽萬方：佞諂日熾，剛克消亡；舐痔結駟，正色徒行；嫗媽名世，撫拍豪強；偃蹇反俗，立致咎殃；捷懾逐物，日富月昌；渾然同感，孰温孰涼？邪夫顯進，直士幽藏。原斯瘼之攸興，實執政之匪賢；女謁掩其視聽兮，近習秉其威權；所好則鑽皮出其毛羽，所惡則洗垢求其瘢痕：雖欲謁誠而盡忠，路絕嶮而靡緣；九重既不可啟，又羣吠之狺狺；安危亡於旦夕，肆嗜欲于目前；奚異涉海之失柂，積薪而待燃？榮納由於閃榆，孰知辨其蚩妍？故法禁屈撓於執族，恩澤不逮於單門；寧飢寒於堯舜之荒歲兮，不飽暖于當今之豐年；乘理雖死而非亡，違義雖生而匪存。有秦客者，乃為詩曰："河清不可俟，人命不可延；順風激靡草，富貴者稱賢；文籍雖滿腹，不如一囊錢；伊優北堂上，抗髒倚門邊"！魯生聞此辭，繫而作歌曰："執家多所宜，咳唾自成珠；被褐懷金玉，蘭蕙化為芻；賢者雖獨悟，所困在羣愚；且各守爾分，勿復空馳驅！哀哉復哀哉，此是命矣夫"！

——《刺世疾邪賦》（例一百十四）

他底狂傲，他底憤世疾俗，都可從這篇賦裏看出來；而當時政治底混亂，官僚底腐敗，人情底勢利，風俗底敗壞，也於此可見一斑。我覺得與其讀那些歌功頌德的賦千百篇，倒不如讀這種憤世疾俗的賦一篇，反能觀察一點那時候国家社會底真相哩！

揚雄為前漢辭賦家底殿軍，而為東漢辭賦家底殿軍的，卻是蔡邕。蔡邕字伯喈，陳留圉人。他愛好辭章、數術、天文，而且擅長音律；桓帝時，中常侍徐璜、左悺等，聽說他善于鼓琴，勑陳留太守督促發遣；他不得已，行到偃師，託病而歸。靈帝建寧三年，為司徒橋玄所辟召，很被橋玄所敬。後來出補河平長，召拜郎中，校書東觀，遷為議郎。光和間，被中常侍曹節等誣陷下獄，賴中常侍呂強力救，減死一等，髡鉗徙朔方，被赦放還。又因觸忤五原太守王智，密告他謗訕朝廷，遂亡命江海，遠遯於吴會間。靈帝既崩，董卓為司空，迫他就辟，補侍御史，轉侍書御史，遷尚書，三日之間，周歷三台；又遷巴郡太守，留為侍中。獻帝初年，拜中郎將，封高陽侯。後來董卓被司徒王允所誅，他在王允坐中，說及董卓，不覺嘆息，有動於色，王允疑他左袒董卓，將他下獄治罪。同時士大夫都竭力營救，王允不聽；後來王允雖然悔悟，但他已經死在獄裏了。他是一個辭賦家而兼經術家、歷史家的，而尤長于歷史。他校書東觀的時候，曾和堂谿、楊赐、馬日磾、張馴、韓說、單颺等奏準正定六經文字，刻為石經；又曾於靈帝時根據經術，指陳政要：這是他經術底表現。在東觀時，曾和盧植、韓說等，撰補《後漢紀》；被髡徙後，奏上他所著《漢書十志》，因此得赦。最後下獄治罪，又陳辭於王允，要求他準不死，情願黥首刖足，繼成漢史。當時太尉馬日磾對王允說，“伯喈曠代逸才，多識漢事，當使續成後史，為一代大典；且忠孝素著，而所坐無名，誅之，無乃失人望乎”？他死後，北海鄭玄嘆道，“漢世之事，誰與正之”？從這兩人底話裏，可見他在歷史方面的價值了。但是他歷史底著作，都湮沒不存；所存的只有用辭賦之筆所作的各種碑銘。碑銘底體裁，雖然非蔡邕所創；但是漢代各辭賦家中，只有他底文集裏始多存碑銘文字；而他底作品，也以碑銘為特長。其餘賦頌，除因拒絕徐璜、左悺等鼓琴底敕召而作的《述行賦》，和《祖德頌》等以外，大都不全了。至於《釋誨》模仿揚雄《解嘲》、《廣連珠》模仿揚雄《連珠》，又都是模擬的作品。劉勰說，“蔡邕銘思，獨冠古今”；又說，“後漢以來，碑碣雲起，才鋒所斷，莫高蔡邕”：可見他是以碑銘名家，可以說是歷史的辭賦家了。

後世誹議蔡邕的，對於他嗟嘆董卓底誅死，倒還寬恕他；對於表薦董卓的事，却攻擊得很利害。但是這篇表究竟是他所作與否？還是一個疑問；而且他曾經屢次規諫董卓，後來知道他“性剛而遂非，終難濟也”，想要東奔兖州，可見他並非十分阿媚董卓的了。

跟蔡邕同時而為蔡邕所敬的，有一個邊讓；字文禮，陳留浚儀人；曾作《章華賦》一篇，假託伍舉諷楚靈王的話，以諷當代，是一篇託古的作品。因此可見那時候的辭賦家，原有託古的作法，而

《宋玉賦》十篇，也就是這一類的作品了。

後於蔡邕而以《鸚鵡賦》得名的禰衡，可算是漢代辭賦家最後的一人。禰衡字正平，平原般人；是一個狂士，終因為剛傲的緣故，被逐於曹操、劉表，見殺于黃祖。《鸚鵡賦》是在黃祖幕下時所作，范曄說它“辭采甚麗”；賦中頗有感慨身世、託物抒情的話。

縱橫家底說辭，本來是一種論辨誘導的文字，所以說動當時七國底君相的。但那時候因為七國並列，互爭雄長，一班君相，還都肯招賢納士。虛心下氣，採納那些說辭；所以縱橫家雖然也講究心理底揣摩，有時候用那些具體的譬喻法，去感動他們，而慷慨激昂，直陳利害的話，還是很多。秦始皇滅六國以後，厲行專制，君主底架子，擺得十足，一言不合，就要殺人。那些縱橫家，一則因為並列的國家已亡，沒有用武之地；二則因為被殺怕了，所以只好不說，或另換一種隱諷的方法來說，甚至只說些獻媚的話。於是有頌始皇威德的周青臣之流，又有以滑稽隱諷始皇二世的優旃之流。漢代繼承秦代底專制，縱横家自然也因襲了秦代隱諷或獻媚的遺習，而形式上又採取了騷賦的體裁；於是縱横家變而為辭賦家，辭賦也含有隱諷和獻媚的兩種，而慷慨激昂，直陳利害的作品很少。不過賦底本義，本是敷陳；而《離騷》又原屬抒情的作品：所以流風所被，用辭賦來敘事抒情的，也間或還有罷了。

漢代的文學作品，雖然以辭賦為大宗，但差不多都是些廟堂文學、貴族文學的作品。如果要找得些草野文學、平民文學的作品，卻不能不向樂府和五七言的詩篇中去找。樂府中如《郊祀歌》十九首，《靈芝歌》一首，《武德舞歌詩》一首，《安世房中歌》十七首等，都是模仿《毛詩三頌》、《楚辭九歌》的；如高帝《大風歌》、《楚歌》，趙幽王《餓死歌》，武帝《秋風辭》、《瓠子歌》、《李夫人歌》，昭帝《黃鵠歌》、《淋池歌》、靈帝《招商歌》等，也都是《楚辭》底嫡派。這些自然也都是貴族文學的作品；但除這些以外，有許多却都是草野文學、平民文學了。這因為武帝所立的樂府，也跟周代采詩的太史相類，是兼采代、趙之謳，秦、楚之風一類的歌謠，而配以樂曲的；所以像《鐃歌》十八首，雖然為廟堂上的貴族所用，而其中多數是民間的抒情詩。例如《戰城南》是騎士苦戰的喊聲。《巫山高》是游客思歸的悲嘆，《上陵》是禱祝長生的神話，《君馬黄》是思慕美人的戀歌，《芳樹》、《有所思》，都是失戀者底怨詞，而《上邪》一篇，更明明是兩性間貞操不變的誓言。只有《上之回》、《聖人出》、《臨高臺》、《遠如期》等篇，是頌祝帝王的，但大約也是民間的頌詞。其中有幾篇多有訛誤缺佚，差不多不可句讀；但有些也許是那時候的方言俗語，而又夾雜着"收中吾"（見《臨高臺》）、"妃呼豨"（見《有所思》）等寫聲的文字，所以格外難懂了。只看《芳樹》篇有"妬人之子愁殺人"的話，這"愁殺人"便是古代俗語而現代還通用着的。從這含有方言俗語的一點上，便可知道它是采自民間的草野文學、平民文學了。現在把樂府中的廟堂文學、貴族文學和草野文學、平民文學，各舉數例，以作對比如下。

帝臨中壇，四方承宇；繩繩意變，備得其所；清和六合，制數以五；海內安寧，興文匽武。后土富媪，昭明三光；穆穆優游，嘉服上黄。

——（漢）《郊祀歌·帝臨》（例一百十五）

齊房產草，九莖連葉；宮童效異，披圖案諜。玄氣之精，回復此都；蔓蔓日茂，芝成靈華。

——（漢）《郊祀歌·齊房》（例一百十六）

秋風起兮白雲飛，草木黄落兮雁南歸。蘭有秀兮菊有芳，懷佳人兮不能忘。汎樓船兮濟汾河，橫中流兮揚素波，簫鼓鳴兮發櫂歌；歡樂極兮哀情多，少壯幾時兮奈老何！

——漢武帝《秋風辭》（例一百十七）

秋素景兮泛洪波，揮纖手兮折芰荷，涼風淒淒揚棹歌，雲光開曙月低河，萬歲為樂豈云多！

——漢昭帝《淋池歌》（例一百十八）

日出東南隅，照我秦氏樓；秦氏有好女，自名為羅敷。羅敷喜蠶桑，採桑城南隅：青絲為籠係，桂枝為籠鉤；頭上倭墮髻，耳中明月珠；緗綺為下裙，紫綺為上襦。行者見羅敷，下擔捋髭鬚；少年見羅敷，脫帽著梢頭；耕者忘其犁；鋤者忘其鋤：來歸相怨怒，但坐觀羅敷。使君從南來，五馬立踟蹰；使君遣吏往，問是誰家姝？——“秦氏有好女，自名為羅敷”。“羅敷年幾何”？“二十尚不足，十五頗有餘”。使君謝羅敷：“寧可共載不”？羅敷前致辭：“使君一何愚！使君自有婦，羅敷自有夫。

東方千餘騎，夫壻居上頭。何用識夫壻？——白馬從驪駒：青絲繫馬尾，黃金絡馬頭；腰中鹿盧劍，可值千萬餘。十五府小史，二十朝大夫，三十侍中郎，四十專城居。為人潔白皙，鬑鬑頗有鬚；盈盈公府步，冉冉府中趨：坐中數千人，皆言夫壻殊！

——（漢）古辭《陌上桑》

（例一百十九）

天上何所有？——歷歷種白榆；桂樹夾道生，青龍對道隅；鳳皇鳴啾啾，一母將九雛：顧視人間人，為樂甚獨殊！

好婦出迎客，顏色正敷愉；伸腰再拜跪，問客“平安不”？請客北堂上，坐客氈氍毹：清白各異樽，酒上正華疏；酌酒持與客，客言“主人持”！卻略再拜跪，然後持一杯。談笑未及竟，左顧敕中廚；促令辦麤飯，慎莫使稽留！

廢禮送客出，盈盈府中趨；送客亦不遠，足不過門樞。取婦得如此，齊姜亦不如！健婦持門戶，亦勝一丈夫！

——（漢）古辭《隴西行》（例一百二十）

婦病連年累歲，傳呼丈人前一言：——當言未及得言，不知淚下一何翩翩！——“屬累君兩三孤子，莫我兒饑且寒！有過慎莫笪笞！行當折搖，思復念之”！

亂曰：“抱時無衣，襦復無裏；閉門塞牖，舍孤兒到市。道逢親交，泣坐不能起，從乞求與孤買餌；對交啼泣，淚不可止。“我欲不傷悲不能已”；探懷中錢持授。交入門，見孤兒啼，索其母抱；徘徊空舍中：“行復爾耳”，棄置勿復道！

——（漢）古辭《婦病行》（例一百二十一）

孤兒生，孤子遇生命獨當苦：“父母在時，乘堅車，駕駟馬。父母已去，兄嫂令我行賈。南到九江，東到齊與魯。臘月來歸，不敢自言苦：頭多蟣蝨，面目多塵土。大兄言辦飯，大嫂言視馬”。上高堂行取殿；下堂孤兒淚下如雨：“使我朝行汲，暮得水來歸；手為錯，足下無菲；愴愴履霜，中多蒺藜；拔斷蒺藜，腸肉中愴欲悲；淚下渫渫，清涕纍纍。冬無複襦，夏無單衣。居生不樂，不如早去，下從地下黃泉！春氣動，草萌芽；三月蠶桑，六月收瓜；將是瓜車，來到還家。瓜車反覆，助我者少，啗瓜者多。“願還我蒂！兄與嫂嚴，獨且急歸，當興校計”。

亂曰：“里中一何譊譊！願欲寄尺書，將與地下父母，兄嫂難與久居”。

——（漢）古辭《孤兒行》（例一百二十二）

我們試將以上所引八例，分作四類比看：第一百十五、第一百十六兩例為一類，據說是善作高文典册的司馬相如等所作，是完全模仿《毛詩三頌》的，是最道地的廟堂文學。第一百十七、第一百十八兩例為一類，是模仿《楚辭九歌》的，廟堂色彩，雖然已經比較地不很濃厚，而是流連光景，發抒懷抱的抒情詩；但畢竟是貴族文學。第一百十九、第一百二十兩例為一類，用些通俗的話，描寫兩個天真爛漫，落落大方的女性，前者使我們於委宛中看出她底決絕來；後者使我們於剛健中看出她底婀娜來；但是它還用從《毛詩》產出的五言的型式，所以還是那時候的文士所作，還有被外形律所拘束的地方。第一百二十一、第一百二十二兩例為一類，是用音數參差無定的長短停，如果再去掉同韻相協的韻底反復，便完全是兩篇散文的抒情詩；而所寫的悲痛的情感，因為所用的是那時候的語言，所以使我們覺得非常樸實而真摯；這確是道地的草野文學、平民文學了。從這四類底比較，很可以看出漢代文學上的階級來。

漢代樂府中，還有一篇最有價值的敘事詩，就是《孔雀東南飛》一篇。它所敘的是漢末建安年間廬江府小吏焦仲卿妻劉蘭芝，被惡姑所逐，立誓不嫁，母親和兄長逼她改嫁，於是投江而死，仲卿也因此弔死的悲劇；全詩共三百五十三句，一千七百六十五字，要算二千年來最長的一首寫實的敘事詩。有人說它就是後世彈詞底元祖，卻也可以說得。它雖然也用整齊的五音數，而其中所寫的都是那時候家庭、社會、婚姻、禮俗底實況，所用的差不多都是那時候的語言；所以到現在還是光景常新，價值不變。二千年來，除金代董解元底《絃索西厢》，略可跟它比擬外，頗難找出有同等價值的作品。這不但可說是漢代草野文學、平民文學作品中最偉大的傑作，也可說是中國文學史上最偉大的傑作了。

至於所傳蔡琰底《胡笳十八拍》，也是一首一千二百餘字的長抒情詩，跟《烏孫公主歌》、《李陵歌》是一類的作品。但其中所用的格調，頗有不像漢代人的；跟她底《幽憤詩》第二篇，也不相類。例如：

城頭烽火不曾滅，疆場征戰何時歇？殺氣朝朝衝塞門，胡笳夜夜吹邊月。（第十拍）

胡笳本自出胡中，緣琴翻出音律同。（第十八拍）

這簡直是唐人的格調了。試看唐劉商《胡笳曲序》（劉商有擬《胡笳十八拍》）說：

胡人思慕文姬，乃捲蘆葉為吹笳，奏哀怨之音；後董生以琴寫胡笳聲為十八拍，今之《胡笳弄》是也。

又《蔡琰別傳》說：

漢末大亂，琰為胡騎所獲，在右賢王部伍中，春月登胡殿，感笳之音，作詩言志曰："胡笳動兮邊鳥鳴，孤雁歸兮聲嚶嚶"（見《悲憤詩》第二篇中）。

又唐李頎有《聽董大彈胡笳兼寄語弄房給事》（唐董庭蘭善鼓琴，為房琯門客；天寶五載，琯攝給事中）詩；唐李肇《國史補》說：

唐有董庭蘭，善沈聲祝聲，蓋大小胡笳云。

據《蔡琰別傳》所說，文姬原詩，本不跟現在所傳的相同。劉商所說的董生，也許就是董庭蘭；那麼，明明是唐人託古的作品了。有人說，文姬歸漢以後，重嫁陳留董祀，劉商所說，也許是指董祀而言。但詩底格調，不類漢人，更不類她底《幽憤詩》第二篇，畢竟是一個大漏洞；也許寫笳聲為琴聲的是董祀，而蔡琰原作曲辭不傳，現在所傳的，是唐人所補，所以我們不敢相信這篇詩是漢代的文學作品。

四音數的詩格，《毛詩》中已經達到完備的一境，而入於窮途了。窮則必變，所以漢代雖然也還有韋孟《諷諫詩》等少數的四言詩，但畢竟寥寥無幾，其勢不能不變而為五言了。五言詩相傳起於蘇武、李陵；但是《古詩十九首》中，《西北有高樓》等八首，和古詩《蘭若生春陽》一首，梁代徐陵底《玉臺新詠》中，題作枚乘《雜詩》，跟同時齊昭明太子蕭統底《文選》所載不同，那麽，五言詩底首唱，似乎又不能屬於蘇、李了。並且現傳的蘇、李五言詩，還有人疑它是後人僞託的。不過這兩個問題，在現在已經是勘不破的疑案。歷來選本，既大多數都從蕭說而不從徐說；而梁代鍾嶸《詩品》，於古詩以後，就列漢都尉李陵為漢代第一家，以第二家漢婕妤班姬底《怨歌行》為"其源出於李陵"，上卷《自序》中又說：

……漢李陵始著五言之目矣。……自王、揚、枚、馬之徒，詞賦競爽，而吟詠靡聞。從李都尉迄班婕妤，將百年間，有婦人焉，一人而已。

那麽，他也以為五言詩始于李陵；而且得此旁證，可見即使現傳的《與蘇武詩》三首，非李陵所作，而大約李陵確曾作過五言詩了。所以我們即使退一步而不承認蘇、李是五言詩底元祖，除《玉臺新詠》以外，卻也沒法再找得確據，去推戴枚乘，給他上五言詩元祖的徽號；而且也沒法證明蘇、李不曾作過五言詩。

《古詩十九首》，是《毛詩》以後無名詩人作品底總匯。鍾嶸《詩品》說它源出於《國風》，足見它是上承《毛詩》底正統的。《詩品》所稱，有四十五首；而現在連十九首以外稱為《古詩》的總計起來，也不滿四十五首，可知又有散失了。但其中如《驅車上東門》和《冉冉孤生竹》兩篇，宋郭茂倩《樂府詩集》又指為《雜曲歌辭》；那麽，大約當時這兩篇又曾采入樂府，配合樂譜了。這十九篇中如《行行重行行》、《青青河畔草》、《涉江采芙蓉》、《庭中有奇樹》、《迢迢牽牛星》、《客從遠方來》等篇，我們覺得它確是源出《國風》，而又覺得它跟《國風》不同，另有一種異樣的精采。大約這種精采，確是四言的格調裏面所顯不出的；所以從四言變到五言，是詩篇底一種進化。

此外還有古詩若干首，有有作者姓名的，有沒有作者姓名的，其中跟《古詩十九首》有同等的精采的，或更精采的頗多。現在略舉數篇如下。

翩翩堂前燕，冬藏夏來見；兄弟兩三人，流宕在他縣。故衣誰當補，新衣誰當綻？——賴得賢主人，攬取為吾組。夫壻從門來，斜倚西北眄。語卿"且勿眄，水清石自見"！石見何纍纍，遠行不如歸！

——無名氏《豔歌行》（例一百二十三）

上山採蘼蕪，下山逢故夫；長跪問故夫："新人復何如"？新人雖言好，未若故人姝；顏色雖云好，手爪不相如。新人從門入，故人從閤去；新人工織縑，故人工織素。織縑日一匹，織素五丈餘；將縑來比素，新人不如故！

——無名氏《古詩》（例一百二十四）

十五從軍征，八十始得歸，道逢鄉里人："家中有阿誰"？"遙望是君家，松柏冢纍纍"。兔從狗竇入，雉從梁上飛；中庭生旅穀，井上生旅葵。烹穀持作飯，采葵持作羹；羹飯一時熟，不知貽阿誰。出門東向望，淚落沾我衣！

——無名氏《古詩》（例一百二十五）

昔有霍家奴，姓馮名子都；依倚將軍勢，調笑酒家胡。胡姬年十五，春日獨當壚：長裾連理帶，廣袖合歡襦；頭上藍田玉，耳後大秦珠，兩鬟何窈窕，一世良所無；一鬟五百萬，兩鬟千萬餘。不意金吾子，娉婷過我廬：銀鞍何煜爚，翠蓋空踟躕。就我求清酒，絲繩提玉壺；就我求珍肴，金盤膾鯉魚；遺我青銅鏡，結我紅羅襦。——不惜紅羅裂，何論輕賤軀！男兒愛後婦，女子重前夫；人生有新故，貴賤不相踰；多謝金吾子，私愛徒區區！

——辛延年《羽林郎》（例一百二十六）

第一百二十三例（這雖是《樂府詩集》中《相和歌辭瑟調曲》之一，但那時候的樂府，本有制詩協樂和采詩入樂的兩種：前者如《郊祀歌》等，作詩的時候，同時配合樂譜，本為樂府而作，是道地的樂府，跟《毛詩》底《三頌》一樣；後者如《鐃歌》及其餘歌行等，本是民間流傳的詩篇，被采入樂府而配以樂譜的，跟《毛詩》底《國風》一樣：所以後者仍可看作古詩）寫一旅客在逆旅中請主婦縫補衣服，主人回來看見了，疑他們有苟且的行為，而旅客自白之後，忽動歸思，寫得情景逼真；而旅客底苦況，也異常透澈，使人讀了，也要作“不如歸”的慨嘆，第一百二十四例寫一棄婦從山上下來，碰到故夫，匆匆間一問一答，把故夫從前棄舊憐新的背景，現在又眷戀故人的轉念，都給表現出來，棄婦自身，不露一絲一毫的哀怨，而哀怨自在言外，真是精采極了；可以說是用極經濟的文學手段寫成的一篇有外形律的短篇小說。第一百二十五例寫一久於兵役的老軍人歸家而已無家可歸的淒涼狀況，把那時候窮兵黷武，戰禍徧地的背景，老兵久戍，家破人亡的慘象，寫得淋漓盡致，非常痛切；後來一切非戰的文學作品，要推它為巨擘了。第一百二十六例跟前引《陌上桑》相類，但寫得更決絕；而“男兒愛後婦，女子重前夫”兩停，不但表現女性貞操，而且包含著多少古代男女問題的感慨。這四例都是抒情的敘事詩，其中以第一百二十四例和第一百二十五例為最精采，也是四言的格調中所不能有的。其餘如蔡琰底《悲憤詩》第一篇，是一篇較長的敘事的抒情詩，也很切摯動人。它跟《孔雀東南飛》，都出現於漢末，足見五言詩底進步，到這時候，正向長的方面發展了。但它底價值，卻沒有《孔雀東南飛》那麼大。至於如：

枯魚過河泣，何時悔復及！作書與魴鯉，相教慎出入！

——無名氏《枯魚過河泣》(例一百二十七)

稾砧今何在？——山上復有山；何當大刀頭，破鏡飛上天！

日暮秋雲陰，江水深且深；何用通音信？——蓮花玳瑁簪。

南山一樹桂，上有雙鴛央；千年長交頸，歡慶不相忘。

——無名氏《古歌》(例一百二十八)

卻又構成短的型式，跟六朝時的《子夜歌》差不多，而為後來五言絕句底祖先了。

武帝時《柏梁臺詩》，是七言詩底權輿，也是聯句底肇始。但當時每人硬湊一停，彷彿自背履歷，自述脚色，有些非常拙劣，而且意義並不十分聯貫，簡直不好算詩。此外純粹的七言詩，並不多見；只有張衡底《四愁詩》，是兼學《楚辭》和《毛詩》的七言詩。至於蔡琰底《悲憤詩》第二篇，更是全仿《楚辭》的。所以七言辞在漢代，實在不過是略具雛形罷了。

四言詩作者不多，好的更少；而那些廟堂文學、貴族文學的四言詩，尤其糟得很。要舉幾個較好的例，還須從草野文學、平民文學中去找。例如：

公無渡河！——公竟渡河！墮河而死，當奈公何！

——無名氏《箜篌引》(例一百二十九)

隴頭流水，流離四下；念我行役，飄然曠野；登高望遠，涕零雙墮。隴頭流水，鳴聲幽咽；遙望秦川，肝腸斷絕。

——無名氏《隴頭歌》(例一百三十)

這些都是很好的。試問跟那：

王侯秉德，其鄰翼翼，顯明昭式；清明鬯矣，皇帝孝德；竟全大功，撫安四極。

——唐山夫人《安世房中歌》(例一百三十一)

之類比較起來，究竟哪一種能感動我們呢？

還有一篇特別的詩，就是蘇伯玉妻底《盤中詩》。它底音數，多數是三音的，而後半雜有幾個七音停，並且於篇末用“當從中央周四角”一停，說明讀法。相傳是伯玉出使在蜀，久不回家，他底妻子，作詩寄夫，寫在盤中，屈曲成文，從中央以周四角，含宛轉回環的意思。伯玉看了以後，就感悟而回來了。這篇詩雖然不是迴文，寫的形式，卻為後來蘇蕙迴文詩底先導。

大約漢代古詩，雖然有些都是文士階級的作品，所用的都是文言；而除《郊祀歌》和《安世房中歌》等以外，畢竟跟高文典册式的辭賦不同，說它文字上帶些貴族氣則可，而終不能算是廟堂文學。至於其中用那時候的方言俗語所做的，自然更不能說是廟堂文學、貴族文學了。

原來中國底文言文，二千年來，在中國文學界裏，獨占著正統的位置，壓住了時時昂頭而起的語體文，使它雖然有時候也能分得尺疆寸土，作個附庸小國，而畢竟不許它對于文言文獨占的寶座稍有搖撼；它底勢力，究竟如何養成？它底威權，究竟誰給它弄得如此鞏固的呢？那麼，我們不能不認漢代是一個大關鍵了。在漢代以前，當周代、春秋、戰國的時候，因為地域民族底不同，各國底方言，已經有不能統一的趨勢，試看《左傳》說：“楚人謂乳、穀（案《說文解字・子部》作㝅），謂虎、於菟”；《穀梁傳》說：“吳謂善、伊，謂稻、緩（案《說文解字・禾部》：“沛國謂稻曰稬”，段玉裁說稬即緩，古音緩也讀暖）”。又，“狄人謂賁泉，矢胎（案矢胎今作失台，從段玉裁校正）”：足見春秋時候各國方言不同的一斑。又如《韓非子》說：“鄭人謂玉未理者璞，周人謂鼠未臘者璞”；而孟軻稱楚人為南蠻鴃舌之人，並且曾設為楚大夫欲其子齊語，與其使一齊人傅之，不如引而置之莊、嶽之間的譬喻：又足見戰國時候各國方言不同的一斑。然而我們試把《毛詩》中十五國風底用語來相比較，還覺不出有什麼大不同的地方；又把《楚辭》來跟十五國風相比較，雖然《楚辭》中間或有夾雜着楚國方言（如“扈江離與辟芷兮”以扈為被之類）的地方，但也還覺不出有什麼大不同的地方；而且《楚辭》中所用的韻，跟十五國風中所用的韻，也是大致相同：可見那時候各國方言雖有不同，而畢竟仗著周代“書同文”的制度，把紙面上統一的局面維持住了。雖然維持住了，但是文言跟語體分離的罅隙，也畢竟於此見端了。所以奏[1]始皇混一六國以後，有“同文書”的必要。當時所謂“同書文字”(《琅邪刻石》)、“同文書”(《李斯傳》)、“書同文字”(《秦始皇本紀》)，不但是厲行字體上的統一，大約同時也厲行文體上的統一。這種政策，就是不從口頭上去統一語言，而只從紙面上統一文字。漢代繼承了秦代混一的帝業，自然也沿襲了這種政策。試看《史記》裏面雖然有時候因為描寫人物要使他口吻畢肖的緣故，保存着幾句方言，如《陳涉世家》中陳涉鄉人所說“夥頤（案：這夥字就是《說文解字·旡部》底——字。《旡部》▯ 字下說：▯ ，屰惡驚詞也；从旡，咼聲，讀若楚人名多夥”。所以夥是驚詞，頤是助聲之詞。《史記》因楚人謂多為夥，所以以多釋夥，實有不合），涉之為王沈沈者”之類：但如高祖《大風歌》，大約因為用楚聲所歌，原文是用三個侯字的，所以也稱為《三侯之章》，而《高祖本紀》中，也改去方言而用三個兮字了。這改侯為兮，就是實行文體統一政策的一證。當時武帝下了一道令禮官勸學講議洽聞舉遺興禮的詔書；而丞相公孫弘，給學官慮到出路底鬱滯，於是奏道：

……古者政教未洽，不備其禮，請因舊官而興焉。為博士官置

[1] “奏”，當為“秦”。下不另註，依文逕改。——編者註

弟子五十人，復其身。太常擇民年十八已上，儀狀端正者，補博士弟子。郡國縣道邑有好文學、敬長上、肅政教、順鄉里、出入不悖、所聞者令相長丞上屬所二千石；二千石謹察可者，當與計偕詣太常，得受業如弟子。一歲，皆輒試，能通一藝以上，補文學掌故缺；其高第可以為郎中者，太常籍奏；即有秀才異等，輒以名聞；其不事學，若下材，及不能通一藝，輒罷之，而請諸不稱者罰。臣謹案詔書律令下者，明天人分際，通古今之義，文章爾雅，訓辭深厚，恩施甚美；小吏淺聞，不能究宣，無以明布諭下以治禮。掌故以文學禮義為官，遷留滯，請選擇其秩比二百石以上及吏百石，通一藝以上，補左右內史，大行卒史；比百石以上，補郡太守卒史；皆各二人，邊郡一人。先用誦多者。若不足，乃擇掌故補中二千石屬；文學掌故補郡屬，備員。請著功令！佗如律令。

——《史記·儒林列傳》參引

他底用意，是一面愁學官底出路鬱滯；一面看到文章爾雅，訓辭深厚的詔書律令，不但一般的人民不能懂得，而且郡國小吏，也不能明白：都不是一種好現象。所以主張一面添置博士官底受業弟子，免掉他底徭役，讀書一年，加以考試，考取的得補文學掌故的缺，優等的並且可以補郎中的缺；一面把那些文學掌故，選擇一番，以內史、卒史、屬等官補用，使文學之士，既有出路，而又散布在州郡之閒，成為懂得文章爾雅，訓辭深厚的詔書律令的小吏。這種辦法，實在是後來科舉制度底嚆矢。但那時候還彷彿先開了學校，招生肄業，經過畢業考試以後，才給他們一個出身。到了後來，便變了科舉制度。政府連學校也不必開，只消下一道命令，立一種讀文言書、做文言文可以應考，可以取得出身而做官的科舉程式，一班熱心於功名富貴的人們，自然會設起私塾來，請了教師，教子弟們讀應舉的文言書，做應舉的文言文。自從這個制度一行，二千年來，就把文言文底勢力給養成了，文言文底威權給鞏固了。這在當時，因為受了中國文字非拼音而不能用來作統一語言的工具的障礙，所以只能拋卻語言不管，而用那文言來作那統一的工夫，也是不得已的一種辦法。然而語體文畢竟被它壓住了二千年了。直到最近，科舉廢了，語體文才能正式地大張旗鼓，作力爭正統的運動。並且因為拋卻語言不管，所以那時候的方言，異常紛歧，只讓它憑仗著交通底力量，去慢慢地自然變成幾種"通語"、"凡語"。只消看成帝時的揚雄，從"天下上計孝廉，及內郡衛卒會者"底口頭，訪問得許多各地的異語，而做成十三卷《方言》，便可見那時候方言底紛歧了。不過《方言》中常常說起"通語"——某地某地之間通語，或四方之通語——或"通言"或"通名"或"凡語"，而第一卷第十二條有"……皆古今語也，初別國不相往來之言也，今或同"的話，第十三條又有"……皆古雅之別語也，今則或同"的話，可見其初別國不相往來之言，和古雅之別語，那時候也有因為交通漸繁，而成為"通語"的趨勢。但是這究竟是很少數的一部分；他所謂"通語"、"通言"、"通名"、"凡語"等，在全部《方言》中，真是算不了什麼。所以現在二千年後的我們，還喫着語言不統一的虧，而直到現在，才做那國語統一的運動。（這段參採胡適之先生《國語文學史》第一章的意見）

《漢書·藝文志》載小說十五家，千三百八十篇，其中有許多大約是漢代人託古的著作。但這些著作，到隋代已經完全亡佚了；究竟是否現代的所謂小說，有沒有文學上的位置，現代也無從考見了。至于現代所傳漢人小說，如：

《神異經》一卷，

《十洲記》一卷，

《漢武帝故事》一卷，

《漢武帝內傳》一卷，

《漢武洞冥記》四卷，

《西京雜記》六卷，

《飛燕外傳》一卷，

《雜事祕辛》一卷，

這些實在都是後人偽託的作品。不過其中除《雜事祕辛》出於明代楊慎之手外，其餘大約是六朝時人所作；所以雖不是漢人所作，總是第三期中的作品。

《山海經》一書，清代畢沅以為自《大荒東經》以下五篇是漢代劉秀所增，其實，也許大部分是漢代方士所偽託。所以這部書中所記的神怪，倒可以認為漢代的神話了。其中所記關於西王母的神話，如：

玉山，是西王母所居也。豹尾虎齒而善嘯，蓬髮戴勝，是司天之厲及五殘。

——《西山經》（例一百三十二）

西王母梯几而戴勝杖，其南有青鳥，為西王母取食，在崑崙墟北。

——《海內北經》（例一百三十三）

有人戴勝虎齒，有豹尾，穴處，名曰西王母。

——《大荒西經》（例一百三十四）

這所謂西王母，已從《穆天子傳》中不說起有什麼異相，而能作歌謠，能再拜而受穆天子底禮物，能跟穆天子宴會，大約是一個西方酋長的西王母，而變成奇形怪狀的神道了；不過還沒有變成《漢武帝故事》和《漢武帝內傳》所稱的：

……乘紫車，玉女夾馭；戴七勝；青氣如雲；有二青鳥，夾侍母傍。

——《漢武帝故事》（例一百三十五）

……乘紫雲之輦，駕九色斑龍，……著黃金褡襡，文采鮮明，光儀淑穆，帶靈飛大綬，腰佩分景之劍，頭上太華髻，戴太真晨嬰之冠，履玄璚鳳文之舄，視之可三十許，修短得中，天姿掩藹，容顏絕世，真靈人也。

——《漢武帝內傳》（例一百三十六）

的仙母罷了。有人認《山海經》在《穆天子傳》以前，所以以為西王母是由怪神而近於人王的。但與其說由怪神而人王，再由人王而仙母，不如說由人王而怪神，更由怪神而仙母，他底變化的歷程，比較地啣接一點。

《淮南鴻烈解》是淮南王劉安底幕客所作，其中也包含著好些神話；所以要研究中國古代神話，這部書也能供給我們以若干的材料，跟《山海經》差不多。

第五篇

第三期下　三國至隋

咱們從第三期前半中，知道辭賦所占的領域最大，而五言詩底領域，不過是一個附庸。到了第三期後半，卻是五七言詩和駢體文底領域，差不多是並大了。但是咱們游覽底主要著眼點，卻要注重於詩。

東漢末年，中國就分裂了。這一次的分裂，從漢末到隋初，足足有四百年，是中國歷史上最長期的分裂。中間雖然經晉代統一了三十年，但不過是一個極短期的統一；而且東晉時代五胡十六國的大分裂，就伏線於這短期的統一中。所以這三十年的統一，實在是西晉末年和東晉時代一百多年的大分裂底源泉；而統一底效力，不但等於零，而且難免是一個負數。在這長期的分裂中，政治底紊亂，戰爭底劇烈，社會底黑暗，人民底死亡窮餓，顛沛流離，非常困苦，自然可想而知了。然而於中國文化底提高和普及的事業上，卻也不能說沒有發揚光大的好處。所以這時期中跟文學有關係的特徵，至少有下列兩點。

一、新民族的吸收。兩漢四百年間，雖然如匈奴、西域、朝鮮、東夷、烏桓、鮮卑、西羌、西南夷、南蠻、南粵、閩粵、交趾等異族的國土，或開為郡縣，或收為附庸，聲威所播，遠達四裔；然而不是戰鬬的征服，就是和親的羈縻，不曾做那用中國文化去同化他們的工作。就是揚子江上游，和錢塘江流域，閩江流域粵江流域，除蜀郡經太守文翁，倡教布化，後來頗出了幾個有名的文學家，如司馬相如、王褒、揚雄等以外，其餘還不能有文化提高和普及的現象。這大約因為兩漢都城，偏於北部，所以不能由政治中心，把文化推行到西南、東南兩部。到了三國，便不同了。蜀以成都為政治中心，把文化向西南方面推行；吳以建業為政治中心，把文化向東南方面推行。這兩部分工的工作，都能使這兩方面的若干異族，漸染了中國文化而漸趨於同化。其中吳底工作，尤其重要。因為它在東南方面，立了一個文化的基礎，使後來的東晉和宋、齊、梁、陳，可以把中原文化全部遷移過來；在東南半壁保存著，成一個文化偏安的局面，而不致被五胡異族蹂躪得罄盡。至於五胡十六國，雖然擾亂了中國底西北，跟宋、齊、梁、陳四朝對抗而稱為北朝的拓跋魏，雖然占據了中國底中原，然而畢竟都禁不住中國文化底漸染涵濡，後來一齊受了同化，而被融解於漢族中了。所以拓跋魏和北齊、北周的二百年間，在政治上是異族征服漢族的時代，而在文化上却是漢族征服異族的時代。北朝文化，雖然畢竟不及南朝；融解入異族底民族性的文化，雖然畢竟跟純粹漢族性的文化略有不同；而且因為地域底不同，所承襲的中國古代文化底遺產，也有南北底不同；然而南北兩方，總同歸於漢族的文化。所以隋代併陳以後，不過三十年間，文化也跟着政治而統一了。這些新民族，既被吸收，而把他們異族底民族性，滲入於漢族底文化裏面；於是中國底北方文學，就受了影響，而帶有異族的色彩。同時，中原一部分的漢族，從北方遷移到南方來，一方面固然把東南半壁的文化提高而且普及了，一方面也受了東南民族舊文化底感染，而於文學上表現了一種新的色彩。

二、佛教思潮底東漸。佛教於東漢明帝時，早入中國。但當時輸入的，只是小乘佛教。並且漢代治術，雖然間或參用黄老，而究以儒術為宗。東漢二百年間，談政治的大都援引經術，尤其是儒術全盛的時期。所以對於外來的小乘佛教，還覺得格格不相入。當時只準西域人立寺於都邑，漢人並不出家；曹魏時沿襲漢代制度，也是如此；而上流的士大夫，信奉的更是很少。到了漢末，儒術由盛而衰，訓詁之學，多數穿鑿附會，拘牽文義，無補實用。曹操執政，想矯正它底弊竇，於是“擥申商之法術，該韓白之奇策”，以成就他底霸業；而蜀底方面，諸葛亮也以申、韓之術佐劉備，以振起劉璋時代懈弛的人心。這些都是晉代老、莊思潮風靡一世的先驅者，而晉代底老、莊思潮，又為南北朝佛教思潮底領港人。晉室東遷以後，割據北方的五胡中，羯種的石勒、石虎，尊信佛圖澄，氐種的苻堅、呂光，羌種的姚興，迎奉鳩摩羅什，他們都因為本非漢族，不曾有傳統的儒術思想，所以很容易接受佛教思潮；而且氐、羌所據，地接西域，更容易就近羅致龜茲沙門。當時鳩摩羅什翻譯了許多大乘的經論，又傳授了幾個有名的門徒，立了北方傳播大乘佛教的始基。跟佛圖澄、鳩摩羅什同時而曾被佛圖澄所驚異，被鳩摩羅什所敬為東方聖人的道安，分遣他底門徒向南方流布佛教，也樹了南方傳播大乘佛教的先聲。於是南朝的宋、齊兩代，使沙門參預政務；梁、陳兩代，甚至帝王入寺捨身。北朝的魏，雖然中間拓跋燾（太武帝）曾經毀滅佛法，屠滅沙門，而前有拓跋嗣（明元帝）底封沙門法果為子爵，後有拓跋濬（文成帝）底興復佛法，拓跋宏、拓跋恪（孝文、宣武兩帝），更竭力尊崇，招致西域沙門，廣翻經論。其間來從天竺的法性宗（即三論宗，《百論》、《中論》、《十二門論》，都是鳩摩羅什所譯），早經輸入；而法相宗（即唯識宗）也於陳代（陳代稱攝論宗）傳過來了。此外如涅槃、禪、律、淨土、地論、天台、華嚴，俱合大小乘各宗，也都輸入的輸入，創立的創立，佛教思潮底東漸，真可謂盛極一時了！這一度佛教思潮狂熱的迎受，中國底藝術上都受到了影響。例如佛寺佛塔底建造，是影響於建築的藝術的；梵唄鐃鈸鐘磬底唱和，是影響於音樂的藝術的；佛像底塑畫織繡，是影響於雕刻、繪畫、紡織、刺綉的藝術的；而影響於文學方面的，更有修辭上、文法上、內容的思想上和外形的律聲的四點。那時候的文學作品，修辭上既常常採取佛典底辭藻，文法上也常常有梵文化的句子，都是很顯明的。至於內容的思想上，因為一般文士，往往流覽佛典，所以也很容易把禪意禪機運入詩篇中。但是外形的律聲上所受的影響，卻比較地更大了。這件事又可分為消極的和積極的兩方面：消極的方面，就是於翻譯的詩篇中廢止了用韻。詩篇底翻譯，本來很難不失真相；如果再要遷就韻脚，便難免於失真了。所以當時翻譯佛典上的偈頌，雖然音數仍用整齊的五音或七音，而韻脚卻廢去不用，成為一種無韻的詩篇（雖然嚴格地說起來其中有許多只是說理的律文，不能稱為詩篇；但有些也有詩意，而且在外形律方面看，畢竟是一種破壞）；積極的方面，是因反切底發明，而有四聲底分別，八病底禁忌和雙聲疊韻底盛行。反切底發明者，是漢、魏之間的孫炎。中國古代，早有以二音合為一字的，如何不為盍，之乎為諸之類，但究竟不能就指為正式的反切。大約反切底起源，總跟梵文多少有一點關係。東漢時佛經底翻譯，是中國民族第一次跟高等的拚音文字相接觸。從這個接觸裏，悟到以兩音切作一音的反切法，也是很自然的事。反切既經發明，漸漸把字音確定了，於是從長言之中（古代只有長言短言，長言就是平聲，短言就是入聲，沒有上去兩聲），又分出上去兩聲來，連著原有的短言，而成為四聲。四聲既分，同時就有八病底禁忌，而外形律因此加嚴。並且從反切中紐韻底分別，對於雙聲疊韻，有更明晰的認識，於是雙聲疊韻字，有意識地用入詩篇中，甚至有全篇雙聲全篇疊韻的詩。

從前的歷史家，往往拘拘於帝王一姓底興亡，給蜀漢力爭政治上的正統。其實他們所爭的，只是血統上的正統罷了，何嘗是政治上的正統？現在我們在文學史上於三國中選舉起正統來，卻不能不使曹魏當選。照前面所說，吳、蜀兩國，正東南、西南兩方面，做了些文化提高和普及的工作，我們自然很看重它們。然而一則它們底作品，流傳下來的實在太少；二則曹魏方面，因為建國中原的緣故，它畢竟上承漢代文學底流風：所以我們儘可掃除了歷史家政治上血統上的傳統的成見，而承認曹魏為繼承漢代文學的正統。那麼，南北朝時代，應該以拓跋魏繼承中原文學底正統了。這又不然。曹魏受之於漢的文學正統，傳之於晉，後來跟著晉室而東遷，自成一系。至於拓跋魏以異族而據有中原，把他們異族的民族性，滲入於中原的舊文化中，成立了含有異族底色彩的北方文學，這又另成一系。所以南北朝時代的中國文學，實在是兩系對立，而無所謂正統非正統的分別。到了隋代統一南北，這對立的兩系，才交流而融合起來，成為第四期唐代文學底先河。

曹魏文學，盛於建安。建安是漢獻帝底年號，依歷史家斷代的慣例，應該屬於漢代。但是那時候政由曹氏，獻帝毫無實權；而文學底魁傑，又屬於曹氏父子三人。就是所謂鄴下七子，雖然大都死於建安年間，而除孔融外，其餘多屬曹氏幕客。所以建安文學，不能屬之於漢。

曹魏文學作者，不過寥寥十幾人，而曹氏父子兄弟祖孫，占了四席。這四人中，曹操、曹丕、曹叡，號稱三祖，而都不及曹植。所以那時候政治上的帝位，是武帝、文帝、明帝一統相傳，而文學上的帝位，卻不能讓給陳思王。曹操字孟德，沛國譙人，為漢獻帝丞相，稱魏王，曹丕篡漢以後，追尊為帝。少年時機警有權數，任俠放蕩，所以他底作品，都含有沈鷙雄傑的氣息。曹丕字子桓，曹操長子，繼承曹操底霸業，篡漢而稱帝。博聞強識，很愛文學，曾撰《典論》五卷，其中《論文》一篇，載在《文選》，批評當時文士，頗多中肯的話；所謂鄴下七子，就是篇中所舉的七人。他底雄武，不及乃父，所以作品偏於柔靡。曹植字子建，曹操第三子，封為陳王。富於才華，能下筆成章。曾遭奪嫡的嫌忌，一生處於危疑悲痛的環境中；所以他底作品，既不像乃父底廉悍，也不像乃兄底娟媚，伉爽溫婉，兼而有之。大約曹操偏於氣勢，曹丕偏於情致，而曹植卻是以氣運情，以情馭氣，所以能陵駕父兄，稱為當時獨步。曹叡字元仲，曹丕太子，繼父稱帝。《魏志》雖稱他沈毅斷識，而才略不但不及乃祖，而且不及乃父。他在文學上的位置，也正和政治上的位置相同。現在把他們四人底作品，舉例如下。

關东有義士，興兵討羣凶；初期會盟津，乃心在咸陽。軍合力不齊，躊躇而雁行；勢利使人爭，嗣還自相戕。淮南弟稱號，刻璽於北方；鎧甲生蟣蝨，萬姓以死亡。白骨露於野，千里無雞鳴；生民百遺一，念之斷人腸。

——曹操《蒿里行》(例一百三十七)

漫漫秋夜長，烈烈北風涼；展轉不能寐，披衣起徬徨。彷徨忽已久，白露沾我裳；俯視清水波，仰看明月光。天漢回西流，三五正縱橫；草蟲鳴何悲，孤雁獨南翔。鬱鬱多悲思，緜緜思故鄉；願飛安得翼？欲濟河無梁；向風長歎息，斷絕我中腸。

——曹丕《雜詩》(例一百三十八)

秋風蕭瑟天氣涼，草木搖落露為霜，羣燕辭歸雁南翔，念君客游思斷腸。慊慊思歸戀故鄉，君何淹留寄他方？賤妾煢煢守空房，憂來思君不可忘，不覺淚下沾衣裳。援琴鳴絃發清商，短歌微吟不能長。明月皎皎照我牀，星漢西流夜未央，牽牛織女遙相望，爾獨何辜限河梁！

——曹丕《燕歌行》(例一百三十九)

謁帝承明廬，逝將歸舊疆；清晨發皇邑，日夕過首陽。伊洛廣且深，欲濟川無梁；汎舟越洪濤，怨彼東路長；顧瞻戀城闕，引領情內傷！太谷何寥廓，山樹鬱蒼蒼；霖雨泥我塗，流潦浩縱橫，中途絕無軌，改轍登高岡；脩坂造雲日，我馬玄以黃。

玄黃猶能進，我思鬱以紆；鬱紆將何念，親愛在離居；本圖相與偕，中更不克俱。鴟梟鳴衡軛，豺狼當路衢；蒼蠅間白黑，讒巧反親疏；欲還絕無蹊，攬轡止踟躕。

踟躕亦何留，相思無終極：秋風發微涼，寒蟬鳴我側；原野何蕭條，白日忽西匿；歸鳥赴喬林，翩翩厲羽翼；孤獸走索羣，銜草不遑食：感物傷我懷，撫心長太息！

太息將何為？天命與我違。奈何念同生，一往形不歸？孤魂翔故域，靈柩寄京師。存者忽復過，亡沒身自衰；人生處一世，去若朝露晞；年在桑榆間，影響不能追；自顧非金石，咄唶令心悲！

心悲動我神，棄置莫復陳！丈夫志四海，萬里猶比鄰；恩愛苟不虧，在遠分日親；何必同衾幬，然後展殷勤？憂思成疾疹，無乃兒女仁！倉卒骨肉情，能不懷苦辛！

苦辛何慮思，天命信可疑：虛無求列仙，松子久吾欺；變故在斯須，百年誰能持？離別永無會，執手將何時？王其愛玉體，俱享黃髮期！收淚即長路，援筆從此辭。

——曹植《贈白馬王彪》（例一百四十）

明月照高樓，流光正徘徊；上有愁思婦，悲歎有餘哀。借問"歎者誰"？——言是"宕子妻"；君行踰十年，孤妾常獨棲。君若清路塵，妾若濁水泥；浮沈各異勢，會合何時諧？願為西南風，長逝入君懷！——君懷時不開，賤妾當何依！

——曹植《七哀詩》（例一百四十一）

白日晼晼忽西傾，霜露慘悽塗階庭，秋草捲葉摧枝莖，翩翩飛蓬常獨征，有似游子不安寧。

——曹叡《燕歌行》（例一百四十二）

以上所引諸例，曹氏四人底文學，可見一斑；而其中以曹植底《贈白馬王彪》一篇為最上等的作品。它底本事，見於此篇底自序。

黃初四年正月，白馬王，任城王與余俱朝京師，會節氣。到洛陽，任城王薨。至七月與白馬王還國。後有司以二王歸藩，道路宜異宿止，意毒恨之。蓋以大別在數日，是用自剖，與王辭焉，憤而成篇。

所以此篇是一篇悲憤的抒情詩，所寫是當時的實感，不同無病呻吟，而內容律底表現是很強的，遠出飾詞獻媚的《責躬詩》以上。有這一篇，自然可以壓倒父兄，而并足為他全集中的冠冕了。

七言詩在漢代不過略具雛形，所以純粹的七言詩，要算曹丕父子底《燕歌行》為倡始。雖然步武《柏梁臺詩》，仍是每停用韻，而畢竟跟《柏梁臺詩》底由許多人硬湊一停，不能算詩的不同了。

曹操、曹丕、曹植，都有辭賦的作品，曹植所作，更比較地多。但大都殘缺訛錯，只有曹植《洛神賦》一篇，全文載在《文選》。它底本事，相傳跟曹丕底甄后有關。這雖然並無確證，但總是一篇假託神話的戀歌。此賦排偶較多，跟漢賦不同，已經為南北朝駢儷四六的先聲了。

鄴下七子，是魯國人孔融、廣陵人陳琳、山陽高平人王粲、北海人徐幹、陳留人阮瑀、汝南人應瑒、東平人劉楨七人。孔融字文舉，幼年時就有異才，性好學，博涉多該覽；而且很有氣節。後來曾為北海相，建安中，拜大中大夫，為曹操所忌，使祭酒路粹誣奏罪狀，把他殺了。他並非曹氏幕客；但曹丕很喜歡他底文辭，比之揚、班；稱帝以後，更懸賞募購他底文章，所以後世把他列入鄴下七子中。他底詩現存的很少，也無甚可觀。陳琳字孔璋，王粲字仲宣，徐幹字偉長，阮瑀字元瑜，應瑒字德璉，劉楨字公幹，都是曹氏掾屬，為曹丕曹植兄弟所友善。曹丕《典論・論文》中，曾有批評七子的話：

……斯七子者，于學無所遺，于辭無所假，咸以自騁驥騄於千里，仰齊足而並馳；……王粲長于辭賦；徐幹時有逸氣，然粲之匹也。如粲之《初征》、《登樓》、《槐賦》、《征思》，幹之《玄猿》、《漏危》、《圓扇》、《橘賦》，雖張、蔡不過也；然於他文，未能稱是。陳琳、阮瑀之章表書記，今之儁也。應瑒和而不壯；劉楨壯而不密。孔融氣體高妙，有過人者；然不能持論，理不勝詞，以至乎雜以嘲戲；及其時有所善，揚、班儔也。

這雖是指他們底文章辭賦而言，但他們底優劣，即此可見。曹丕所稱許的諸賦，現在全存的只有《登樓》一篇，載在《文選》，也不過摹仿《楚辭》而發抒羈旅之感罷了。現在把王粲、劉楨底詩，各舉一篇，以見七子文學底一斑。

西京亂無象，豺虎方遘患；復棄中國去，委身適荆蠻；親戚對我悲，朋友相追攀。出門無所見，白骨蔽平原；路有飢婦人，抱子棄草閒；顧聞號泣聲，揮涕獨不還："未知身死處，何能兩相完？"驅馬棄之去，不忍聽此言；南登霸陵岸，回首望長安，悟彼下泉人，喟然傷心肝！

——王粲《七哀詩》（例一百四十三）

秋日多悲懷，感慨以長歎；終夜不能寐，敘意於濡翰。明燈耀閨中，清風凄已寒；白露塗前庭，應門重其關。四節相推斥，歲月忽欲殫；壯士遠出征，戎事將獨難；涕泣灑衣裳，能不懷所歡！

——劉楨《贈五官中郎將》（例一百四十四）

同時還有邯鄲淳、繁欽、路粹、楊脩、荀緯、丁儀、丁廙、應璩諸人，也都有文采，跟曹丕、曹植和七子等同作鄴下之游；但都不及七子；只有繁欽所作的《定情詩》，多用排疊，是一篇格調特異的詩。

三曹、七子，樹了曹魏文學底前茅；而作曹魏文學底後勁的，有嵇康、阮籍兩人。嵇康字叔夜，譙國銍人；曾為中散大夫，後被司馬昭所殺。所作頗多四言，以《幽憤詩》為較佳。阮籍字嗣宗，是阮瑀底兒子；曾拜東平相，後為步兵校尉。他雖死於晉代，然而心不忘魏。所作《詠懷詩》八十二篇，託詞幽隱，寄慨深微，意在譏刺晉室，而卻用隱避的辭語；所以梁代鍾嶸《詩品》說它“言在耳目之內，情寄八荒之表”。但詩品說它源出《小雅》，卻不如說它源出《離騷》。向來稽、阮並稱，但把他們底作品比較起來，稽雖託論清遠，而難免峻切，阮卻壯勁淵深，並擅其勝，所以可說阮勝于稽。然而他們兩人，都是篤好老莊的；所以詩篇中都含有虛玄曠達的老莊思想。曹氏以刑名綜覈的術數，矯漢末儒術底頹弊；流風所煽，到正始中又由申商而變為老莊。王弼、何晏，始唱玄論；稽、阮等繼起，跟山濤、向秀、阮咸、王戎、劉伶，並稱竹林七賢。他們底行為，以狂放任達相尚，不顧禮法，而把老莊思想，運化入文學作品中。這種風氣既開，到了晉代，便成為清談誤國的局面。本來這一點反抗禮法的精神，頗跟歐洲文藝復興時代的反抗精神相像；但效果竟跟他們相反，似乎是不可解的。然而要知道歐洲底文藝復興，是從靈的變到肉的，從虛玄的變到實際的，從出世的變到入世的，從非人生的變到人生的；而中國正始時代的反抗禮法，卻一一都跟他們相反，所以結果便不同了。

稽、阮並有辭賦，稽底《琴賦》，雖被蕭統認為他底代表的作品，而發揮他底老莊思想的，卻在模仿《卜居》的《卜疑》一篇；至于阮底發揮老莊思想而可算他代表的作品的，有《大人先生傳》一篇。

吳蜀兩國底文學作品，流傳絕少。試看二陸入晉，大顯才華；蜀在漢代，早出了幾個辭賦家；便知這兩國不是沒有文學作品，不過多數不傳罷了。現在所傳的：在吳有韋昭底《吳鼓吹曲》十二曲，不過是假古董的廟堂文學；雖然模仿漢代《鐃歌》，而跟漢《鐃歌》底從民間采來的不同。在蜀有諸葛亮底《梁父吟》，和秦宓底《遠游》各一篇；但《梁父吟》不過是詠史的詩，《遠游》也遠不及魏國諸作者底作品。但是孫皓入晉以後，卻有一篇侮弄司馬炎的作品，是後來許多《吳聲歌曲》底先聲。現在把它和《梁父吟》並錄於下。

昔與汝為鄰，今與汝為臣；上汝一杯酒，令汝壽萬春！

——（吳）孫皓《爾汝歌》（例一百四十五）

步出齊城門，遙望蕩陰里；里中有三墳，纍纍正相似。問是"誰家墓"？——"田疆古冶子"。力能排南山，文能絕地紀；一朝被讒言，二桃殺三士。"誰能為此謀"？——"國相齊晏子"。

——（蜀）諸葛亮《梁父吟》

（例一百四十六）

孫皓字元宗，孫權底孫子，繼孫休稱帝。後來吳國被晉所滅，封歸命侯。《世說新語》載：

晉武帝問孫皓："聞南人好作《爾汝歌》，頗能為不"？皓正飲酒，因舉觴勸帝（云云），帝悔之。

"爾汝"兩字，在戰國時已經成為相輕賤的稱呼了，所以孟子要人"充無受爾汝之實"。孫皓把《爾汝歌》侮弄司馬炎，所以司馬炎聽了要懊悔，而《爾汝歌》正是吳人底平民文學。

司馬氏滅蜀篡魏吞吳，從東漢末年以來，七十年的分裂局面，到這時候總算暫告中止，而入於短期的統一時代了。但這個短期的統一時代中，如司馬炎不聽司馬攸底話，故縱匈奴質子劉淵；不聽郭欽底話，不肯遷內郡雜胡於邊地：早經埋伏下後來五胡十六國大分裂的導線。並且繼統的是一個昏愚絕頂的司馬衷（惠帝），十七年間，內則賈后煽亂，外則八王（汝南王亮、楚王瑋、趙王倫、齊王冏、成都王穎、長沙王乂、河間王顒、東海王越）搆兵，自相魚肉，幾乎沒有平安的日子；更加以老莊思潮，瀰漫於上流階級，正始時代的名理玄論，演而為王衍、樂廣輩底清談，以致政治廢弛，綱紀蕩然；都足為後來懷（司馬熾）、愍（司馬業）亡國的厲階。所以這區區三十年間，實在比不统一還不好；而只有太康時代，略見小康的景象。因此晉代文學，也以太康時代為較盛。

太康年間著名的文學家，有三張、二陸、兩潘、一左，梁代鍾嶸《詩品》，曾指為文章之中興。三張或以為指張載、張協、張亢兄弟三人；但《詩品》中不列張亢，而張華列於中品，可知三張之一，實指張華而言。張華字茂先，范陽人，曾為侍中，被趙王倫所殺。《詩品》說他：

其體浮豔，興託不奇，巧用文字，務為妍冶，……兒女情多，風雲氣少。

所以他雖負盛名，比張载略高，而兩人都不及張協。張載字孟陽，曾拜中書侍郎，領著作；張協字景陽，曾為河間内史，徵為黃門侍郎，不就：兄弟齊名，都是安平人。《詩品》說“孟陽詩遠慚厥弟”，而稱張協為“曠代高手”；所以張協實為三張中的冠冕。

二陸指吳郡陸機、陸雲兄弟，兩人齊名，而其實弟不及兄；陸機字士衡，曾為晉平原相；陸雲字士龍，曾為晉清河守：都是吳大司馬陸抗底兒子。吳亡以後，兄弟同往洛陽，去見張華；張華早聞二陸底聲名，見面以後，跟舊相識一樣；曾說“克吳之利，不如獲二俊”，足見名重當時了。後來兩人都被成都王潁所殺。陸機作品很多，詩賦以外，更有《演連珠》五十篇。《詩品》把他底詩列入上品，說他：

其源出於陳思，才高辭贍，舉體華美，……尚規矩，不貴綺錯，有傷直致之奇。然其咀嚼英華，厭飫膏澤，文章之淵泉也。

然而他底作品，不但不及陳思，而且跟鄴下七子和稽、阮二人又有不同；所謂“才高辭贍，舉體華美”，長處在此，短處也就在此了。大約兩漢文人，詩不多作，而作詩注重内容。建安、正始，文人篇什漸多，辭華漸富；但仍以內容為重，還有兩漢遺風。入晉以後，風會所趨，便成偏重辭華的傾向；而陸機和潘岳，就是那個時代的代表。所以陸機所擬的漢代樂府和古詩，都不像原詩底質樸。其中如《日出東南隅行》一篇，多用聯排，更絕非漢人面目了。陸雲所作，存者以四言為多，雖然才不及兄，而偏重辭華，也跟乃兄相似。論理，二陸是吳名將後裔，家邦顛覆，身為降虜，應該有《麥秀》、《黍離》一類的憂傷哀怨之音；但集中除《與弟清河雲》和《答兄平原》兩篇以外，說起破國亡家之痛的絕少，比起作《詠懷詩》的阮籍來，真是相去太遠了。

兩潘指安陽潘岳、潘尼叔姪。潘岳字安仁，曾為給事黃門侍郎，被趙王倫所殺。他在《詩品》中，跟陸機同列上品；鍾嶸底評語說：

其源出於仲宣，《翰林》嘆其翩翩；然如翔禽之有羽毛，衣服之有綃縠，猶淺於陸機。謝混云："潘詩爛若舒錦，無處不佳；陸文如披沙簡金，往往見寶"。嶸謂益壽輕華，故以潘勝；《翰林》篤論，故嘆陸為深。余常言陸才如海，潘才如江。

即此，可見他底偏重辭華，更過於陸機了。然而他畢竟是富於情緒的，所以長於抒情，而抒情的作品中，又以《悼亡詩》三篇為最佳，他在這一點上，卻勝似陸機了。潘尼字正叔，曾為太常卿。他少年時就跟從父潘岳同以文章知名，但雖然文彩高麗，而終不及乃叔。

三張、二陸、兩潘，大概都以辭華相尚，而陸機、潘岳，更是七人中的魁傑。但跟他們並稱的一左，卻是別標異幟，而不跟他們同調的。左氏名思，字太沖，齊國臨淄人，曾為祕書郎，齊王冏召為記室，辭疾不就。他底詩現存的不多，但以挺拔見長，不同潘、陸，已經可見一斑。所以鍾嶸《詩品》說他：

文典以怨，頗為精切，得諷諭之致；雖野於陸機，而深於潘岳。

所謂怨，所謂諷諭之致，可於《詠史》八首、《招隱》二首中看出。至所謂“野於陸機”，正足見他底不尚辭華了。他有妹子左芬，也是擅長詩文的；司馬炎愛重她底文才，納為貴嬪，所以左思是一個當時貴戚。但他雖為貴戚，而不曾得到高官顯爵，所以作品不免有怨辭流露了。現在把他底作品，跟張協、陸機、潘岳底作品，各舉一篇如下，以見張、陸、潘、左底異同。

朝霞迎白日，丹氣臨暘谷；翳翳結繁雲，森森散雨足；輕風摧勁草，凝霜竦高木；密葉日夜疎，叢林森如束；疇昔嘆時遲，晚節悲年促；歲暮懷百憂，將從季主卜。

——張協《雜詩》（例一百四十七）

牽世嬰時網，駕言遠徂征；飲餞豈異族？——親戚弟與兄。婉孌居人思，紆鬱游子情；明發遺安寐，晤言涕交纓；分途長林側，揮袂萬始亭；佇眄要遐景，傾耳玩餘聲；南歸憩永安，北邁頓承明。永安有昨軌，承明子棄予；俯仰悲林薄，慷慨含辛楚；懷往歡絕端，悼來憂成緒：感別慘舒翮，思歸樂遵渚。

——陆機《於承明作與弟士龍》

（例一百四十八）

荏苒冬春謝，寒暑忽流易；之子歸窮泉，重壤永幽隔；私懷誰克從？——淹留亦何益？僶俛恭朝命，迴心返初役；望廬思其人，入室想所歷：幃屏無髣髴，翰墨有餘迹；流芳未及歇，遺掛猶在壁：悵怳如或存，回惶驚忡惕。如彼翰林鳥，雙棲一朝隻；如彼游川魚，比目中路折。春風緣隙來，晨溜依檐滴；寢興何時忘？——沈憂日盈積；庶幾有時衰，莊缶猶可擊。

——潘岳《悼亡詩》之一（例一百四十九）

鬱鬱澗底松，離離山上苗，以彼徑寸莖，蔭此百尺條。世胄躡高位，英俊沈下僚，地勢使之然，由來非一朝。金張藉舊業，七葉珥漢貂；馮公豈不偉，白首不見招。

——左思《詠史》之一（例一百五十）

從上舉諸例，可見陸機豐於辭，潘岳富於情，而左思卻於精切之中，流露怨悱之旨了。至于張協底辭華，也頗跟陸機相類。所以鐘嶸《詩品》說他：

雄於潘岳，靡於太沖，……詞彩蔥蒨，音韻鏗鏘，使人味之，亹亹不倦。

我們如果把這四人底作品比較起來，張、陸、潘三人，都是詞浮於意；潘雖較勝，而終以左為最高。

陸、潘、左三人，詩篇以外，並以辭賦著名。陸機底賦，跟詩篇相類，也是偏重辭華，多用排偶的。如《文賦》和《演連珠》，不過說理的律文罷了，不能認為詩篇；而且《演連珠》居然四六，實為後世四六文體底首唱。只有《嘆逝》一賦，能於抒情之中，用具體的寫法，發揮哲理，頗有可取之點。如：

悲夫！川閱水以成川，水滔滔而日度；世閱人而為世，人冉冉而行暮。人何世而弗新？世何人之能故？野每春其必華；草無朝而遺露：經終古而常然，率品物其如素；譬日及之在條，恆雖盡而弗悟。

——陸機《嘆逝賦》（例一百五十一）

潘岳底賦，偏重辭華，跟陸機大同。但他是富于情的，所以如《懷舊》、《寡婦》、《悼亡》諸篇抒情的賦，固然情致纏綿；而《西征賦》於紀行的形式中，也能發抒他懷古的情感。至于左思紙貴洛陽的《三都賦》，模仿班固底《兩都》，張衡底《兩京》；雖然辭義瓌瑋，卻不過一部印刷術不曾發明時的類書辭典罷了。比起他底詩篇來，價值相去，實在遠得很哩。

其餘如北地傅玄、傅咸父子，穎川荀勗，太原孫楚，譙國夏侯湛之流，也都有詩名；但不及上述八人。

傅玄、荀勗，曾和張華同造《郊廟歌辭》、《燕射歌辭》、《鼓吹曲辭》、《舞曲歌辭》，不過都是些假古董罷了。傅咸曾集《孝經》、《論語》、《毛詩》、《周易》、《周官》、《左傳》中句子成詩，雖然不過箴銘之流，不能稱為詩篇，卻是後來一切集句詩底開祖。

西晉末年，中國北部，已經分裂；到了懷、愍被虜，司馬睿（元帝）遷都建康，一時中原底知識階級，多數都跟着避到江東來，而把北部完全讓給五胡異族。於是中原文化，一部分隨著晉室東遷，移植到亡吳底舊國土中，跟東南舊文化相結合；而中原文化，卻被五胡異族摧毁了許多，所以這時代的北方文學，除留在北方的晉人劉琨以外，沒有什麼可說。至於東晉百餘年間的文學家，著名的不過劉琨、郭璞、陶潛三人：劉琨在前，正當中原擾攘，西晉已亡的時候；陶潛在後，恰值帝室陵夷，東晉被篡的期間：這兩個詩人，終始一代，也非偶然。郭璞遭逢患難，避地東南，終于被禍；遭際雖不跟劉琨完全相同，而結果卻有點相類，也是一個不幸的詩人。

劉琨字越石，中山人；永嘉時，為并州刺史；晉室東遷以後，加太尉，封廣武侯；後為段匹磾所殺。他少年時就以雄豪著名；後來遭逢喪亂，孤立北方，還想興復晉室，而終不得如願，所以發而為詩，以清拔雄深之筆，寫悲涼悽戾之音，不同無病呻吟。他底品格，實在太康時代三張、二陸、兩潘之上；只有左思，略相彷彿。鍾嶸《詩品》把他列入中品，實有未當。

郭璞字景純，河東人，曾為尚書郎；王敦謀反的時候，把他殺了，後來追贈弘農太守。他曾注《爾雅》、《方言》、《三蒼》、《穆天子傳》、《山海經》、《水經》、《楚辭》等書，是一個訓詁家，而又是一個詩人。他雖然迷信陰陽卜筮的方術，但《游仙詩》辭多慷慨，卻並非真是游心方外之談，而是一種象徵的抒情詩，正跟阮籍《詠懷詩》相類。雖然辭華較富，不及劉琨底清剛；而豪儁之風，實足相亞。試看下面並舉的兩例：

朝發廣莫門，暮宿丹水山；左手彎繁弱，右手揮龍淵；顧瞻望宮闕，俯仰御飛軒；據鞍長嘆息，淚下如流泉。繫馬長松下，發鞍高岳頭；烈烈悲風起，泠泠澗水流：揮手長相謝，哽咽不能言；浮雲為我結，歸鳥為我旋。去家日已遠，安知存與亡？慷慨窮林中，抱膝獨摧藏；麋鹿游我前，猨猴戲我側；資糧既乏盡，薇蕨安可食？攬轡命徒侶，吟嘯絕巖中；君子道微矣，夫子故有窮。惟昔李騫期，寄在匈奴庭；忠信反獲罪，漢武不見明。我欲竟此曲，此曲悲且長；棄置勿重陳，重陳令心傷！

——劉琨《扶風歌》（例一百五十二）

逸翮思拂霄，迅足羡遠游；清源無增瀾，安得運吞舟？圭璋雖特達，明月難闇投；潛穎怨清陽，陵苕哀素秋：悲來惻丹心，零淚緣纓流！

——郭璞《游仙詩》之一（例一百五十三）

便可見內容一憤一悲，而風格也不相上下了。

郭璞底《江賦》，雖然有人說它沈博絕麗，其實不過跟左思《三都賦》一樣，是類書辭典之類罷了。

陶潛是一個空前的特異的詩人。他不但為晉代詩人底殿軍，而且高出於晉代諸詩人之上；不但高出於晉代諸詩人之上，而晉以前，晉以後的詩人，沒有一個可以跟他相比並的。他所以能成為特異的詩人，因為他有特異的人格；他所以能養成這特異的人格，因為他有特異的人生觀。其實，這所謂特異，本來只是極平常的。不過世間極平常的事，往往反極難做到；而能做到的便變成特異了。《文選》所載宋玉《登徒子好色賦》中有幾句形容美人的話說得好：

增之一分則太長，減之一分則太短，著粉則太白，施朱則太赤。

這所形容的，正是一個極平常的美人。但是這種極平常的美人，卻極難找得。陶潛以極平常的人生觀，養成極平常的人格；所以他不是英雄，他不是豪傑，他不是聖人，他不是賢者，他不是忠臣，他不是節士，他不是名士，他不是狂生，他不是高人，他不是隱者，他不是厭世者，不是玩世者，也不是戀世者，而只是一個極平常的人。於是發而為詩，也只是極平常的詩；而後來的詩人，卻極難學到。正因為他跟《好色賦》中所形容的極平常的美人一樣，是不可增，不可減，不能著粉，不能施朱的；所以極平常的，卻變成特異的了。他本名淵明，字元亮，潯陽人；是晉大司馬陶侃底曾孫；曾為州祭酒和彭澤令，都不久就自行解職回家。入宋以後，改名為潛，不願再出；飲酒賦詩，躬耕自給，過他極平常的生活，如此終身。他底人生觀，可從他底詩文中看出：

先生，不知何許人也，亦不詳其姓氏；宅邊有五柳樹，因以為號焉。閒靜少言，不慕榮利。好讀書，不求甚解，每有會意，便欣然忘食。性嗜酒，家貧不能常得；親舊知其如此，或置酒而招之。造飲輒盡，期在必醉；既醉而退，曾不恡情去留。環堵蕭然，不蔽風日；短褐穿結，簞瓢屢空：晏如也。常著文章自娛，頗示己志，忘懷得失，以此自終。

贊曰："黔婁有言，'不戚戚於貧賤，不汲汲於富貴'，極乎其言，茲若人之儔乎！酣觴賦詩，以樂其志，無懷氏之民歟？葛天氏之民歟”？

——《五柳先生傳》(例一百五十四)

歸去來兮，田園將蕪胡不歸？既自以心為形役，奚惆悵而獨悲？……木欣欣以向榮，泉涓涓而始流：善萬物之得時，感吾生之行休。已矣乎！寓形宇內復幾時？曷不委心任去留？胡為乎遑遑兮欲何之？富貴非吾願，帝鄉不可期。……聊乘化以歸盡，樂夫天命復奚疑！

——《歸去來兮辭》(例一百五十五)

天地賦命，生必有死；自古賢聖，誰能獨免？子夏有言：“死生有命，富貴在天”……發斯談者，將非窮達不可妄求，壽夭永無外請故耶？

——《與子儼等疏》(例一百五十六)

茫茫大塊，悠悠高旻，是生萬物，余得為人。……勤靡餘勞，心有常閒；樂天委分，以致百年。……識運知命，疇能罔眷？余今斯化，可以無恨。

——《自祭文》(例一百五十七)

……所以貴我身，豈不在一生？——一生復能幾？——倏如流電驚；鼎鼎百年內，持此欲何成？

……宇宙一何悠，人生少至百；歲月相催逼，鬢邊早已白；若不委窮達，素抱深可惜！

——《飲酒》(例一百五十八)

……萬化相尋繹，人生豈不勞！從古皆有沒，念之中心焦！何以稱我情？——濁酒且自陶！千載非所知，聊以永今朝。

——《己酉歲九月九日》(例一百五十九)

今日天氣佳，清吹與鳴彈；感彼柏下人，安得不為歡？清歌散新聲，綠酒開芳顏；未知明日事，余襟良已殫。

——《諸人共游周家墓柏下》(例一百六十)

……未知從今去，當復如此不？中觴縱遙情，忘彼千載憂；且極今朝樂，明日非所求。

——《游斜川》（例一百六十一）

……甚念傷吾生，正宜委運去！縱浪大化中，不喜亦不懼；應盡便須盡，無復獨多慮！

——《形影神神釋》（例一百六十二）

從這些詩文裏，可見他是一個樂天委分的樂生主義者。他看破了生死，覺得死無可怕，生却足樂。活一天便樂一天，但是活一天却工作一天；所以他雖然“勤靡餘勞”，而却“心有常閒”。魏晉以來，老莊思潮，風靡一世；而他雖然曠達，卻不是老莊一流。東晉時大乘佛教思潮，已經輸入南方，慧遠結白蓮社於廬山，宣揚淨土宗風，一時入社的很眾。他雖然跟慧遠交好，慧遠曾經竭力招致他，而終不願入社；所以他看破生死，而又不是浮屠一派。他底詩文裏面，也毫無老莊浮屠底意味；勉強比擬起來，頗有點跟孔門的顏回相像。他又是一個極愛自由的自由主義者，所以要做官，就做官，不耐煩做了，就丢官不做；而且要喝酒就喝酒，要做詩就做詩，要種田就種田；甚至要乞食就乞食：都是純任自然，無所容心。他底“身慕肥遁”，實在是他底個性如此，並非有意以隱逸鳴高。試看他說：

少無適俗韻，性本愛邱山；誤落塵網中，一去三十年；羈鳥戀舊林，池魚思故淵：開荒南野際，守拙歸園田：……戶庭無塵雜，虛室有餘閒：久在樊籠裏，復得返自然。

——《歸園田居》（例一百六十三）

他只是要擺脱塵網的樊籠，而返乎自然，做一個極平常的人罷了。所以鍾嶸稱他為“古今隱逸詩人之宗”，實在不對。他既極愛自由，要返乎自然，所以他又是一個無政府思想家。他底《桃花源詩》和《序》，都是他發表烏託邦的無政府思想的作品。所以有“……不知有漢，無論魏晉”；“黃髮垂髫，並怡然自樂”；和“秋熟靡王稅”的話。《五柳先生傳》贊中，自命為“無懷氏之民，葛天氏之民”；《與子儼等疏》中，有“自謂是羲皇上人”的話；也都是想回復到原始的無政府狀態的思想。《桃花源詩序》，發端處說“晉太元中”，自然是入宋以後的作品。篇中說“無論魏晉”，可見他不但對於宋不满意，就是對於晉也不滿意，而要做一個羲皇以上的無懷氏之民、葛天氏之民，是很顯然的。這實在比伯夷、叔齊底僅僅戀慕“神農、虞、夏”，還要更進一籌了。所以蕭統說他“自以曾祖晉世宰輔，恥復屈身後代；自宋高祖王業漸隆，不復肯仕”，僅僅把他當作晉代遺臣、宋室頑民看，也是錯了。他有這樣絕高而又極平常的人格，所以他底詩也是極高而又極平常的詩。例如：

結廬在人境，而無車馬喧；問君何能爾？心遠地自偏。採菊東籬下，悠然見南山；山氣日夕佳，飛鳥相與還：此中有真意，欲辨已忘言。

——《飲酒》（例一百六十四）

日暮天無雲，春風扇微和；佳人美清夜，達曙酣且歌；歌竟長嘆息，持此感人多。皎皎雲間月，灼灼葉中華，豈無一時好？不久當如何！

——《擬古》（例一百六十五）

孟夏草木長，遶屋樹扶疏；衆鳥欣有託，吾亦愛吾廬。既耕亦已種，時還讀我書；窮巷隔深轍，頗迴故人車。歡言酌春酒，摘我園中蔬；微雨從東來，好風與之俱。汎覽《周王傳》，流觀《山海圖》；俯仰終宇宙，不樂復何如！

——《讀山海經》（例一百六十六）

正是沖澹深粹，風華清靡，兼而有之；不但壓倒晉以前的作者，就是晉以後的作者，也是百學不到的。至於《擬古》第八篇《少時壯且厲》和《述酒》、《詠荊軻》諸篇，誠然是含有寄託的；但也只是憤劉裕底暴行，而未曾有讚美晉室的話，所以跟他底無政府思想依然無礙。

他底辭賦，有《歸去來兮辭》一篇、《感士不遇賦》、《閒情賦》各一篇，又《祭程氏妹文》、《祭從弟敬遠文》、《自祭文》各一篇。從《歸去來兮辭》和《自祭文》裏，都可看出他底人生觀；而《祭程氏妹文》和《祭從弟敬遠文》，都是發抒他對於弟妹死亡的很悲戚、很真摯的情緒的。《感士不遇賦》，似乎有不過之感；而其實是說"真風告逝，大偽斯興"的時候，還不如不遇的好。所以前邊說：

密網裁而魚駭，宏羅制而鳥驚；彼達人之善覺，乃逃祿而歸耕；……望軒唐而永嘆，甘貧賤以辭榮。

後邊又說：

寧固窮以濟意，不委曲而累己；既軒冕之非榮，豈緼袍之足恥？誠謬會以取拙，且欣然而歸止；擁孤襟以畢歲，謝良價於朝市。

——《感士不遇賦》（例一百六十七）

須知這不是牢騷話，而依然歸宿於他做一個平常人的人生觀。至於《閒情賦》，據自序所說，"將以抑流宕之邪心，諒有助於諷諫"，大約是一種象徵的作品；但是善於寫戀，工於抒情，我們當它一種戀歌底範作，也是不妨。試看：

……激清音以感余，願接膝以交言；欲自往以結誓，懼冒禮之為諐；待鳳鳥以致辭，恐他人之我先；意惶惑而靡寧，魂須臾而九遷。願在衣而為領，承華首之餘芳；悲羅襟之宵離，怨秋夜之未央。願在裳而為帶，束窈窕之纖身；嗟溫涼之異氣，或脫故而服新。願在髮而為澤，刷玄鬢於頹肩；悲佳人之屢沐，從白水以枯煎。願在眉而為黛，隨瞻視以閒揚；悲脂粉之尚鮮，或取毀於華妝。願在莞而為席，安弱體於三秋；悲文茵之代御，方經年而見求。願在絲而為履，附素足以周旋；悲行止之有節，空委棄於牀前。願在晝而為影，常依形而西東；悲高樹之多蔭，慨有時而不同。願在夜而為燭，照玉容於兩楹；悲扶桑之舒光，奄滅景而藏明。願在竹而為扇，含淒飆於柔握；悲白露之晨零，顧襟袖以緬邈。願在木而為桐，作膝上之鳴琴；悲樂極以哀來，終推我而輟音。考所願而必違，徒契闊而苦心；擁勞情而罔訴，步容與於南林；栖木蘭之遺露，翳青松之餘陰。儻行行之有覿，交欣懼於中襟；竟寂寞而無見，獨悄想以空尋。

——《閒情賦》（例一百六十八）

這真不愧為風華清靡的呵！此賦是繼張衡《定情賦》、蔡邕《靜情賦》而作。閒情底閒，是防閑底閑，跟定情底定、靜情底靜同意，所謂“始則蕩以思慮，而終歸閒正”；所以結處說“徒勤思以自悲，終阻山而帶河；迎清風以祛累，寄弱志於歸波。……坦萬慮以存誠，憩遙情於八遐”。蕭統說他“白璧微瑕，惟在《閒情》一賦”，不但腐氣，實在不解閒字底意義。

陶潛在中國文學史上，是一個特異的詩人，不能把時代去限定他；不過因為他生當晉末，所以把他位置在這裏。其實我們讀了他底作品，不能沒有“前不見古人，後不見來者”的感慨呢。

此外東晉詩人，可以使我們注意的，是孫綽、王獻之兩人。孫綽有《情人碧玉歌》二首；王獻之有《桃葉歌》二首：都是關於戀愛的抒情詩。它們底格調，跟《子夜歌》、《歡聞歌》等相似，可見也是吳聲歌曲，不過不是無名氏底作品罷了。現在把它們和桃葉《答王團扇歌》、謝芳姿《團扇歌》各選一篇，並錄於下。

碧玉破瓜時，郎為情顛倒；感郎不羞郎，回身就郎抱。

——孫綽《情人碧玉歌》（例一百六十九）

桃葉復桃葉，渡江不用檝；但渡無所苦，我自迎接汝。

——王獻之《桃葉歌》（例一百七十）

團扇復團扇，持許自障面；憔悴無復理，羞與郎相見。

——桃葉《答王團扇歌》（例一百七十一）

白團扇，憔悴非昔容，羞與郎相見。

——謝芳姿《團扇歌》（例一百七十二）

這種吳聲歌曲，是當時南方的平民文學，善寫兒女之情；而所謂上流社會，也受了它底感染，當寫兒女之情的時候，就不能不用這種格調。這就是所謂中原一部分的漢族，從北方遷移到南方來，受了東南民族舊文化的感染，而於文學上表現一種新的色彩的。其實，自從孫皓入晉以後，把《爾汝歌》底格調，輸入洛陽，那時候北方人總也多少受一點感染的。所以在西晉時候，如石崇妾綠珠底《懊儂歌》：

絲布澁難逢，令儂十指穿；黃牛細犢車，游戲出孟津。

——綠珠《懊儂歌》（例一百七十三）

已經是這一類的作品，不過只出於兒女子之手罷了。所可怪的，二陸是從吳入洛的，卻並無這一類的作品，而只幹那假古董的營生；但即此可見這確是貴族的士大夫所不屑為的平民文學了。

東晉時代，中國北部，被五胡十六國所蹂躪，中原舊文化，自然被他們摧殘了不少。但是他們同時受了漢族文化底征服，也不是絕無文學底表現的；並且漢族遺民，留在北方的，還是大多數；其中優秀的，當然也有：不過作品流傳下來的很少罷了。所以如張駿、苻朗、王嘉、馬岌、趙整之流，也頗有詩篇；而著名的蘇蕙迴文詩，卻產生於前秦苻堅的時候。

前邊曾說蘇伯玉妻《盤中詩》，是蘇蕙迴文詩底先導。有人以為《盤中詩》在《玉臺新詠》中，列於傅玄之後，張載之前；而且宋刻本連蘇伯玉妻底名，也不題明，好像就是傅玄底作品。所以即使不是傅玄所作，蘇伯玉妻也一定是晉代人。但是明嘉靖間徐學謨所刻《玉臺新詠》，此詩卻列在《漢成帝時童謠》之前，或許是有所據的。它底本事，是“伯玉被使在蜀，久而不歸；其妻居長安，思念之，因作此詩”，也跟漢代建都長安相合；雖然出使的蘇伯玉，並不一定把家室住在都城。並且我們看她底詩，也不像晉以後的格調，所以我們只認蘇伯玉妻為漢代人，而《盤中詩》是蘇蕙迴文詩底先導。蘇蕙字若蘭，始平人，前秦苻堅時秦州刺史扶風人竇滔之妻。所作《璇璣圖詩》，以八百四十一字，制成一圖，迴環反復地讀起來，可得詩三千七百五十二首。它底本事，跟《盤中詩》相類。據唐武曌序中所說：蘇氏因嫉妬被絕于竇滔，悔恨自傷，因織錦為迴文，五綵相宣，瑩心輝目，縱横反復，皆為文章，名為《璇璣圖》。這時候竇滔正留鎮襄陽，蘇氏把《璇璣圖》送往襄陽，滔看了，非常感嘆，于是把蘇氏接到任上去，恩愛越密了。現在舉圖中一例如下：

仁智懷德聖虞唐，真志篤終誓穹蒼，欽所感想忘淫荒，心憂增慕懷慘傷。

傷慘懷慕增憂心，荒淫忘想感所欽，蒼穹誓終篤志真，唐虞聖德懷智仁。

——蘇蕙《璇璣圖詩》（例一百七十四）

迴文只是一種技巧，於詩篇底內容上，不但沒有什麼益處，而且難免受它底斲喪，實在是不足貴的。但是這種體裁，是中国所獨有，而為世界各國底文字所做不到。蘇蕙以前，雖然或許也有這一類的作品，但都是很簡單的。這樣繁複的巨製，實在以此為第一。就是蘇蕙以後，技巧進步，廻文詩詞，層見疊出，但畢竟不能有這樣繁複的巨製。所以這《璇璣圖詩》，不妨說是空前絕後的製作；而在中國文學史上，也該讓它占一個位置。

當時南北兩方，因為佛教思潮底輸入，有些詩人，都受了它底影響，於作品中帯些禪意；而佛教徒如支遁、惠遠、竺僧度一輩，也都能作詩。甚至鳩摩羅什，本是外國沙門，而也漸染了華風，以中詩底形式作偈頌。他所譯經論中的偈頌，有時也能以具體的話，寫出哲理，不過不用韻罷了。例如：

總持之園苑，無漏法林樹；覺意淨妙華，解脫智慧果。八解之浴池，定水湛然滿；布以七淨華，浴此無垢人。象馬五通馳，大乘以為車；調御以一心，游於八正路。相具以嚴容，衆好飾其姿；慚愧之上服，深心為華鬘。

——《維摩詰听說經佛道品偈》

（例一百七十五）

這實在是有音數的無韻詩；而他自作的：

心山育明德，流薰萬由延；哀鸞孤桐上，清音徹九天。

——《贈沙門法和》（例一百七十六）

比較地更是饒有詩意了。

東晉末年，鮮卑族拓跋氏起於北方，建立北魏帝國，到宋元嘉年間，統一了中國北部，於是五胡十六國大分裂的局面告終，而跟南朝底宋，成為南北對峙的局面。當晉室東遷以後，雖然偷安半壁，不能恢復中原；但還有謝玄大敗苻堅於淝水，桓温收降李勢於成都，劉裕遠破姚泓於長安，是差強人意的事。不料劉裕既虜姚泓，關中仍舊失陷于赫連勃勃；而他反憑藉武功，實行篡弑。稱帝以後，不再做那恢復中原的事業，於是宋、齊、梁、陳四代南部的偏安，就此定局了。在這種偏安的局面中，朝野上下，只知以聲色自娛；又因為處於江南富麗繁華的地域，很容易釀成吟風弄月，玩日愒時的習慣；所以南朝的文學，便成了“兒女情多，風雲氣少”的文學。一方面又因為沿襲了魏晉老莊思潮底餘波，迎受了大乘佛教思潮底奔浪，文學內容，即傾向於虛玄，於是都從外形的妝飾上求工，而太康文學偏重辭華底流風，變本加厲，詩文中抑揚、反復、駢偶諸律，漸漸加嚴了。

宋、齊、梁、陳四代，國祚不長，其間文學家多有經歷兩代或三代以上的，往往不能把他專屬於那一代；所以有時候不便依代劃分。但如宋底元嘉文學，齊底永明文學，梁底宮體文學，陳底狎客文學，以及梁、陳間的《文選》、《玉臺》、《文心》、《詩品》，也各有它底特點可說。

元嘉文學作者，有何承天、顏延之、謝莊、謝靈運、謝惠連、謝晦、謝瞻、鮑照、范曄、何長瑜、荀雍、羊璿、袁淑一班人；其中以顏延之、謝靈運、鮑照三人為巨擘，而謝莊、謝惠連等，也頗能肩隨其間。

謝靈運，陳郡陽夏人，晉謝玄之孫；在晉代，襲世爵，為康樂公。入宋以後，曾為永嘉太守；後來因為謀反而被殺。他底作品，在外形方面，多用駢偶，是那時候的風會所趨；而內容方面，却有特異的地方，就是游覽的詩篇獨多；而且因為信佛的緣故，對于浮屠教義，頗有發揮。《晉書·本傳》說：

……出為永嘉太守，郡有名山水，靈運素所愛好；出守既不得志，遂肆意游遨，偏歷諸縣，動踰旬朔；民間聽訟，不復關懷；所至輒為詩詠以致其意焉。……移籍會稽，修營別業，傍山帶江，盡幽居之美；與隱士王弘之、孔淳之等，縱放為娛，有終焉之志。……作《山居賦》，并自注以言其事。……徵為祕書監，……稱疾不朝，……出郭游行，或一日百六七十里，經旬不歸。……以疾東歸，而游娛宴集，以夜續晝。……既東還，與族弟惠連、東海何長瑜、穎川荀雍、泰山羊璿之以文章賞會，共為山澤之游，時人謂之四友。……靈運因父祖之資，生業甚厚；奴僮既衆，義故門生數百，鑿山浚湖，功役無已；尋山陟嶺，必造幽峻，巖嶂千重，莫不備盡。登躡常著木履，上山則去前齒，下山去其後齒。嘗自始寧南山伐木開徑，直至臨海，從者數百人。臨海太守王琇驚駭，謂為山賊；徐知是靈運，乃安。又要琇更進；琇不肯。靈運贈琇詩曰："邦君難地險，旅客易山行"。……

可見他是一個很愛游覽山水的人，而且是能把自然美景寫入詩詠文章中的人。所以他在《游名山志自序》中說：

夫衣食，人生之所資，山水，性分之所適。……

而集中如《山居》、《歸塗》、《羅浮山》、《嶺表》、《長谿》諸賦，都能描寫自然景物，詩篇中更多紀游寫景的作品。這愛好自然的一點，頗有點跟陶潛相類。但陶潛是把人格融合於自然之中，寫自然的地方，就表現他底人生觀；而靈運卻偏於客觀的描寫。所以我們讀靈運紀游寫景的作品，只能賞鑑它底工麗清俊罷了，跟他底人格無涉。就是以風格而論，也覺得陶詩渾厚，而謝詩難免纖媚。然而他底刻畫山水，畢竟為後世所宗；而品格實在顏延之之上。至於他雖然愛談禪理，卻仍無補於褊激的性情，可見也不過借佛典作口頭禪罷了。

顏延之，字延年，琅琊臨沂人，曾為光祿大夫。他跟謝靈運齊名，江左以顏、謝並稱，比於太康時代的潘、陸。但鮑照曾對他說："謝詩自然可愛，君詩雕繪滿眼"；湯惠休也批評他說："謝詩如芙蓉出水，顏詩如錯彩鏤金"：可見顏、謝優劣，當時已有定評。他因為喜用古事，巧於雕鏤，所以品格不及靈運，而開後來緝事比類，非對不發之風。但如借《五君詠》以抒寫怨憤，也是左思《詠史》的一流；不過藝術手段不高，不但不能如阮籍《詠懷》、郭璞《游仙》之幽隱深微，而且不能如左思《詠史》底比較蘊藉，所以不免觸犯時忌了。

鮑照，字明遠，東海人，曾為中書舍人。後在臨海王子頊幕下。為前軍參軍；子頊敗，為亂兵所殺。他文辭贍逸，擅長古樂府，如《擬行路難》諸篇，頗能就古題而創新調；而《蕪城賦》和《登大雷岸與妹書》，都是工於描寫自然景物的，這就是鍾嶸《詩品》所謂善製形狀寫物之詞了。他雖然巧於雕鏤，跟顏延之相類，而延之卻沒有他那清矯豪健的筆力。所以他在當時，實足壓倒延之，而跟"啟心閑釋，託辭華曠"的靈運並駕；不過因為本非貴族，名位不高，以致"才秀人微，取湮當代"罷了。但他雖不見重於當時。卻為後來齊、梁詩體所從出。所以《齊書·文學傳》說：

發唱驚挺，操調險急，雕藻淫艷，傾炫心魄，亦猶五色之有紅紫，八音之有鄭、衞，斯鮑照之遺烈也。

現在把這三家的詩，舉例如下。

潛虬媚幽姿，飛鴻響遠音；薄霄愧雲浮，棲川怍淵沈；進德智所拙，退耕力不任；徇祿返窮海，臥痾對空林；衾枕昧節候，褰闈暫窺臨；傾耳聆波瀾，舉目眺嶇嶔；初景革緒風，新陽改故陰；池塘生春草，園柳變鳴禽；祁祁傷豳歌，萋萋感楚吟；索居易永久，離羣難處心；持操豈獨古，無悶徵在今。

——謝靈運《登池上樓》（例一百七十七）

昏旦變氣候，山水含清暉；清暉能娛人，游子憺忘歸。出谷日尚早，入舟陽已微；林壑斂暝色，雲霞收夕霏；芰荷迭映蔚，蒲稗相因依。披拂趨南徑，愉悅偃東扉；慮澹物自輕，意愜理無違：寄言攝生客，試用此道推！

——謝靈運《石壁精舍還湖中作》（例一百七十八）

阮公雖淪跡，識密鑒亦洞：沈醉似埋照，寓辭類託諷；長嘯若懷人，越禮自驚衆：物故不可論，途窮能無慟！

——顏延之《五君詠·阮步兵》

（例一百七十九之一）

中散不偶世，本自餐霞人：形解驗默仙，吐論知凝神；立俗迕流議，尋山洽隱淪：鸞翮有時鎩，龍性誰能馴？

——顏延之《五君詠·嵇中散》

（例一百七十九之二）❶

奉君金巵之美酒，瑇瑁玉匣之雕琴，七采芙蓉之羽帳，九華蒲萄之錦衾；紅顏零落歲將暮，寒花宛轉時欲沈；願君裁悲且減思，聽我抵節行路吟；不見柏梁銅雀上，寧聞古詩清吹音！

——鮑照《擬行路難》（例一百八十）

鷲舲馳桂浦，息棹偃椒潭；簫弄澄湘北，菱歌清漢南。

——鮑照《采菱歌》（例一百八十一）

鍾嶸《詩品》批評這三人底詩，都有“尚巧似”的話。“巧”是從雕飾中求工，“似”是從模擬中求肖，都是從外形上做工夫；所以他們上承魏、晉，下開齊、梁，為六代文章內容外形消長間的一大關鍵。

謝莊，字希逸，也是陳郡陽夏人，曾為光祿大夫。謝惠連，就是靈運族弟，被靈運所稱賞，為四友之一；曾為法曹行參軍。這兩個人底詩，也並無何種特色；鍾嶸《詩品》說惠連“《秋懷》、《擣衣》之作，雖復靈運銳思，亦何以加焉”，那麼，也不過等於靈運罷了。謝莊《月賦》，謝惠連《雪賦》，都頗長於描寫自然；但《月賦》託之王粲，《雪賦》託之司馬相如，正足見那時候辭賦家託古的

❶　例一百七十九兩條的出處編者做了添改。遺著原文中，劉先生只是隨手用破折號把阮、嵇二人的名字接在引詩之後，於全書體例不合。——編者註

作法，跟漢代邊讓《章華賦》託之伍舉相同。

宋代皇族，如劉義隆（文帝）、劉駿（孝武帝）、劉義慶（臨川王）、劉義恭（江夏王）等，也都有文采。其中劉義慶以《世說》得名；而劉駿底《丁督護歌》，實為《吳聲歌曲》之一。現在錄其中兩首如下：

聞歡去北征，相送直瀆浦；只有淚可出，無復情可吐。

督護上征去，儂亦惡聞許；願作石尤風，四面斷行旅。

——劉駿《丁督護歌》（例一百八十二）

這可以算是帝王的平民文學，所以也值得一說。

鮑照有一個妹子，名令暉，是一個女詩人；鮑照曾把她比作左芬。鍾嶸《詩品》說她：

歌詩往往嶄絕清巧，《擬古》猶勝；唯《百願》淫矣。

她底《擬古》詩現存兩首，畢竟不及漢人；而《百願》詩已經亡佚，無從判別它底淫否了。

南齊一代，不過二十餘年；然而永明十一年間，卻是上承元嘉文學，下開唐代律體的一個重要時期。周、秦古音，只有所謂長言短言；長言大約就是後來所謂平聲，短言就是所謂入聲。所以那時候只有平入兩聲，而無所謂四聲。漢魏以後，時代遷流，聲音變異，於是平聲中一大部分，變為上聲和去聲，入聲中一小部分——《廣韻》中《祭泰夬廢》四韻，變為去聲。但脣吻之間，雖然有此音讀，而不曾立為專名（注一），製成定譜。到了永明年間，體語——就是反切——盛行，汝南周顒，分別切字的聲紐，吳興、沈約，譜定四聲的音韻，而陳郡謝朓，瑯琊王融之流，鼓扇附和，互相仿傚，他們所作詩文，務求諧協宮商（注二），於是四聲有別，八病有禁，而有所謂永明體的文章。所謂八病如下：

一、平頭　指第一、第二字跟第六、第七字同聲的病。如：

今日良宴會，讙樂難具陳。

“今”和“讙”都是平聲，“日”和“樂”都是入聲。

二、上尾　指第五字跟第十字同聲的病。如：

青青河畔草，鬱鬱園中柳。

“草”和“柳”都是上聲。

三、蜂腰　指第二字跟第五字同聲的病。如：

聞君愛我甘，竊欲自修飾。

“君”和“甘”都是平聲，“欲”和“飾”都是入聲。

四、鶴膝　指第五字跟第十五字同聲的病。如：

客從遠方來，遺我一書札；上言長相思，下言久離別。

“來”和“思”都是平聲。

五、大韻　指上九字中有一字或二字跟第十字同韻的病。如：

胡姬年十五，春日獨當爐。

“胡”和“爐”同是虞韻。

六、小韻　指除大韻一字外，上九字中有兩字相互同韻的病。如：

薄帷鑒明月，清風吹我襟。

“明”和“清”同是庚韻。

七、旁紐　指十字中有兩字係旁紐雙聲的病。如：

令德唱高言，識曲聽其真。

“德”和“聽”、“高”和“其”，都是旁紐雙聲。

八、正紐　指十字中有兩字係正紐雙聲的病。如：

冉冉孤生竹，結根太山阿。

“孤”和“結”和“根”，都是正紐雙聲。

這八病中，前四病底禁忌，已經嫌太苛了；至於後四病，更屬無謂。所以後來的詩人，並不遵守這種規律；就是他們自己底作品，也不見得都能避去此病。當時鍾嶸《詩品》中，已經譏評他們，說是“文多拘忌，傷其真美”。可見他們想創造一種新的外形律，而畢竟失敗了。然而八病雖然失敗，而四聲卻為造成中國舊詩篇中抑揚律的造端，所以可說永明文學是下開唐代律體的一個重要時期。

（注一）徐景安《樂書》引劉歆云，“凡宮為上平聲，商為下平聲（此所謂上下平聲，就是陽平陰平，不是後代韻書所謂上下平），徵為上聲，羽為去聲，角為入聲”，所以有人說字分四聲，是起於漢代的。案劉歆此說，不曾見於它書，不知徐氏何所依據？但曹魏李登，曾作《聲類》一書，而《魏書·江式傳》說：“晉世……呂忱……弟靜，……放故左校令李登《聲類》之法，作《韻集》五卷，宮商龣（即角）徵羽，各為一篇”；隋代潘徽為秦王俊作《韻纂序》，也說“《三蒼》、《急就》之流，微存章句；《說文》《字林》之屬，唯別體形；至於尋聲推韻，良為疑混。末有李登《聲類》，呂靜《韻集》，始判清濁，纔分宮羽”：那麽，魏晉的時候，已經有清濁宮羽底判分了。不過那時候大約只稱為宮商角徵羽，還沒有平上去入四聲之名；而且只是以此分韻，不曾如永明時代的詩人，作“宮羽相變，低昂互節，若前有浮聲，則後須切響，一簡之內，音韻盡殊，兩句之中，輕重悉異”的應用罷了。到了永明年間，周顒作《四聲切韻》，沈約作《四聲譜》，才有四聲的名稱，而同時應用於作品中，創為八病的禁忌。所以蕭衍（梁武帝）曾發“何謂四聲”的疑問；而沈約說“自騷人以來，此秘未覩”；范雲也說，“古今文人，多不全了斯處，縱有會此者，不必從根本中來”。如果劉歆時已經有四聲底名稱，蕭衍也何至於不知道呢？所以把字調分為四類或五類，大約起於魏、晉之間，而確定平上去入四聲的名稱，郤起於永明時周顒、沈約。徐氏所引劉歆的話，也許未必可靠。

（注二）沈約答陸厥書中說，“宮商之聲有五”；又說，“宮羽之殊，商徵之別”；這所謂宮商、宮羽、商徵，就是陽平、陰平、上、去、入等底原名，就是呂靜所用以分篇的，不是音樂上的宮商角徵羽。

永明文學，既然有積極的四聲底分別，和消極的八病底禁忌，於是詩篇底韻律，漸漸形成，而他們底作品，便別成一種新面目了。這種新體詩篇底特徵，就是趨向於形式上的技巧，較之宋代的顏、謝、鮑三家，更進一步；而所謂“雕藻淫艷，傾炫心魄”的鮑照的流風，竟愈煽愈烈了。

永明時代負盛名的，是竟陵八友，跟鄴下七子底游於曹氏之門相類。竟陵王蕭子良，字雲英；齊蕭賾（武帝）第二子，性愛文學，禮才好士，一時文學之士，都聚於他底門下；而以謝朓、王融、任昉、沈約、陸倕、范雲、蕭琛、蕭衍八人為當時冠冕，就是所稱為八友的。謝、王二人，都在齊代被殺，蕭衍後來篡齊稱帝，其餘都由齊入梁。

謝朓字玄暉，曾為宣城太守。他善作五言詩，沈約曾贊美他說，“二百年來無此詩也”。蕭衍也很推重他底詩，以為“三日不讀，即覺口臭”。他底辭賦，以《齊敬皇后哀策文》一篇為最有名。鍾嶸評他底詩說：

奇章秀句，往往警遒，善自發詩端，而末篇多躓，此意銳而才弱也。

誠然，他詩中如：

茲山亙百里，合沓與雲齊。

——《游敬亭山》（例一百八十三）

大江流日夜，客心悲未央。

——《暫使下都夜發新林至京邑贈西府同僚》

（例一百八十四）

朔風吹飛雨，蕭條江上來。

——《觀朝雨》（例一百八十五）

浮雲西北起，飛來下高堂。

——《奉和隋王殿下十六首之十二》

（例一百八十六）

春夜別清樽，江潭復為客。

——《答沈右率諸君餞別》

（例一百八十七）

玉繩隱高樹，斜漢耿層臺。

——《離夜同江丞王常侍作》

（例一百八十八）

都是發端很工的。

王融字元長，曾為寧朔將軍。他底箋啟頗工，而《曲水詩序》，最有名於當時，北魏使者，至比之相如《封禪文》。但他底詩卻不及謝朓，所以鍾嶸把他列在下品，說他：

……五言之作，幾乎尺有所短。

現在把他們兩人作品，近乎唐代律體的各舉一例如下：

年華豫已滌，夜艾賞方融：新萍時合水，弱草未勝風；閨幽瑟易響，臺迴月難中：春物廣餘照，蘭萱佩未窮。

——謝朓《奉和隋王殿下十六首之十五》

（例一百八十九）

抱月如可明，懷風殊復清：絲中傳意緒，花裏寄春情；掩抑如有思，悽鏘多好聲：芳袖幸時拂，龍門空自生。

——王融《琵琶》（例一百九十）

竟陵八友，雖然彷彿鄴下七子；但蕭子良自己的作品，卻遠不及曹丕、曹植。所以能媲美曹氏父子的，竟不在齊代的蕭氏，而在梁代的蕭氏。

梁代蕭氏父子四人，都能擅長文學，頗跟曹氏父子三人相仿。雖然兩家風格，完全不同；而論現存作品底數量，前者竟遠過於後者。蕭衍（梁武帝）字叔達，本竟陵八友之一；稱帝以後，又歷年頗長，所以著述很多，有集六十多卷，而詩賦占三分之一有奇。他兼信儒道釋三教（曾自說“少時學周、孔，……中復觀道書，……晚年開釋卷……”《會三教》），而晚年尤篤信浮屠。但他底詩文中，雖然發揮佛教思想的作品頗多，而多數的詩篇，仍不免因襲“雕藻淫艷”的流風。所以蕭綱（簡文帝）、蕭繹（元帝），都是艷曲連篇；所謂宮體文學，就說是父唱子和，也不為過。

蕭統（昭明太子）字德施，蕭衍長子。他底作品，流傳較少，大約因為不永年的緣故。但所輯《文選》三十卷，卻為後來總集之祖；所謂專摹選體的文學家，至今奉為圭臬，所以影響於後來文學上的，實在不淺。他底詩，風格不遒；雖然很愛陶潛底詩文，給他作傳，給他編集作序，而絲毫不受他底影響。不過在父子四人中，豔體詩卻是比較地算是最少的。

蕭綱字世纘，蕭衍第三子，有集八十五卷；蕭繹字世誠，蕭衍第七子，有集六十二卷：都是著述很富的。蕭綱愛作豔曲，江左方面，一時成為風氣，於是有宮體的名稱。蕭繹步武父兄，詩賦也多綺艷。

蕭氏父子四人中，除蕭統早夭外，其餘三人，都遭亡國殺身的慘禍。不但蕭衍武功，遠遜曹操；就是蕭綱、蕭繹，也不能像曹丕、曹植底令終。他們詩文中都含有亡國靡靡之音，也許不無關係。

蕭衍底樂府中，有《江南弄》七篇，蕭綱也有《江南弄》三篇，都是七音的三停，三音的四停的長短停體；而第一個三音停，就是第三個七音停末三音底反復；並且都另有一個三音停和一個五音停的和辭。雖然沒有嚴格的抑揚律，而却已經有一定的等差律了。沈約也有相類的《江南弄》四首，可見這是那時候的定體，而為後代詞體底權輿。現在各錄蕭氏父子底《龍笛曲》一首如下：

和云，“江南音，一唱值千金”。

美人綿眇在雲堂，雕金鏤竹眠玉牀，婉愛寥亮繞虹梁。繞虹梁，流月臺；駐狂風，鬱徘徊。

——（梁）蕭衍《江南弄·龍笛曲》

（例一百九十一）

和云，“江南弄，真能下翔鳳”。

金門玉堂臨水居，一嚬一笑千萬餘，游子去還願莫疏。願莫疏，意何極；雙鴛鴦，兩相憶。

——（梁）蕭綱《江南弄·龍笛曲》

（例一百九十二）

任昉字彥昇；沈約字休文：在竟陵八友中，聲譽跟謝朓相並。謝朓工詩，任昉能文，而沈約詩文並擅。當時對於這兩人，有任筆沈詩的定評。任昉很以此種定評為恥，晚年作詩，刻意求工，想壓倒沈約：但終於不能如願。他做御史中丞時，有奏彈劉整的彈事文一篇，首尾都是駢體，而中間一大段，卻用語體散文來敍原告劉寅妻范氏、被告劉整和各證人底口供，這是漢代王褒《僮約》以後的第二篇古白話文。沈約雖然詩文並擅，但在當代，也並不能凌駕謝朓、任昉。鍾嶸《詩品》說他底詩“憲章鮑明遠”；又說他詞密於范（雲），意淺於江（淹）。他曾撰《四聲譜》，自以為入神之作。雖然當時蕭衍、陸厥，都表示反對和懷疑的態度，但後世詩篇中的抑揚律，實從此構成，可見他在中國韻律進化史上，是占很重要的位置的。

此外如陸倕文筆，比肩任昉；范雲詩篇，亞於沈約；何遜、劉孝綽、王筠、張率、周興嗣、吳均、丘遲、到溉、到洽之流，都被當時所推重；而徐摛、庾肩吾二人，更都是名子之父，卻不僅依子而得名。

其間有一個身歷三朝，起於宋而沒於梁的江淹，是一個善於摹擬的詩人。他底作品，如《遂古篇》、《雜詞》、《山中楚辭》等，摹擬《楚辭》；雜體三十首，摹擬漢以後諸家的詩；又有《學魏文帝》一首、《效阮公詩》十五首。雖然有些都不及原作，但也頗能各各相肖。並且他因為常常擬古的緣故，所以不受永明體底影響，可稱為齊、梁間的老成典型。他有《恨賦》、《別賦》各一篇，音節體裁，自成一派，為後來賦家模範，至今膾炙人口。

沈約、范雲、何遜、江淹底詩，各錄一篇如下：

緣階已漠漠，汎水復緜緜：微根如欲斷，輕絲似更聯；長風隱細草，深堂沒綺錢：鬱鬱無人贈，葳蕤徒可憐。

——（梁）沈約《詠青苔》（例一百九十三）

巫山高不極，白日隱光輝；靄靄朝雲去，溟溟暮雨歸；巖懸獸無跡，林暗鳥疑飛：枕席竟誰薦？相望空依依。

——（梁）范雲《巫山高》（例一百九十四）

客心愁日暮，徙倚空望歸：山煙滿樹色，江水映霞輝，獨鶴淩空逝，雙凫出浪飛；故鄉千餘里，兹夕寒無衣。

——（梁）何遜《日夕出富陽浦口和朗公》

（例一百九十五）

種苗在東皋，苗生滿阡陌；雖有荷鉏倦，濁酒聊自適，日暮巾柴車，路闇光已夕；歸人望煙火，稚子候簷隙。問君亦何為？——百年會有役；但願桑麻成，蠶月得紡績；素心正如此，開徑望三益。

——（梁）江淹《陶徵君潛田居》（例一百九十六）

從前引四例中，可見前三例已經跟唐代律體相差不遠，而第四例卻迥然不同。

梁代文學，在六朝中可算極盛。創作方面不消說了；就是批評和選輯的工作，也都肇始於這個時期。魏有曹丕底《典論·論文》，晉有摯虞底《文章流別》，都是文學批評底胚胎。但現存而較有系統，能明流變的，卻要算梁代劉勰《文心雕龍》和鍾嶸底《詩品》。摯虞曾撰《古文章類聚》，區分為三十卷，名為《流別集》；但現在已經不傳。所以後來詩文總集底元祖，又不得不推蕭統底《文選》、徐陵底《玉臺新詠》。那麼，梁代跟後來文學底關係，不但在抑揚律萌芽的這一點上了。

梁代宮體文學底流風，到陳代而變本加厲，就是所謂狎客文學了。陳叔寶（後主）酣歌恆舞，流連荒亡，是一個頹廢派的天子。《玉樹後庭花》諸曲，不但詞華浮靡，而且音律哀艷；於是上行下效，又有頹廢派的諸臣，做他底狎客；而江左偏安的局面，就從陳代滅亡而告終了。其實此等人如果只叫他們生在政治清明的時代，居文學侍從之臣的地位，做一個娛樂貴族的倡優之流，也許不至於亡國破家。

不幸使他們做了帝王卿相，把帝王卿相應做的事業拋掉了，去做那帝王卿相所不應做的，哪得不把政治弄得一塌糊塗，而被敵國外患所乘呢？叔寶以前的蕭綱、蕭繹，叔寶以後的楊廣（隋煬帝），都是這一流人。所以清代鄭燮《南朝》詩說：

風流不是君王派，請入雞林謝翠華。

趙慶熺《金陵雜詩》也說：

南朝才子都無福，不作詞臣作帝王。

當時被稱為狎客的，有江總、陳瑄、孔範、王瑗等十餘人，而江總是其中的魁首。江總字總持，濟陽考城人；在梁代已有詩名，被蕭衍所嗟賞。陳後主時，身為宰輔，而不管政務；但天天和陳瑄等諸狎客，跟着叔寶在後庭游宴，因此綱紀不立，國政頹荒，君臣昏亂，以至滅亡。但是他還自稱“歸心釋教”；釋教禁慾，而他卻縱慾如此，不是很矛盾的嗎？可見六朝時候，雖然佛教思潮，很是普及，而在他們名士派的貴族，無非借此作妝點品罷了。

麗宇芳林對高閣，新妝豔質本傾城；映户凝嬌乍不進，出帷含態笑相迎；妖姬臉似花含露，玉樹流光照後庭。

——陳叔寶《玉樹後庭花》（例一百九十七）

南飛烏鵲北飛鴻，弄玉蘭香時會同；誰家可憐出牕牖，春心百媚勝楊柳；銀牀金屋掛流蘇，寶鏡玉釵横珊瑚；年時二八新紅臉，宜笑宜歌羞更斂；風花一去杳不歸，衹為無双惜舞衣。

——江總《東飛伯勞歌》（例一百九十八）

以上二例，是狎客文學底一斑，足見“雕藻浮豔”之極了。

徐、庾並稱，在梁代大通間，已被稱為雙俊。庾信字子山，為庾肩吾之子，後來流寓北周，以南人而為北朝生色；徐陵字孝穆，為徐摛之子，由梁入陳，禪代之際，一切詔策璽書之類，都出於他底手筆，和齊、梁禪代之間的任昉一樣。不過任昉不長於詩，而他卻詩文並工。他底詩文，雖然跟後來的狎客文學略有不同，而和庾信都屬綺豔一流，所以被後世稱為徐庾體。

此外如陰鏗、張正見，並工五言；沈炯能文，善作表啟：也都有名於當時的。

陳代的詩篇，更跟唐律相近，竟有完全無異於唐律的。例如：

嫋嫋河隄樹，依依魏主營：江陵有舊曲，洛下作新聲；妾對長楊苑，君登高柳城：春還應共見，蕩子太無情。

——徐陵《折楊柳》（例一百九十九）

新宮實壯哉，雲裏望樓臺；迢遞翔鵾仰，連翩賀燕來；重檐寒霧宿，丹井夏蓮開；砌石披新井，梁花畫早梅：欲知安樂盛，歌管雜塵埃。

——陰鏗《新成安樂宫》（例二百）

巖間度月華，流彩映山斜；暈逐連城璧，輪隨出塞車；唐蓂遙合影，秦桂遠分花；欲驗盈虛理，方知道路賒。

——張正見《關山月》（例二百零一）

試看，上引三例，都完全跟唐律相同；不過第二百例比唐代五言律詩多一聯罷了。

有名的南朝金粉，作成了"兒女情多，風雲氣少"的南朝文學。這種文學的傾向，經過宋、齊、梁、陳四代而達於極點；它底氣運，也彷彿跟著陳代偏安的王氣黯然而收了。但是含有異族色彩的北朝文學，又怎樣呢？

東晉百餘年間，中國北部，有五胡之亂，所以文學作品流傳下來的很少；但是跟宋、齊、梁、陳對立的北魏和北齊、北周，經過了二百年，文學作品底數量，也遠不及南朝。不但數量不及，就是把內容方面品題起來，也不能跟南朝比儗；而除溫子昇、邢邵、魏收三人，號稱三才以外，還仗著南人庾信、王褒，給北朝撐持門面。不但庾信、王褒，自南徂北，就是三才中的邢邵、魏收，也是模仿南人的。難道拓跋弘（孝文帝）底提倡，不能振起文學底頹風嗎？還是北方尚武而不宜文，以致文學上有北風不競的現象呢？

溫子昇，字鵬舉，晉代溫嶠之後，本居江左，祖父恭之，才北遷濟陰，所以他雖是北人，實出南族。他底文筆，曾被蕭衍所稱，以為曹植、陸機復生；而拓跋暉業（濟陰王）更以為"陵顏（延之）轢謝（靈運），含任（昉）吐沈（約）"。其實這種批評，也未免溢美；不過他確是北魏文學家中的秀出者罷了。

邢邵字子才，河间人。他底文筆，模仿沈約，見重當時，跟温子昇並稱温、邢。每作一文，遠近鈔錄誦讀，洛陽因而紙貴，他底被時流所推重，即此可以想見了。

温、邢不但有文，兼有德行，為楊遵彥《文德論》所稱道；而號為“驚蛺蝶”的輕薄魏收，卻是“負才遺行”，有傷文德了。魏收字伯起，鉅鹿人，跟邢邵都是由魏入齊的。他底文筆，模擬任昉，當時有勝於温、邢的評語，而他也常常跟邢邵爭名。但是他雖然下筆捷速，辭藻富逸，文過温、邢，而才高行鄙，當時已經被人詬病。至於所修《魏書》，更有“穢史”之名。他曾以為非能作賦不能算大才士，要把赋去壓倒不作賦的溫子昇，和不長於作賦的邢邵；但是所作諸賦，現在都不傳了。

温出南族，邢、魏都師法南人，這三個北朝文學的魁首，都是雖係北人而實跟南朝有關係的。至於北周的庾信、王褒，更都是以南人而流寓北方的了。庹[1]信，南陽人，在梁時，跟徐陵並為東宮抄撰學士，以有盛才，並蒙恩禮。後來為蕭繹出使於西魏，被留不遣，遂稱臣於北周，備受宇文氏諸貴族底推重。宇文逌（滕王）說他：“妙擅文詞，尤工詩赋，詠奪安仁（潘岳）之美，碑有伯喈（蔡邕）之情，箴似揚雄，書同阮籍”；雖然跟潘、蔡、揚、阮，風格因時會而不同，勢難比儗，而文章風采，實足獨步北方。他有集二十卷，大都是流寓北方以後的作品，在梁時的文集十七卷，都因離亂而亡失了。但是現在所存，又不過十分之一。唐代杜甫曾說“庾信文章獨老成”，又說“清新庾開府”，而《北周書》本傳，却說“子山之文，發源於宋末，盛行於梁季，其體以淫放為本，其詞以輕險為宗，故能誇目侈於紅紫，蕩心逾於鄭、衞。昔揚子雲有言，‘詩人

❶ “庹”，当为“庾”。下不另註，依文逕改。——編者註

之賦麗以則，詞人之賦麗以淫’；若以庾氏方之，斯又詞賦之罪人也”。其實說他底詩文“發源於宋末，盛行於梁季”，是不錯的；但是他因為流轉北方，既受地域改變的影響，又有羈棲飄泊的悲感，所以於綺豔之中，常含有清健悽怨的音節，這是徐陵所不及的。並且唐代詩文，實在可說是源出徐、庾，又何至貶斥他為詞賦罪人呢？所以我們畢竟要以杜甫清新老成的話為定論。試看他底《哀江南賦》，眷念鄉關，自傷淪落，是一篇滄涼哀感的敘事的長抒情詩，簡直可說是上接屈原，跟《離騷》異曲同工。至於他底五言詩，自然近乎唐律的更多了。

王褒字子淵，琅邪人。梁亡入北，跟庾信並事北周，同見推重；但才名不及庾信。在梁時，曾作《燕歌行》，極寫關塞寒苦之狀，竟為後來北遷的先兆。

……若江陵之中否，乃金陵之既始；雖借人之外力，實蕭牆之內起撥亂之主忽焉，中興之宗不祀；伯兮叔兮，同見戮於猶子；荊山鵲飛而玉碎，隋岸蛇生而珠死；鬼火亂於平林，殤魂游於新市。梁故豐徙，楚實秦亡；不有所廢，其何以昌？有媯之後，將育於姜；輸我神器，居為讓王。天地之大德曰生，聖人之大寶曰位；用無賴之子弟，舉江東而全棄；惜天下之一家，遭東南之反氣；以鶉首而賜秦，天何為而此醉？且夫天道迴旋，生民預焉；余烈祖於西晉，始流播於東川；泊余身而七葉。又遭時而北遷；提挈老幼，關河累年；死生契闊，不可問天；況復零落將盡，靈光巋然。……

——庾信《哀江南賦》（例二百零二）

初春麗景鶯欲嬌，桃花流水沒河橋；薔薇花開百重葉，楊柳拂地數千條；隴西將軍號都護，樓蘭校尉稱嫖姚。自從惜別春燕分，經年一去不相聞；無復漢地關山月，唯有漢北薊城雲；淮南桂中明月影，流黃機上織成文。充國行軍屢築營，陽史討虜陷平城；城下風多能卻陣，沙中雪淺詎停兵，屬國小婦猶年少，羽林輕騎數征行；遙聞陌頭採桑曲，猶勝邊外胡笳聲。胡笳向暮使人泣，長望閨中空佇立；桃花落地杏花舒，桐生井底寒葉疏；試為來看上林雁，應有遙寄隴頭書。

——王褒《燕歌行》（例二百零三）

《哀江南賦》是故國淪陷的追懷，《燕歌行》是異域飄零的預識；而庾信底清新老成，王褒底麗而不淫，即此可見。

南朝文學“雕藻淫艷”的流風，到陳代而達於極點，於是又到了窮的一境，不能不變了。庾信、王褒以南人入北，因為地域底轉移，感受了北方清健貞剛之氣，已經把南派文學底面目，略加變更了。到了隋代平陳，統一南北，於是南北兩派，交流互感，為產出唐代文學的胚胎。所以有隋一代，一面為第四期文學底結穴，一面又為第五期文學底先河，正是文運轉變開承先啟後的一個大關鍵。

世人往往愛把隋代跟秦代相比，卻也頗有類似之點。秦代嬴政吞滅六國，收拾了周末二百年間戰國分裂之局，而隋代楊堅（文帝）滅齊篡周併陳，收拾了東晉以來三百年間南北分裂之局：秦代統一以後，不過十五年，又有陳涉、項籍等短期的分裂，而隋代統一以後，不過三十年，又有王充、李密等短期的分裂；秦代兩世短期閏位，作漢代底前驅，而隋代兩世短期閏位，作唐代底前驅；這些都是相類的。不過楊堅底橫暴，不及嬴政；而楊廣（煬帝）底淫荒，過於胡亥（秦二世）罷了。此外還有相類的一件事，就是嬴政、楊堅兩人底復古運動。嬴政因為周末諸子百家，學派蠭出；大家都根據了他們底私舉，相與非議朝廷底法教政令，不便於專制政體，所以下令：一、“史官非秦紀，皆燒之”；二、“非博士官所職，天下敢有藏詩書百家語者，悉詣守尉雜燒之”；三、“有敢偶語詩書者棄市，以古非今者族，吏見知不舉者與同罪”；四、“所不去者，醫藥卜筮種樹之書”；五、“若欲有學，法令以吏為師”。這個運動，一面是禁止人民以古非今，一面却是要恢復周初學掌於官的制度，是一個禁止諸子百家庭私學，恢復古代官學制度的復古運動。只消看他禁令第二條和第五條，可見博士官所職的詩書百家語是不燒的，依法以吏為師，是可以有學的了。所以嬴政底燒書，是一個學術制度的複古運動；而楊堅開皇年間，也有一個文體的復古運動。在楊堅以前，西魏末年，宇文泰（北周文帝）專政的時候，這種文體的復古運動，已經有過一次。那時候宇文泰因為從晉末以來，文章都尚浮華，成為風俗，要革除這個弊端，便叫蘇綽做了一篇模仿《尚書》的假古董的文章，名為《大誥》，以作模範，使從此以後，文筆都依此體。可是這個命令，當時也不見得十分有效。試看周代諸詔，並非都是這一類“點竄《堯典》、《舜典》字”的文章，而駢四儷六之風，依然不絕。《周書·王褒庾信傳》論中，也已經說“……綽建言務存質朴，遂糠粃魏晉，憲章虞夏，雖屬詞有師古之美，矯枉非適時之用，故莫能常行焉”了。到了楊堅代周，又因為不喜詞華，強迫天下公私文翰，都從實錄；又把文表華豔的泗洲刺史司馬幼之，付所司治罪；而治書侍御史李諤，更上書請矯正文體輕薄的敝風。他說：

臣聞古先哲王之化民也，必變其視聽，防其嗜欲，塞其邪放之心，示以淳和之路；……其有上書獻賦，制誄鐫銘，皆以褒德序賢，明勳證理，苟非徵勸，義不徒然。降及後代，風教漸落，魏之三祖，更尚文詞，忽君人之大道，好雕蟲之小藝；下之從上，有同影響，競騁文華，遂成風俗。江左齊梁，其弊彌甚，貴賤賢愚，唯務吟詠。遂復遺理存異，尋虛逐微：競一韻之奇，爭一字之巧；連篇累牘，不出月露之形，積案盈箱，唯是風雲之狀；世俗以此相高，朝廷據茲擢士；祿利之路既開，愛尚之情愈篤。於是閭里童昏，貴游總丱，未窺六甲，先製五言。至如羲皇舜禹之典，伊傅周孔之說，不復關心，何嘗入耳；以傲延為清虛，以緣情為勳績；指儒素為古拙，用詞賦為君子；故文筆日繁，其政日亂。……及大隋受命，聖道聿興，屏出輕浮，遏止華偽，……自是公卿大臣，咸知正路，莫不鑽仰墳集，棄絕華綺，……如聞外州遠縣，仍踵敝風，選吏舉人，未遵典則……學不稽古，逐俗隨時，作輕薄之篇章，結朋黨而求譽，則選充吏職，舉送天朝。蓋由縣令刺史，未行風教，猶挾私情，不存公道。……請勒諸司，普加搜訪；有如此者，具狀送臺！

——節錄《隋書·李諤傳》❶（卷六十六）

於是楊堅把此奏頒示天下，以期轉移當時文學底傾向。這篇文字，正跟李斯請禁私學，復官學的奏議相似，是魏晉以來文學傾向的反動，不過沒有焚書坑儒那麼的辣手罷了。但是《隋書·文學傳》首說："高祖初統萬機，每念斲雕為樸，發號施令，咸去浮華；然時俗詞藻，猶多淫麗，故憲臺執法，屢飛霜簡"；可見當時積重難返，文體復古的不容易了。其實這種文學傾向，雖然託始於魏晉，而自從晉室東遷以後，把建安、太康底流風，移植於江左，更受了地域上的影響，以致愈演而愈進，一往不返，這也是自然的趨勢。拓跋弘遷都洛陽，地域跟江左相接近，於是南風北漸，一時文士，都受了南派文學底影響；宇文氏吞併梁、荆，又有王、庾之流，移南就北，於是南風更播扇於關右，而這種文學傾向的潮流，便蔓延於南北兩方了。宇文泰、楊堅，對於這種文學傾向，都以為跟北人尚質樸，重實際的習慣不同，都想加以矯正，力挽狂

❶　原文为《李諤傳隋書》，今改为《隋書·李諤傳》。下不另註，依文逕改。——編者註

瀾，於是有上述兩番的復古運動。但是這種自然演進的文學傾向，是浸淫三四百年而成的；絕非一朝一夕之間所能變革，而且更不是仗著勦襲《尚書》字句的一篇假古董的文章，和帝王底詔令，御史底糾察，所司底搜訪，所能立刻奏移風易俗之效的。文學上極端的復古，除產出幾篇少數的假古董以外，是不可能的。至於朝廷官吏法禁底威力，也只能強制一時，影響及於少數。所以這種強迫的復古運動，難免失敗。只有如《隋書》所說：

……江左宮商發越，貴於清綺；河朔詞義貞剛，重乎氣質。氣質則理勝其詞，清綺則文過其意；理深者便於時用，文華者宜於詠歌：此其南北詞人得失之大較也。若能擷彼清音，簡兹累句，各去所短，合其所長，則文質彬彬，盡善盡美……

——節錄《隋書·文學傳》(卷七十六)

這種不遠反自然的趨勢，只是匯合兩派，棄短取長的方法，自然比強迫的復古運動好得多。隋代統一南北以後，正可利用區宇不分的機會，做這種工作。可惜當時楊堅見不及此，偏偏誤用了高壓手段，去幹那違反自然趨勢的、行不通的復古運動，所以畢竟沒甚成績；而調和融合，演進而成新的文學傾向，不能不讓唐代來負這責任了。

平陳一役，楊廣以行軍元帥，親受陳叔寶之降，似乎應該以叔寶為前車之鑒了。然而即位以後，淫荒無度，竟蹈了叔寶頹廢的覆轍，而且驕暴險詐，更什佰倍於叔寶，所以終於被宇文化及所殺，而結果更慘於叔寶。《隋書》說：

煬帝初習藝文，有非輕側之論；暨乎即位，一變其風。其《與越公書》，《建東都詔》，《冬至受朝詩》，及《擬飲馬長城窟》，並存雅體，歸於典制。雖意在驕淫，而詞無浮蕩，故當時綴文之士，遂得依而取正焉。

——節錄《隋書·文學傳》(卷七十六)

现在看他流傳下來的作品，似乎這種批評，並無不合。但是他底為人，是最善於矯飾的。當他做晉王的時候，陰謀奪嫡，曾有種種矯情飾貌的作偽的行為。所以他底非輕側之論，安知不是一種借此迎合楊堅心理的詐術？就是即位以後的詞無浮蕩，也許只是塗飾臣民耳目的。現在所傳的《持檝篇》、《贈張麗華》、《憶韓俊娥》諸詩，以及《望江南》八闋，誠然都是後人所偽託，但像《春江花月夜》、《喜春游歌》、《四時白紵歌》之類，也跟陳叔寶底《玉樹後庭花》相差無幾，可知也不見得絕對地詞無浮蕩了。况且《隋書》又曾說：

煬帝不解音律，略不關懷；後大製豔篇，辭極淫綺；令樂正白明達造新聲，剏《萬歲樂》、《藏鉤樂》、《七夕相逢樂》、《投壺樂》、《舞席同心髻》、《玉女行觴》、《神仙留客》、《擲磚續命》、《鬬雞子》、《鬬百草》、《汎龍舟》、《還舊宮》、《長樂花》及《十二時》等曲，掩抑摧藏，哀音斷絕；帝悅之無已。

——節錄《隋書·音樂志》（卷十五）

一面說他“詞無浮蕩”，一面又說他“大製豔篇，辭極淫綺”，一書之中，自相矛盾，可見《文學傳》中的話，並非信史，而所謂詞無浮蕩者，無非指《飲馬長城窟》諸篇而言，無非楊廣矯飾的詐術罷了。不過當時既有楊堅底文體復古運動在前，所以楊廣有那些迎合心理、塗飾耳目的作品，而楊素也有“詞氣宏拔，風韻秀上”的《贈薛播州》（道衡）五言詩十四首，總算風會略有轉移。可惜楊廣矯飾的伎倆，終掩不住他頹廢的本性；後來東西游幸，流連聲伎，新聲競作，豔曲連篇，於是浮華淫靡的餘焰重揚，終至於亡國殺身，而文運重新的事業，畢竟不屬於隋代了。

楊廣也是一個崇奉佛法的人，早年曾受菩薩戒，奉天台宗元祖釋智顗為師。文集中書、令、文、疏，連篇累牘，盛談禪理；詩中也有“於焉履妙道，超然登彼岸”、“抗迹禪枝地，發念菩提心”諸句。然而他禪理豔詞，同出筆端，而且殺兄弑父，烝淫無度，不但為佛法所不許，並為世法所難容。於此益見六朝貴族底佞佛，並非眞有虔信之心；而禁慾的佛教思潮，要使墮落的人性逆流，實無補於縱慾頹廢傾向了。至於因為薛道衡文出其右，王胄《燕歌行》和作，過於他底原唱，惹起他底妒念，都把他們借端殺害；於他們死後，還要問他們更能作“空梁落燕泥”（薛詩佳句）、“庭草無人隨意綠”（王詩佳句）否，忌刻如此，真是奇聞了。

當時諸臣中以文學著稱的，有范陽盧思道、安平李德林、河東薛道衡、會稽虞世基、梁郡王胄等。他們底詩文，都是上承徐、庾底流風，下開唐代底律體的；而盧、薛諸體，更為唐人所宗尚。

盧思道字子行，李德林字公輔，薛道衡字玄卿，這三人都歷仕齊、周、隋三朝，齊名而相友善。盧氏五七言兼長，如《聽鳴蟬》、《從軍行》等篇，或為時人所推重，或為後代所傳誦。李氏被魏收等所欽重延譽，而陳江總更稱他為河朔英靈。薛氏才名，偏於南北；然終以詩文得罪楊廣，致遭冤殺。當他出使陳朝的時候，曾作一詩：

入春才七日，離家已二年；人歸落雁後，思發在花前。

——《人日思歸》（例二百零四）

南人初見此詩前半，就笑他道：“這是什麼話，誰說此虜解作詩”？後來看到後半，不覺佩服他道：“名下固無虛士”。虞世基字茂世，王胄字承基，都是由陳入隋的。徐陵曾以虞氏為今之潘、陸；楊廣曾說“氣致高遠，歸之於胄；詞清體潤，其在世基”：兩人被當時推重如此。

暮江平不動，春花滿正開；流波將月去，潮水帶星來。

夜露含花氣，春潭瀁月暉；漢水逢游女，湘川值兩妃。

——楊廣《春江花月夜》（例二百零五）

肅肅秋風起，悠悠行萬里；萬里何所行？——橫漠築長城。豈台小子智？——先聖之所營；樹茲萬世策，安此億兆生；詎敢憚焦思，高枕於上京？兩河秉武節，千里捲戎旌；山川互出沒，原野窮超忽；摐金止行陣，鳴鼓興士卒；千乘萬騎動，飲馬長城窟。秋昏塞外雲，霧暗關山月；緣巖驛馬上，乘空烟火發；借問長城候，——單于入朝謁。濁氣靜天山，晨光照高闕；釋兵仍振旅，要荒事方舉；飲至告言旋，功歸清廟前。

——楊廣《飲馬長城窟行》（例二百零六）

把這兩例並看，便覺後者畢竟是矯飾，而前者卻是他底本色了。

曲浦戲妖姬，輕盈不自持。擎荷愛圓水，折藕弄長絲；佩動裙風入，妝消粉汗滋；菱歌惜不唱，須待暝歸時。

——盧思道《採蓮曲》（例二百零七）

五里徘徊鶴，三聲斷絕猿；何言俱失路，相對泣離樽；別意悽無已，當歌寂不喧；貧交欲有贈，掩涕竟無言。

——王胄《別周記室》（例二百零八）

看這兩例，便全是唐律了。

此外有琅邪顏之推，由梁奔齊，齊亡入周，周亡入隋，也是以南人北遷，而輾轉四朝的。曾作《觀我生賦》，頗有清遠之致。現在所傳，有《顏氏家訓》二十篇；其中《文章》一篇，雖不及《文心雕龍》底較有系統，但所論多切中當時文弊。他以為文體應該今古兩採，本末兼存，不主張極端的復古論，尤為中肯之談。

凡為文章，猶乘騏驥；雖有逸氣，當以銜策制之，勿使流亂軌躅，放意填坑岸也。文章當以理致為心腎，氣調為筋骨，事義為皮膚，華麗為冠冕。今世相承，趨末棄本，率多浮艷：辭與理競，辭勝而理伏；事與才爭，事繁而才損；放逸者流宕而忘歸，穿鑿者補綴而不足：時俗如此，安能獨違？但務去泰去甚爾。必有盛才重譽，改革體裁者，實吾所希。古人之文，宏材逸氣，體度風格，去今實遠；但緝綴疎朴，未為密緻爾。今世音律諧靡，章句偶對，諱避精詳，賢於往昔多矣。宜以古之製裁為本，今之辭調為末，並須兩存，不可偏棄也。

——節錄《顏氏家訓·文章》(篇九)

如此持論，不尚偏激，正跟前引《隋書·文學傳》中“各去所短，合其兩長”的議論相類；後來唐代詩文，正是取此途徑的。所謂“時俗如此，安能獨違”，比李諤底復古論明通得多了。

顏氏入隋以後，曾跟陸法言、劉臻、魏淵、盧思道、李若、蕭該、辛德源、薛道衡等九人，同編《切韻》一書，這是跟唐、宋詩篇很有關係的一件事。因為此書雖然經唐代孫愐增為《唐韻》，宋代陳彭年、邱雍等增為《廣韻》，又由丁度等增為《集韻》，不過字數增加，而原定二百六部，都仍舊貫，為唐、宋詩人所遵用者五百多年，於當時的四聲確定，音韻統一，韻律形成上影響絕大。此書由陸法言主撰，其餘八人，參加撰集，從開皇初年至仁壽元年，凡經十餘年而成。現在雖然原本已經亡佚，但《廣韻》還存，就是《切韻》也隨《廣韻》而存了。此書因為要兼顧古今南北音韻底流變，所以分部很多。我們現在要考明古代韻紐，非從此書入手不可；所以它底影響，不但及於唐、宋詩人，而且能作現代研究古韻古紐者底工具，是一部在中國音韻史上有絕大關係的書。

宇文泰、楊堅底復古運動，是要把月露風雲，輕浮華偽，音律諧靡，章句偶對的今，回復到羲皇、舜、禹之典，伊、傅、周、孔之說的古。但是這種今古之分，實在沒有什麼大區別。因為不論順今和復古，他們所用的都是在口頭上已經死了的工具——文言，而勉強使它活在紙面上的。它們大多數都是廟堂文學、貴族文學，而占住了那時候的文學底正統。然而這時候的文言文學，雖然占住了正統，但被壓住了的語體的文學，也未嘗不時時崛起，於文學界中擴張它底領土。試看晉代以後的樂府詩篇中所包含的草野文學、平民文學，便可知道。

晉代以後的樂府詩篇，如那些《郊廟歌辭》、《燕射歌辭》、《鼓吹曲辭》、《舞曲歌辭》，固然都是些特製的廟堂文學，差不多沒有什麼文學的價值；但是《橫吹曲辭》、《清商曲辭》之中，却有許多都是草野文學、平民文學，雖然也有出於貴族之手的。這些作品，因為當時南北分裂，所以很顯明地有南北之分。大約南方文學，善於抒寫兒女之情；北方文學，善於表現英雄之氣。北方文學，當抒寫兒女之情的時候，也都帶着慷慨爽朗的英雄氣息，不像南方文學底那麽宛轉纏緜。這固然由於南北地域底不同；但是一半也由於北方在分裂的四百年間，吸收了若干的新民族，把他們底民族性滲入於北方舊有的漢族文化中，而他們就給與北方文學以異族的色彩。至於南方，當晉室東遷以後，把中原文化搬到南方來，跟吳、越、荆楚方面的那些固有民族底文化相結合，於是也就產生了宛轉纏緜的南方文學。所以我們可以說北方文學，是以中原舊民族為母，而侵入的北方新民族為父的；南方文學，是以南方舊民族為母，而遷來的中原新民族為父的。我們現在讀南北兩方的這些草野文學、平民文學的作品，覺得都有一種新鮮的趣味，不像前邊所說的廟堂文學、貴族文學的那麽沈悶。

南方的草野文學、平民文學，就是《清商曲辭》中的吳聲歌曲和《西曲歌》。吳聲歌曲，就是江南吳歌的文學；《西曲歌》就是荆楚西聲的文學。吳聲歌曲，大約是三國孫吳時代所固有的。司馬炎滅吳以後，這種格調，曾經流入北方；如孫皓戲弄司馬炎的《爾汝歌》，就是這一類的格調。所以綠珠底《懊儂歌》，是當時北方的吳聲歌曲。後來晉室東遷，建國於亡吳舊壤；於是那些南來的貴族，也漸染了吳風，而作起吳聲歌曲來了。例如晉孫綽底《碧玉歌》，王獻之底《桃葉歌》，宋劉駿底《丁督護歌》，鮑照底《吳歌》，梁蕭衍底《子夜四時歌》，以及陳陳叔寶底《玉樹後庭花》，都是貴族們所作的吳聲歌曲。但是貴族們不過偶一為之，不認為正宗，所以作品不多；而且一經他們底手，就難免帶些貴族色彩；陳叔寶底《玉樹後庭花》，就是一例。

吳聲歌曲，有《子夜歌》、《上聲歌》、《歡聞歌》、《前溪歌》、《阿子歌》……《懊儂歌》、《華山畿》、《讀曲歌》、《神絃歌》等；而以《子夜歌》、《讀曲歌》底數量為最多。例如：

宿昔不梳頭，絲髮被兩肩；婉伸郎膝上，何處不可憐。

始欲識郎時，兩心望如一；理絲入殘機，何悟不成匹！

郎為旁人取，負儂非一事；攡門不安橫，無復相關意。

攬裙未結帶，約眉出前窗；羅裳易飄颺，小開罵春風。

我念歡的的，子行由豫情；霧露隱芙蓉，見蓮不分明。

儂作北辰星，千年無轉移；歡行白日心，朝東莫還西。

——無名氏《子夜歌》（例二百零九）

歌謠數百種，《子夜》最可憐；慷慨吐清音，明轉出自然。

——無名氏《大子夜歌》（例二百十）

《唐書·樂志》說：

《子夜歌》者，晉曲也。晉有女子名子夜，造此聲，聲過哀苦。

這是《子夜歌》底起源；而前引《大子夜歌》，就是它們自身絕妙的評語。

當曙與未曙，百鳥啼窗前，獨眠抱被嘆；憶我懷中儂，單情何時雙！

——包明月《前溪歌》（例二百十一）

我有一所歡，安在深閤裏；桐樹不結花，何由得梧子！

——無名氏《懊儂歌》(例二百十二)

未敢便相許；夜聞儂家論，不持儂與汝。

不能久長離；中夜憶歡時，抱被空中啼。

相送勞勞渚；長江不應滿，是儂淚成許。

——無名氏《華山畿》(例二百十三)

千葉紅芙蓉，照灼綠水邊；餘花任郎摘，慎莫罷儂蓮！思歡久；不愛獨枝蓮，只惜同心藕。

逋髮不可料，顦顇為誰睹？欲知相憶時，但看裙帶緩幾許。憐歡不喚名，念歡不喚字；連喚歡復歡，兩誓不相棄。

打殺長鳴雞，彈去烏臼鳥；願得連冥不復曙，一年都一曉。罷去四五年，相見論故情；殺荷不斷藕，蓮心已復生。

——無名氏《讀曲歌》(例二百十四)

《讀曲歌》底起源，傳說不一。據《宋書・樂志》說：

《讀曲歌》者，民間為彭城王義康作也。其歌云："死罪劉領軍，誤殺劉第四"是也。

據《古今樂錄》說；

《讀曲歌》者，元嘉十七年，袁后崩，百官不敢作聲歌；或因酒讌，止竊聲讀曲細吟而已，以此為名。

但劉義康被徙，也是元嘉十七年。所以也許那時候盛行此調，民間就用此調為義康作歌。

又有《神絃歌》十一曲十八篇，其中如《宿阿曲》、《道君曲》、《聖郎曲》、《嬌女詩》、《白石郎曲》、《青溪小姑曲》、《湖就姑曲》、《姑恩曲》等，大約都是那時候揚子江流域舊民族底宗教頌歌，跟《楚辭》中的《九歌》相類；其餘《採蓮童曲》、《明下童曲》、《同生曲》等，也都是那時候娛神的民歌：所以總稱為《神絃歌》。例如：

左亦不佯佯，右亦不翼翼；仙人在郎傍，玉女在郎側；酒無沙糖味，為他通顏色。

——《神絃歌·聖郎曲》（例二百十五）

蹀躞越橋上，河水東西流；上有神仙，下有西流；魚行不獨自，三三兩兩俱。

——《神絃歌·嬌女詩》二曲之一

（例二百十六）

白石郎，臨江居；前導江伯後從魚。

積石如玉，列松如翠；郎艷獨絕，世無其二。

——《神絃歌·白石郎曲》（例二百十七）

開門白水，側近橋梁；小姑所居，獨處無郎。

——《神絃歌·青溪小姑曲》（例二百十八）

湖就赤山磯；大姑居湖東，小姑居湖西。

——《神絃歌·湖就姑曲》二曲之一

（例二百十九）

明姑遵八風，蕃謁雲日中；前導陸離獸，後從朱鳥麟鳳皇。

——《神絃歌·姑恩曲》二曲之一

（例二百二十）

陳孔驕赭白，陸郎乘斑騅；徘徊射堂頭，望門不欲歸。

——《神絃歌·明下童曲》二曲之一

（例二百廿一）

十一曲中所寫的神靈，男女兩性都有。《白石郎曲》描寫男性神靈底美麗，用“積石如玉，列松如翠”的背景來象徵他，是極妙的文學手段。我們試想，在“積石如玉，列松如翠”的背景當中，有一位“前導江伯後從魚”而靈艷獨絕的白石郎，是何等境界？不足教人神往嗎？對於青溪小姑，也只寫她所居的背景，和獨處的生活，而能使我們彷彿看見一位楚楚可憐，丰神獨絕的女神，真是白描聖手！案梁代吳均《續齊諧記》中，有一段關於青溪小姑的神話，就是從《青溪小姑曲》推衍出來的：

會稽趙文韶，宋元嘉中為東扶侍，廨在青溪中橋，秋夜步月，悵然思歸，乃倚門唱《烏飛曲》。忽有青衣，年可十五六許，詣門曰："女郎聞歌聲有悅人者。逐月遊戲，故遣相問"。文韶卻不之疑，遂暫邀過。須臾，女郎至，年可十八九許，容色絕妙。謂文韶曰："聞君善歌，能為作一曲否"？文韶即為歌《草生盤石下》，聲甚清美。女郎顧青衣取箜篌鼓之，泠泠似楚曲。又令侍婢歌《繁霜》，自脫金簪扣箜篌和之。婢乃歌曰："歌繁霜，繁霜侵曉幕；何意空相守，坐待繁霜落？"

留連宴寢，將旦別去，以金簪遺文韶；文韶亦贈以銀盌及瑠璃匕。明日，於青溪廟中得之，乃知所見，青溪神女也。

——（梁）吳均《續齊諧記》

這段神人互戀的神話，是宋玉高唐神女、曹植洛川神女型的，大約因為《青溪小姑曲》中說她"獨處無郎"，所以要使她有郎。但是原曲中一位孤貞幽獨的女神，卻變為懷春行露的女郎了。據《異苑》說：青溪小姑是蔣侯第三妹；而所謂蔣侯，就是晉代干寶《搜神記》所記，嘗為秣陵尉，因擊賊受傷而死的廣陵蔣子文，被吳主孫權封為中都侯，立廟鍾山的。因此，可以知道青溪小姑底被奉為神靈，大約在晉代以前；而《青溪小姑曲》至少是梁代以前的作品了。

從《神絃歌》中，我們可以大略知道那時候楊子江流域舊民族所奉多神教的情形。曲中所描寫的神靈底生活，都是些青年男女的生活，跟人生很相接近；而如《白石郎曲》底描寫男性美，尤其是其中的特色。

《西曲歌》出於荆、郢、樊、鄧之閒，它底聲節送和，跟吳歌不同，所以名為西曲；有《石城樂》、《烏夜啼》、《莫愁樂》、《估客樂》、《襄陽樂》、《三洲歌》、《襄陽蹋銅啼》、《採桑度》、《江陵樂》、《青陽度》、《青驄白馬》、《共戲樂》、《安東平》、《女兒子》、《來羅》、《那呵灘》、《孟珠》、《翳樂》、《夜度娘》、《夜黃》、《長松標》、《雙行纏》、《黃督》、《黃纓》、《平西樂》、《攀楊枝》、《尋陽樂》、《白附鳩》、《拔蒲》、《壽陽樂》、《作蠶絲》、《楊叛兒》、《西烏夜飛》、《月節折楊柳歌》等三十四曲。其中如《襄陽蹋銅啼》、《白附鳩》等，大約民閒原曲不傳，而只存著那時梁代貴族們底擬作了。

聞歡遠行去，相送方山亭；風吹黃蘗藩，惡聞苦離聲。

——無名氏《石城樂》（例二百廿二）

可憐烏臼鳥，彊言知天曙；無故三更啼，歡子冒闇去。

遠望千里煙，隱當在歡家；欲飛無兩翅，當奈獨思何！

——無名氏《烏夜啼》（例二百廿三）

聞懽下揚州，相送楚山頭；探手抱腰看，江水斷不流。

——無名氏《莫愁樂》（例二百廿四）

郎作十里行，儂作九里送；拔儂頭上釵，與郎資路用。

有信數寄書，無信心相憶；莫作瓶落井，一去無消息。

——（齊）釋寶月《估客樂》（例二百廿五）

送歡板橋灣，相待三山頭；遙見千幅帆，知是逐風流。

——無名氏《三洲歌》（例二百廿六）

偽蠶化作繭，爛漫不成絲；徒勞無所獲，養蠶持底為？

——無名氏《採桑度》（例二百廿七）

暫出後園看，見花多憶子；烏鳥雙雙飛，儂歡今何在？

——無名氏《江陵樂》（例二百廿八）

隱機倚不織，尋得爛漫絲；成匹郎莫斷，憶儂經絞時。

青荷蓋綠水，芙蓉披紅鮮；下有竝根藕，上生竝目蓮。

——無名氏《青陽度》（例二百廿九）

淒淒烈烈，北風為雪；船道不通，步道斷絕。

吳中細布，闊幅長度；我有一端，與郎作袴。

微物雖輕，拙手所作；餘有三丈，為郎別厝。

制為輕巾，以奉故人；不持作好，與郎拭塵。

東平劉生，復感人情；與郎相知，當解千齡。

——無名氏《安東平》（例二百三十）

聞歡下揚州，相送江津灣；願得篙櫓折，交郎到頭還。

篙折當更覓，櫓折當更安；各自是官人，那得到頭還！

百思纏中心，顦顇為所歡；與子結終始，折約在金蘭。

——無名氏《那呵灘》（例二百三十一）

新羅繡行纏，足趺如春妍；他人不言好，獨我知可憐。

——無名氏《雙行纏》（例二百三十二）

春蠶不應老，晝夜常懷絲；何惜微軀盡，纏緜自有時。

——無名氏《作蠶絲》（例二百三十三）

歡欲見蓮時，移湖安屋裏；芙蓉繞牀生，眠臥抱蓮子。

——無名氏《楊叛兒》（例二百三十四）

大約《西曲歌》中，送別望遠的詩，比《子夜歌》、《讀曲歌》等吳聲歌曲中為多；而兩者有一相類之點，就是多用雙關的修詞法。如“理絲入殘機，何悟不成匹”；“攤門不安橫，無復相關意”；“風吹黃蘗藩，惡聞苦離聲”，“遙見千幅帆，知是逐風流”；以及以絲為思，以蓮為憐，以芙蓉為夫容，以梧子為吾子之類，都是那時候盛行的雙關修詞法。

《西曲歌》分倚歌和舞曲兩種。據《古今樂錄》說：

凡倚歌，悉用鈴鼓，無絃有吹。

而舞曲都有舞的人數，在《古今樂録》中記明。倚歌底性質如何，現在不很明瞭，只能知道它不跟舞蹈相配而已。至於《楊叛兒》，據《唐書·樂志》所說，本是童謠歌。

我們讀了上列各詩，覺得它們實在比那些貴族文學，有趣味得多了。這因為它們都是沒有做作，而且有許多都是用那時候的話在口頭上的語言所寫的。

漢代《鐃歌》十八首，本是樂府所采的民間歌謠，編作《鼓吹曲辭》的。但是魏晉以後，直至隋代，所謂《鼓吹曲辭》，卻是模仿漢代《鐃歌》而失掉它們底本來面目的廟堂文學、貴族文學了。所以六朝底《鼓吹曲辭》中，找不出草野文學、平民文學的作品來。至於《横吹曲辭》中的漢《横吹曲》二十八解，為李延年所造，本是制詩協樂的樂府詩篇；現在原文已經完全不存，只有後來貴族們所摹擬的作品了。獨有梁《鼓角横吹曲》中《企喻歌辭》等六十五首和《木蘭詩》，却都是北方的草野文學、平民文學了。它們不知因何會成為南方的梁《鼓角横吹曲》，現在已經無可考了。

《横吹曲辭》中梁《鼓角横吹曲》，有《企喻歌》、《瑯琊王歌》、《鉅鹿公主歌》、《紫騮馬歌》、《黄淡思歌》、《地驅樂歌》、《雀勞利歌》、《慕容垂歌》、《隴頭流水歌》、《隔谷歌》……等三十六曲。

男兒可憐蟲，出門懷死憂；尸喪狹谷中，白骨無人收。

——（梁）《鼓角横吹曲·企喻歌》

（例二百三十五）

新買五尺刀，縣著中梁柱；一日三摩娑；劇於十五女。

快馬高纏鬃，遙知身是龍；誰能騎此馬？——唯有廣平公（按《晉書載記》：廣平公，姚弼興之子，泓之弟）。

——（梁）《鼓角橫吹曲·瑯琊王歌》

（例二百三十六）

遙看孟津河，楊柳鬱婆娑；我是虜家兒，不作漢兒歌。

健兒須快馬，快馬須健兒；跳跋黃塵下，然後別雄雌。

——（梁）《鼓角橫吹曲·折楊柳歌》

（例二百三十七）

以上三例，都是所謂表現北方的英雄之氣的。

側側力力，念君無極；枕郎左臂，隨郎轉側。

摩捋郎鬚，看郎顏色；郎不念女，不可與力。

——（梁）《鼓角橫吹曲·地驅樂歌》

（例二百三十八）

誰家女子能行步？反著裌禪後裙露；天生男女共一處，願得兩個成翁嫗！

華陰山頭百丈井，下有流水徹骨冷；可憐女子能照影，不見其餘見斜領。

黃桑柘屐蒲子履，中央有絲兩頭繫；小時憐母大憐壻，何不早嫁論家計？

——（梁）《鼓角橫吹曲·捉搦歌》

（例二百三十九）

腹中愁不樂，願作郎馬鞭；出入擐郎臂，蹀座郎膝邊。

——（梁）《鼓角橫吹曲·折楊柳歌》

（例二百四十）

南山自言高，只與北山齊；女兒自言好，故入郎君懷。

黃花鬱金色，綠蛇銜珠丹；辭謝牀上女，還我十指環。

——（梁）《鼓角横吹曲·幽州馬客吟歌》

（例二百四十一）

門前一株棗，歲歲不知老；阿婆不嫁女，那得孫兒抱？

敕敕何力力，女子臨窗織；不聞機杼聲，只聞女歎息。

問女何所思？問女何所憶？——阿婆許嫁女，今年無消息。

——（梁）《鼓角横吹曲·折楊柳枝歌》

（例二百四十二）

以上五例，雖是寫兒女之情，而充滿了慷慨爽朗的英雄氣息；我們一看，就覺得它們跟宛轉纏緜的吳聲歌曲和《西曲歌》不同。

至於《木蘭詩》，是一般人所傳誦的。它所描寫的，是一個北方的英雄女子；而所用的就是那時候的語言。這篇詩底價值，跟《孔雀東南飛》差不多；而筆調却完全兩樣。但是歷來筆記志乘中關於木蘭的傳說，異說紛紜，莫衷一是。關於姓氏，有以為姓朱的，有以為姓魏的，有以為姓花的。關於時代，有以為梁代人的，有以為北魏時人的，有以為隋代人的。關於籍貫，有以為在湖北黃州黃岡的，有以為在河南光州光山的，有以為在直隸保定完縣的，有以為在安徽穎州亳州的，有以為在河南歸德商邱的，有以為在甘肅涼州武威的，有以為在突厥敵民部落的。近人姚大榮氏，曾經根據詩中的人物（可汗、天子、胡騎）、地理（黃河、黑山、燕山、明堂）、歲序（十年、十二年）、時制（策勳十二轉、對鏡貼花黃）等，考定木蘭為姓木名蘭，隋末唐初人，屬當時被稱為解事天子和大度毗伽可汗的梁師都底部下，住在現在甘肅寧夏東北境（詳見《東方雜誌》二十二卷第二號《木蘭從軍時地表微一文》）。但是近人徐中舒氏，又加以駁正，以為姚氏疏於考證，不免附會武斷；所舉證據，都不足證明木蘭為梁師都部下之說。他疑心木蘭是複姓，是中原的異族。又根據《唐六典》，證明“策勳十二轉”，是唐代勳官之制，創始於唐高祖武德七年；而杜甫《草堂詩》“大官喜我來”四韻，是摹仿《木蘭詩》“耶孃聞女來”三韻的：所以斷定《木蘭詩》是作於初唐、盛唐之間。不過本蘭究竟是什麼地方人，天子、可汗所指何人，不能確定（詳見《東方雜誌》第二十二卷第十四號《木蘭歌再考》一文）。然而姚說固然未必可靠，徐說也未必盡然。因為咱們現在子細地觀察此詩，中間頗有文人修改點竄的痕跡。

唧唧復唧唧，木蘭當户織，不聞機杼聲，唯聞女嘆息。問女何所思？問女何所憶？——女亦無所思，女亦無所憶。昨夜見軍帖，可汗大點兵；軍書十二卷，卷卷有爺名。阿爺無大兒，木蘭無長兄；願為市鞍馬，從此替爺征；東市買駿馬，西市買鞍韉，南市買轡頭，北市買長鞭。旦辭爺孃去，暮宿黄河邊；不聞爺孃喚女聲，但聞黄河流水鳴濺濺。旦辭黄河去，暮至黑水頭；不聞爺孃喚女聲，但聞燕山胡騎聲啾啾。萬里赴戎機，關山度若飛；朔氣傳金柝，寒光照鐵衣；將軍百戰死，壯士十年歸。歸來見天子，天子坐明堂；策勳十二轉，賞賜百千彊。可汗問所欲，木蘭不用尚書郎；願借明駝千里足，送兒還故鄉，爺孃聞女來，出郭相扶將；阿姊聞妹來，當户理紅妝：小弟聞姊來，磨刀霍霍向猪羊。開我東閣門，坐我西閒牀，脱我戰時袍，著我舊時裳；當窗理雲鬢，對鏡帖花黄。出門看火伴，火伴皆驚忙；同行十二年，不知木蘭是女郎。雄兔脚撲朔，雌兔眼迷離；雙兔傍地走，安能辨我是雄雌？

——（梁）《鼓角横吹曲·木蘭詩》

（例二百四十三）

此詩是北方的平民文學，所以所用的是當時的白話。但是現在看起來，前後都是比較地質樸的白話，而中間“萬里赴戎機……壯士十年歸”六停，却是比較精鍊的文言，跟前後截然不同。這顯然是經文人修改的。還有一個修改的痕迹，就是詩中對於君主，前後都稱可汗，而中間忽稱天子。向來解釋此詩的人，有以為天子、可汗是指一人的，也有以為是指兩人的。其實原文或許都稱可汗，而中間經文人改竄，把“歸來見可汗，可汗坐明堂”的兩個可汗，給改成天子了。並且這一節的四停，緊接前六停；改的人随手改下，所以两個可汗，都换了天子，而前後都不曾改。就是起於唐代初年的“策勳十二轉”的官制，又安知不是唐代文人所改？因此，咱們可以認此詩為北方魏、周、隋間流傳於民間的作品，而經唐代文人改竄的。至於此詩跟北歌有源流的關係，也是很顯明的。例如前引《折楊柳枝歌》（二百四十二例）後兩曲，跟此詩前兩節大同小異；《地驅樂歌》底“側側力力”又跟此詩首停（《文苑英華》本作“唧唧何力力”）和《折楊柳枝歌》底“敕敕何力力”略同。又，前引《折楊柳歌辭》（二百三十七例》後曲末停“然後別雄雌”，也跟此詩末停相類。徐中舒氏以這些為《木蘭詩》出於北歌之證，是很不錯的。

此外描寫北方女性底英雄氣的，如《魏書》所載的民歌：

李波小妹字雍容，褰裙逐馬如卷蓬，左射右射必疊雙；婦女尚如此，男子安可逢？

——無名氏《李波小妹歌》（例二百四十四）

北方貴族中，有兩篇絕好的作品：其一是北魏胡太后所作的《楊白花》；其二是北齊斛律金所作的《敕勒歌》。

陽春二三月，楊柳齊作花；春風一夜入閨闥，楊花飄蕩入南家。含情出户脚無力，拾得楊花淚沾臆；秋去春還雙燕子，願銜楊花入窠裏！

——（魏）胡太后《楊白花》（例二百四十五）

敕勒川，陰山下，天似穹廬，籠蓋四野；天蒼蒼，野茫茫，風吹草低見牛羊。

——（北齊）斛律金《敕勒歌》

（例二百四十六）

胡太后是魏拓跋恪（宣武帝）之妾，子拓跋詡（孝明帝）即位以後，稱太后，臨朝稱制；曾逼通武都仇池人楊華（本名白花），楊華怕有禍患，投降南方的梁朝。胡氏很戀念他，作這《楊白花歌》，使宮人連臂蹋足，跳舞歌唱，音節很是悽惋。這是一篇北方女性的戀歌，頗有南方宛轉纏綿的氣息。斛律金是鮮卑族人；北齊高歡去攻打北周，兵士十成死了四五成，高歡氣得害起病來。北周宇文泰下令道："高歡鼠子，親犯王壁；劍弩一發，元兇自斃"。高歡聽到了，勉強起來坐著，以安部下兵心；並且召集一班貴族，叫斛律金唱這《敕勒歌》，高歡自己也和著他唱。原歌是鮮卑語，現在所引是它底譯文。咱們看他把天高野曠，風勁草肥的景物，寫得多麽蒼莽偉大；而英雄氣概，自然充满於其間。據說斛律金是一個不識字的異族武夫，卻能做出這樣好詩，可見他那文學天才之大！咱們雖然不能看見而且懂得它的原文，但是譯文也儘夠好了！這兩篇都是貴族作品而平民化的，都是用當時的白話所寫，所以咱們也可當它作平民文學看。

貴族文學，雖然也有南北之分，卻還不大顯著。平民文學中南北民族性底不同，完全宣露出來了。可見貴族文學是虛偽的，而平民文學是真實的。所以那時候南北兩方的貴族文學感動咱們的力量，遠不及平民文學。

古代文章，本來沒有什麼駢體散體的區別。但因為中國文字，是單音而沒有語尾底變化的，所以很容易作成整齊的聯和排，而《尚書》、《周易》諸經，以及百家子書的文章，常常有聯和排錯雜於散文之中。前漢底賦辭，本來源出《楚辭》，而像王褒之流，作品中已經多用排偶。但是無韻之文，還是多用單行的語調。後漢文體變遷，論辨文中，也以單行的文氣，運用起聯排來。到了建安時代，鄴下七子的文辭，便多用聯排來代單行了。於是駢四儷六的傾向造成，而六朝時代，便為駢文盛行的世界。所以後漢是由散趨駢的時代，三國是以駢代散的時代，而六朝差不多是有駢無散的時代。這種由散趨駢的傾向，不但文辭方面如此，就是詩篇裏面，也很顯著地可以看出。試看太康以後的詩篇，大抵多用麗辭偶句；能超出這種傾向之外的，可以說只有左思和陶潛。這固然由於時代變遷，風會所趨；但是也由於中國底文字，本來含有駢儷的可能性的緣故。晉、宋之間，駢體文已經盛行了。它合[1]散體文底不同，就是應用整齊律（即均等律）、對疊律（即儔偶律也即駢偶律，近來新改為對疊律，分當對律、重疊律兩種）。文中雖然也用著抑揚，但還不曾有意識地認識抑揚律。自從齊代永明年間，周顒、沈約、王融、謝朓一班人，確定了四聲，創為“宮羽相變，低昂舛節，前有浮聲，後須切響，一簡之內，音韻盡殊，兩句之中，輕重悉異”之論，把它應用到詩文中來；於是駢體文中，便應用著抑揚律，而漸漸嚴密起來了。所以從外形上看，由散趨駢的傾向，就是文章底詩篇化的傾向。不過咱們當然還要問它們底內容如何？其中寫景或抒情的，如鮑照《登大雷岸與妹書》，就是富有詩味的。又如：

零雨送秋，輕寒迎節；江楓曉落，林葉初黃。……白雲在天，蒼波無極；瞻之歧路，眷慨良深。愛護波潮，敬勗光采。

——（梁）蕭綱《與蕭臨川書》

（例二百四十七）

❶ 此處“合”，依現代漢語的習慣，當為“和”。後文中，劉大白亦有多處以“合”為“和”的，均依劉先生原文而未作改動。——編者註

山川之美，古來共談；高峯入雲，清流見底。……曉霧將歇，猿鳥亂鳴；夕日欲頹，沈鱗競躍。……

——（梁）陶弘景《答謝中書書》

（例二百四十八）

……雖帳前微笑，涉想猶存；而幄裏餘香，從風且歇。……心如膏火，獨夜自煎；思等流波，終朝不息。……

——（梁）何遜《為衡山侯與婦書》

（例二百四十九）

風煙俱净，天山共色；從流飄蕩，任意東西。自富陽至桐廬，一百許里，奇山異水，天下獨絕。水皆縹碧，千丈見底；游魚細石，直視無礙。急湍甚箭，猛浪若奔；夾岸高山，皆生寒樹。負势競上，互相軒邈；爭高直指，千百成峯。泉水激石，泠泠作響；好鳥相鳴，嚶嚶成韻。蟬則千轉不窮，猨則百叫無絕。……横柯在上，在晝猶昏；疏條交映，有時見日。

——（梁）吳均《與宋元思書》

（例二百五十）

……梅谿之西，有石門山者；森壁爭霞，孤峯映日；幽岫含雲，深谿蓄翠。蟬吟鶴唳，水響猿啼，英英相雜，緜緜成韻。……

——（梁）吳均《與顧章書》（例二百五十一）

……想鏡中看影，當不含啼；欄外將花，居然俱笑。分杯帳裏，卻扇牀前；故是不思，何時能憶！……

——（北周）庾信《為梁上黃侯世子與婦書》

（例二百五十二）

這些都是能用白描的筆墨，寫出自然的景物、相思的情緒來的，合堆砌故實的不同。所以它們底外形和內容，都是詩篇化的。雖然內容不能通體如此，然而這所節取的，誰也不能否認它們詩味底濃厚。

中國底文學批評，向不發達。雖然趙宋以後，詩話、詞話、四六話之類很多；魏代曹丕《典論》以後，論文的文字，也頗不少；但是都是鱗爪的、片段的，而沒有有系統的、說明流變的。比較地能夠做到這兩點的，至今只有梁代東莞劉勰底《文心雕龍》和潁川鍾嶸底《詩品》。

劉勰字彥和，天監中曾作東宮通事舍人；後來出家做和尚，改名慧地。《文心雕龍》五十篇，自《原道》至《書記》二十五篇，論文章底體製，是文體論。其中自第五篇至第十五篇，為：

（五）《辨骚》；（六）《明詩》；（七）《樂府》；（八）《詮賦》；（九）《頌贊》；（十）《祝盟》；（一一）《銘箴》；（一二）《誄碑》；（一三）《哀弔》；（一四）《雜文》；（一五）《諧讔》。

共十一篇，是論那時候所謂"有韻者文"的文的。自第十六篇至第二十五篇，為：

（一六）《史傳》；（一七）《諸子》；（一八）《論說》；（一九）《詔策》；（二十）《檄移》；（二一）《封禪》；（二二）《章表》；（二三）《奏啟》；（二四）《議對》；（二五）《書記》。

共十篇，是論那時候所謂"無韻者筆"的筆的。自《神思》至《程器》二十四篇，論文章底工拙，是修辭論和文章論。如果以其中第四十四篇《總術》為綱，可以依他《附會》篇"……以情志為神明，事義為骨髓，辭采為肌膚，宮商為聲氣"的話，把各篇為四目，如下：

（二六）《神思》；（二七）《體性》；（二八）《風骨》；（二九）《通變》；（三十）《定势》；（四二）《養氣》。

是屬於情志一目的。

（三二）《鎔裁》；（四三）《附會》。

是屬於事義一目的。辭采一目，又分兩類：

（三四）《章句》;（三五）《麗辭》;（三九）《練字》。

是屬於辭的一類的。

（三一）《情采》;（三六）《比興》;（三七）《夸飾》;（三八）《事類》;（四十）《隱秀》;（四一）《指瑕》;

是屬於采的一類的。至於屬於宮商一目的，只有：

（三三）《聲律》。

一篇，就是論文章底音節的。其餘雜篇，他底《序志》篇中，曾經自說：

崇替於（四五）《時序》，褒貶於（四七）《才略》，招悵於（四八）《知音》，耿介於（四九）《程器》。

所以《時序》是論時代底變遷的，《才略》是論材性底差異的；而《知音》略論鑑賞，《程器》略論修養。最後《序志》一篇，說明著書的原因，就是他底自序。篇中說：

蓋《文心》之作也：本乎道，師乎聖，體乎經，酌乎緯，變乎騷：文之樞紐，亦云極矣。

所以首列：

（一）《原道》;（二）《徵聖》;（三）《宗經》;（四）《正緯》四篇，而繼之以《辨騷》以下各篇。此各篇作法底大致，他又自有說明：

……若乃論文敍筆，則囿別區分；（一）原始以表末；（二）释名以章義；（三）選文以定篇；（四）敷理以舉統。

（一）是說明文體底源流；（二）是確定篇名底界說；（三）是舉古人作品以示例；（四）是指陳此體底作法。所以此書雖然不能合現代東西洋文學批評論相提並論，而且也不能使咱們滿意，但是它確是比較地有系統的，能說明流變的。無怪他說：

詳觀近代之論文者多矣。至如魏文述《典》，陳思序《書》，應瑒《文論》，陸機《文賦》，仲洽《流別》，宏範《翰林》，各照隅隙，鮮觀衢路；或臧否當時之才，或銓品前修之文，或泛舉雅俗之旨，或撮題篇章之意。魏《典》密而不周，陳《書》辯而無當，應《論》華而疏略，陸《賦》巧而碎亂，《流別》精而少功，《翰林》淺而寡要。又君山、公幹之徒，吉甫、士龍之輩，汎議文意，往往間出；並未能振葉以尋根，觀瀾而索源；不述先哲之誥，無益後生之慮。

在那個時代，固然不愧為空前；就是一千四百年來，它在中國文學批評界中的位置，因為後來者不能居上，還不能不推它為第一。對於這一點，咱們一面推重此書底價值，一面不能不慨嘆中國文學批評底不長進了！

鍾嶸字仲偉，曾作臨川王底行參軍，和衡陽王、晉安王底記室。《詩品》三卷，把漢、魏至梁初的詩家，分為上中下三品，而各各加以評騭。雖然他底品題，不見得完全確當，例如列陶潛於中品；但是他頗能注意各家底源流。它是後來一切詩話底創始者，而後來一切詩話，似乎都不能及它。還有一點，值得咱們注意的，就是他是一個反抗當時的聲病論者。他在下卷自序中說：

昔曹、劉殆文章之聖，陸、謝為體貳之才；銳精研思，千百年中，而不聞宮商之辨，四聲之論。或謂前達偶然不見，豈其然乎？嘗試言之：古曰詩頌，皆被之金竹；故非調五音，無以諧會。若《置酒高堂上》、《明月照高樓》，為韻之首；故三祖之詞，文或不工，而韻入歌唱；此重音韻之義也，與世之言宮商異矣。今既不被管絃，亦何取於聲律耶？齊有王元長者，嘗謂余曰："宮商與二儀俱生，自古詞人不知之；惟顏憲子乃云律呂音調，而其實大謬。唯見范曄、謝莊，頗識之耳"。嘗欲進知音論，未就。王元長創其首，謝眺、沈約揚其波。三賢或貴公子孫，幼有文辯。於是士流景慕，務為精密，襞積細微，專相陵架；故使文多拘忌，傷其真美。余謂文製本須諷讀，不可蹇礙；但令清濁通流，口吻調利，斯為足矣。至平上去入，則余病未能；蜂腰鶴膝，閭里已具。……

《南史》以為他曾經求贊美於沈約，而被沈約所拒絕；所以沈約死後，他就作《詩品》，把沈約列入中品，以報宿憾。這話未免誣衊他了。因為他那“文多拘忌，傷其真美”的批評，確能指出聲病論者底弊竇；而他批評沈約的話，也頗中肯。他又反對堆砌故實，在中卷自序中說：

夫屬辭比事，乃為通談。若乃經國文符，應資博古；撰德駁奏，宜窮往烈。至乎吟詠情性，亦何貴乎用事？《思君如流水》，既是即目；《高臺多悲風》，亦唯所見；《清晨登隴首》，羌無故實；《明月照積雪》，詎出經史？觀古今勝語，多非補假，皆由直尋。顏延、謝莊，尤為繁密，於時化之。故大明、泰始中，文章殆同書抄。近任昉、王元長等，詞不貴奇，競須新事；爾來作者，寖以成俗。遂乃句無虛語，語無虛字；拘攣補衲，蠹文已甚。但自然英旨，罕值其人；詞既失高，則宜加事義。雖謝天才，且表學問，亦一理乎！……

可見他是主張白描，不愛堆砌的。他這兩種文學觀，都是合那時候的風尚相反抗，而想力追漢、魏的。但是拘牽聲病，和堆砌故實的流風，已經披靡一世；他雖高唱反對論，也終歸無益。足見文學底時代潮流，是不容易制遏的。

文學批評而外，做選輯的工作的，有蕭統底《文選》和徐陵底《玉臺新詠》。它們遠仿《毛詩》、《楚辭》，近接摯虞底《古文章類聚》，為後來一切總集底祖宗。《文選》偏重藻采，《玉臺》專收豔體，雖然都不無流弊；但是許多古代詩文，得藉此保存，畢竟是其功不可沒的！

第三期前半的漢人小說，已經完全不存了。但是現在還有好幾種稱為漢人所撰的小說，如前篇所舉出的：《神異經》一卷、《十洲記》一卷，都稱為東方朔所撰；《漢武帝故事》一卷、《漢武帝內傳》一卷，都稱為班固所撰；《漢武洞冥記》四卷，稱為郭憲所撰；《西京雜記》六卷，稱為劉歆所撰；《飛燕外傳》一卷，稱為伶玄所撰；而《雜事祕辛》一卷，不題作者姓名，大約也託之於漢人。除《飛燕外傳》和《雜事祕辛》，都是後出而為《隋書·經籍志》所不載外；其餘大約都是六朝時文人方士所偽託。《神異經》和《十洲記》，都摹仿《山海經》，而偏詳於志怪。《山海經》雖然漢代已經出現，而晉代才被人注意起來；所以此二書大約是晉代以後的人所作。書中故實，齊、梁間文人，已經稱引；那麼，又可知道它們底產生，總在齊、梁以前。《漢武帝故事》，唐代張柬之指為南齊時王儉所造。《漢武帝內傳》，本不題作者姓名，到明代才屬之於班固。書中有襲用《十洲記》和《漢武帝故事》兩書的話，可見比兩書還要晚出。這兩種所記，多係神仙怪異的事情，而都說及西王母；把《山海經》中醜怪的西王母仙女化了。郭憲本是一個光武時的博士；因為有噴酒救火的一件怪事，所以被後來方士們，把怪異的著作，附著於他底身上。並且《洞冥記》在《隋書·經籍志》中，還不過稱為郭氏撰，不題明名字；到了五代時劉昫《唐書》，才屬之於郭憲。書中所記，也合《神異經》差不多。以上五書，所記的多涉神怪，所以只能當作神話看。《西京雜記》，雖然也雜記怪異，但是大約多記人間瑣事。後而有葛洪跋語，稱此書是他家藏劉歆所著《漢書》中的一小部分，由他鈔出，以補班固《漢書》之缺的；所以《隋書·經籍志》不題作者姓名，而《唐書》便指為葛洪所撰。梁代初年殷芸所撰《小說》，已經多引此書，而葛洪又是以文人而兼方士的，所以此書大約確是葛洪所造。這六種是題為漢人所撰，而實在是六朝人所偽託的。

至於名實都為三國、六朝人所撰的，大約可分為兩類：一、志怪類；二、雜錄類。志怪類有晉張華底《博物志》，干寶底《搜神記》，陶潛（許是偽託）底《搜神後記》，宋劉敬叔底《異苑》，梁吳均底《續齊諧記》，隋顏之推底《冤魂志》，後秦王嘉底《拾遺記》（明胡應麟指為梁蕭綺所撰）。其餘如魏曹丕底《列異傳》，宋劉義慶底《幽明錄》，王琰底《冥祥記》等，都已經亡佚，而遺文或散見於《法苑珠林》、《太平御覽》等書。此類各書，大約雜記神鬼怪異，經像感應之事，是合儒家鬼神思想和方士浮屠兩教思想雜糅而成的。雜錄類現存的只有宋劉義慶底《世說》三十八篇。在它以前的，如晉裴啟底《語林》，郭澄之底《郭子》，在它以後的，如梁沈約底《俗說》，殷芸底《小說》，隋邯鄲淳底《笑林》，侯白底《啟顏錄》等，大都亡佚，而只能從《太平御覽》、《太平廣記》中窺見它們底幾則遺文了。《世說》所記，多屬後漢、東晉間名人遺聞軼事，玄談雋語，絡繹篇中，都是很有趣味的，為後來文人所珍視；而模仿它底體裁的，至今不絕。

這所謂小說，絕不是現代的所謂小說。不過在中國小說底源流上，不能不認它們是大輅推輪罷了。

中國正式戲劇，發生得很遲。然而溯它底淵源，遠起於歌舞樂神的巫覡，和調謔娛人的俳優。漢魏以後，雜以角觝幻眩各戲，南北朝都沿襲此風，到隋代而更盛。試看漢代張衡、李尤所賦，和隋代薛道衡所詠：

……大駕幸乎平樂，張甲乙而襲翠被。攢珍寶之玩好，紛瑰麗以奓靡。臨迴望之廣場，程角觝之妙戲。烏獲扛鼎，都盧尋橦。衝狹鷰濯，胸突銛鋒。跳丸劍之揮霍，走索上而相逢。華嶽峨峨，岡巒參差；神木靈草，朱實離離。總會僊倡，戲豹舞羆。白虎鼓瑟，蒼龍吹篪。女娥坐而長歌，聲清揚而逶蛇。洪涯立而指麾，被毛羽之襳襹。度曲未終，雲起雪飛；初若飄飄，後遂霏霏。複陸重閣，轉石成雷。礔礰激而增響，磅磕象乎天威。巨獸百尋，是為曼延。神山崔巍，欻從背見。熊虎升而拏攫，猨狖超而高援。怪獸陸梁，大雀踆踆。白象行孕，垂鼻轔囷。海鱗變而成龍，狀蜿蜿以蝹蝹。含利颬颬，化為仙車。驪駕四鹿，芝蓋九葩。蟾蜍與龜，水人弄蛇。奇幻儵忽，易貌分形。吞刀吐火，雲霧杳冥。畫地成川，流渭通涇。東海黃公，赤刀粵祝；冀厭白虎，卒不能救；狹邪作蠱，於是不售。爾乃建戲車，樹修旃。侲僮程材，上下翩翻。突倒投而跟絓，譬隕絕而復聯。百馬同轡，騁足並馳。橦末之伎，態不可彌。彎弓射乎西羌，又顧發乎鮮卑。……

——（漢）張衡《西京賦》

（例二百五十三）

……乃設平樂之顯觀，章祕瑋之奇珍。習禁武之講捷，厭不羈之遐鄰。……爾乃太和隆平，萬國肅清。殊方重譯，絕域造庭。四表交會，抱珍遠并。雜遝歸誼，集於春正。玩屈奇之神怪，顯逸材之捷武。百僚於時，各命所主。方曲既設，祕戲連敍。逍遙俯仰，節以鞀鼓。戲車高橦，馳騁百馬，連翩九仞，離合上下。或以馳騁，覆車顛倒。烏獲扛鼎，千鈞若羽。吞刃吐火，燕躍鳥跱。陵高履索，踊躍旋舞。飛丸跳劍，沸渭回擾。色淪隈一，踰肩相受。有仙駕雀，其形蚴虯。騎驢馳射，狐兔驚走。侏儒巨人，戲謔為耦。禽鹿六駮，白鳥朱首。魚龍曼延，嵔𡽗山阜。龜螭蟾蜍，挈琴鼓缶。……

——（漢）李尤《平樂觀賦》

（例二百五十四）

京洛重新年，復屬月輪圓；雲間壁獨轉，空裏鏡孤懸。萬方皆集會，百戲盡來前；臨衢車不絕，夾道閣相連。驚鴻出洛水，翔鶴下伊川；豔質迴風雪，笙歌韻管絃。佳麗儼成行，相攜入戲場；衣類何平叔，人同張子房；高高城裏髻，峨峨樓上妝；羅裙飛孔雀，綺帶垂鴛鴦；月映班姬扇，風飄韓壽香。竟夕魚負燈，徹夜龍銜燭；歡笑無窮已，歌詠還相續；羌笛隴頭吟，胡舞龜茲曲；假面飾金銀；盛服搖珠玉。宵深戲未闌，競為人所難；臥驅飛玉勒，立騎轉銀鞍；縱橫既躍劍，揮霍復跳丸。抑揚百獸舞，盤跚五禽戲；狻猊弄斑足，巨象垂長鼻；青羊跪復跳，白馬迴旋騎。忽覩羅浮起，俄看鬱昌至；峯嶺既崔嵬，林叢亦青翠；麋鹿下騰倚，猴猿或蹲跂。金徒列舊刻，玉律動新灰；甲荑垂陌柳，殘花散苑梅；繁星漸寥落，斜月尚徘徊；王孫猶勞戲，公子未歸來；共酌瓊酥酒，同傾鸚鵡杯；普天逢聖日，兆庶喜康哉。

——（隋）薛道衡《和許給事善心戲場轉韻》

（例二百五十五）

其中如倦倡底幻作豹羆龍虎，女娥、洪涯，以及扮演東海黃公伏虎的故事；如扮演駕雀的仙人，騎驢馳射，以及侏儒巨人，戲謔為偶；如成行的佳麗，歡笑歌詠，戴假面，著盛服，吹羌笛，舞胡舞：都是俳優們底所為，而錯雜於角觝百戲之中的。但是這種俳優之戲，還是歌舞調謔和扮演故事分開，不曾合而為一。歌舞和故事聯合起來，為後來戲劇底起源的，要算北齊底《代面》和《踏搖娘》和拓跋魏從西域輸入的《撥頭》。《舊唐書·音樂志》說：

《代面》出於北齊。北齊蘭陵王長恭，才武而面美，常著假面以對敵。嘗擊周師金墉城下，勇冠三軍；齊人壯之，為此舞以效其指揮擊刺之容，謂之《蘭陵王入陣曲》。

唐代段安節《樂府雜錄》和崔令欽《教坊記》所載略同，不過

《教坊記·代面》作《大面》。《舊唐書·音樂志》又說：

《撥頭》者，出西域。胡人為猛獸所噬，其子求獸殺之，為此舞以象之也。

《樂府雜錄·撥頭》作《鉢頭》；它說：

昔有人父為虎所傷，遂上山尋其父屍。山有八折，故曲八疊。戲者被髮素衣，面作啼；蓋遭喪之狀也。

《魏書·西域傳》有拔豆國，而《隋》、《唐》二書不載此國。大約《撥頭》、《鉢頭》和拔豆，出於譯音底略有不同；而《唐書》所謂“出西域”，就是指此戲從拔豆國傳來。那麽，《撥頭》傳入中國，或許還在拓跋魏時，而更早於《代面》；《代面》底產生，或許就受《撥頭》底影響。《舊唐書·音樂志》又說：

踏搖娘生於隋末。隋末河內有人，貌惡而嗜酒，常自號郎中，醉歸必毆其妻。其妻色美善歌，為怨苦之辭。河朔演其聲而被之絃管，因寫其夫之容，妻悲訴，每搖頓其身，故號《踏搖娘》。近代優人改其制度，非舊旨也。

但《樂府雜錄》所載《蘇中郎》和《教坊記》所載《踏謠娘》，又合《唐書》略有不同。《樂府雜錄》說：《蘇中郎》，後周士人蘇葩，嗜酒落魄，自號中郎。每有歌場，輒入獨舞。今為戲者，著緋帶帽，面正亦（案此為後來戲子塗面的起原），蓋狀其醉也。郎有《踏搖娘》。

《教坊記》說：

北齊有人姓蘇；皰鼻，實不仕而自號為郎中。嗜飲酗酒；每醉，輒毆其妻。妻銜悲，訴於鄰里。時人弄之，丈夫著婦人衣，徐步入場行歌。每一疊，旁人齊聲和之，云：“踏謠和來，踏謠娘苦和來”。以其且步且歌，故謂之《踏謠》；以其稱冤，故言苦。及其夫至，則作毆鬭之狀，以為笑樂。今則婦人為之，遂不呼郎中，但云阿叔子；調弄又加，典庫全失舊旨。或呼為《談容娘》，又非。

三書所載，時代不同。但《教坊記》說得比較詳細，或許它說是北齊時人，是比較可靠的。《樂府雜錄》所紀，以男子為主角，所以稱為《蘇中郎》；《教坊記》和《唐書·音樂志》所載，以婦人或丈夫所扮婦人為主角，所以稱為《踏謠娘》或《踏搖娘》。如果此戲起於北齊，那麼，合《代面》同時，而都在《撥頭》之後。這三種原始的歌舞戲，都是以歌舞和故事底扮演相合，所以可稱為後來戲劇底元祖。魏、齊、周等，都是外來的異族，而又處於北方，合西域諸國相接近，交通頻繁，容易輸入龜茲、天竺等外國音樂。《撥頭》一戲，既從西域傳來，受了影響，於是《代面》和《踏謠娘》等歌舞戲，便從模仿而進於創造了。這就是吸收了新民族，而使中國文化受了影響，發生文藝上未有的變動。正合後來金、元異族入據中國，而產生正式的歌劇，是一例的。所以中國底戲劇，可以說不是中國人自己所產出的。

西洋底戲劇，在希臘時代早經盛行，而中國獨不能早早產生戲劇，似乎是一件可怪的事。但是我以為這仍合文言文占據文學正統，是有絕大的關係的。戲劇的表演，不論歌劇話劇，必須用語言作對話。中國自漢代以後，文學作品，既以文言文為正當的工具，而排斥語體文；所以必須用語言作對話工具的戲劇文學，不能自行產生。一定要等文化低於漢族的鮮卑民族進來，用不慣漢族底文言的，才會創造出原始的戲劇來。試看“踏謠和來，踏謠娘苦和來”的每疊和詞，明明是當時的白話；就可知道戲劇底所以不能產生於漢族文人之手，而反產生於外來異族之手的緣故了。到了唐代，漢族文化統一了，戲劇又無甚進步；直到金、元異族進來，又是用不慣中國底文言的，戲劇才發達起來。以後證前，這戲劇所以起源於異族的原因，更明顯了。所以文言文阻礙中國文化發展的罪惡，雖然不止這一端；而這一端也已經是一宗鐵案了。至於最近還有人用文言來翻譯西洋戲劇，這真可謂毫無常識，荒謬絕倫了！試想戲劇是把過去的事實，移作現在的事實而當場表演給人們看，歌唱或講說給人們聽的。咱們當面的對話，決沒有用“之乎者也”的文言的；怎麼重在對話的戲劇，可以用文言來翻譯呢？用文言來翻譯西洋戲劇，倒不如仍用原文，不去翻譯它；雖然不能表演給一般的中國人看，使一般的中國人聽懂它，卻還可以使懂得原文的中國人或外國人聽懂它哩！

第三期後半的文學，可以說正在過脈伏流的時期中。小說和戲劇，固然只是萌芽著而不曾正式產生；就是詩篇（包辭賦駢體文在內），也只是有了一個由散趨律（由無對疊趨對疊律，由無抑揚趨抑揚律）的傾向。所以這半期中的詩篇，除絕小部分外，既不像漢、魏古體底渾樸，又不像唐代律體底精密；但是唐代詩篇王國中的崇山峻嶺，長江大河，却無不合它有幹脈源流的關係，咱們也不可忽視了它。

第六篇

第四期 唐

第四期是中國文學史上的一個詩海。咱們在第三期後半游覽的時候，正好像在南北不同的兩條長江大河中泛舟入海，沿途看了些佳妙的山水，壯闊的原野，雄麗的都市，幽雅的鄉村；現在却要“出於涯涘，觀於大海”了。

周代南北不同的兩派文學，經過短期統一的秦代，而入於兩漢辭賦的海；東晉、宋、齊、梁、陳五代南北不同的兩派文學，也經過短期統一的隋代，而入於唐代詩篇的海：這是大略相同的。

詩篇是文學中的花，唐代便是中國文學史上的花海。這如海的萬花，它們經過了晉、宋兩代的蓓蕾時期，齊、梁、陳三代的苞萼時期，便舒瓣吐蕊，爭妍鬥豔起來了。咱們在這花海中的游覽，是多麼地幸福呵！然而咱們還得知道這個花海底來源。

南北並峙的時代，南方文學，文勝於質，是肉多而骨少的；北方文學，質重於文，是骨多而肉少的。這都由於地域民族底不同，而造成這樣不同的風會。這種不同的風會，到了南北統一的時期，地域底界限漸漸清除了，民族底質性漸漸融化了，自然會文質互相調劑，而骨肉停匀起來。隋代統一南北以後，如果政治良好，運祚綿長，也未始不能使文學達到這一境。但是因為楊廣底荒淫驕暴，以致滅亡很速；而楊堅又只知道做那強迫的文學復古運動，不知道順著演進的趨勢，利用區宇不分的機會，把南北兩派文學潮流會合起來，造成一種新的文學傾向。所以這種事業，到唐代才得成功。唐代所以能有此成功，大約有下列數因：

一、政治的原因。唐代取得帝位的，雖然是李淵（高祖）；而完成帝業的，却是李世民（太宗）。李世民在做秦王的時候，已經開館延賓，把文學合武功並重。即位以後，內則一切割據的，如竇建德、王世充、劉黑闥等，都削平了，外則突厥、吐谷渾、高昌、薛延陀、西域等，都征服了；領土之廣，超越漢代，武功之盛，遠過劉徹。但是他同時注重文治，設起弘文館來，藏書二十餘萬卷，搜羅了許多文學之士，叫他們做弘文館學士。於是房玄齡、杜如晦、于志寧、蘇世長、薛收、褚亮、姚思廉、陸德明、孔穎達、李玄道、李守素、虞世南、蔡允恭、顏相時、許敬宗、薛元敬、蓋文達、蘇勗等十八人，稱為十八學士。雖然其中如陸德明、孔穎達等以訓詁名家；姚思廉、李守素等以史譜名家；而房謀杜斷，更以相業著稱；然而他們却無不兼長文學。所以貞觀底政治，固然因此隆盛；而唐代文教底基礎，也立定於這個時期了。此後李隆基（玄宗）開元時代的政治，彷彿貞觀；他底提唱文學，也是不遺餘力，可以媲美李世民的。其餘各帝后，也無不擅長文學，能合臣工唱和。如李純（憲宗）對於白居易，李恆（穆宗）對於元稹，都因為讀了他們底詩，識拔他們；而李涵（文宗）更因為喜歡五言詩，特置詩學士七十二人；在上者既能提唱文學，在下者自然如響斯應，盛極一時了。況且當時沿襲隋代底選舉法，實行科舉制度，以詩賦取士，尤其能使一班文人，因為功名心切，而致力於詩賦一途。唐代詩海底造成，不能不歸功於政治上的提唱。並且內部固然因為南北統一了，把前代南北不同的風會，經過政治上統一力底一番陶鑄，使它們化合起來，成為統一的新文學；外部又因為西北和東南各國，都震於中朝底聲威，服屬的服屬，收入版圖的收入版圖，所以各種外國音樂上的舞曲歌曲，如《霓裳羽衣曲》、《伊州》、《甘州》、《涼州》、《龜茲樂》、《菩薩蠻》等，都被輸入，而給予文學上以絕大的影響。復次，經貞觀、開元兩番政治昌明之後，一般詩人文學上的素養早經成就；所以天寶亂事底發生，以及中晚以後藩鎮底擾亂，雖然是政治不良的結果，卻都能供給詩人們以絕好的抒情和敘事的資料。這些都是唐代政治上使文學發達的原因。

二、宗教的原因。唐代是一個儒學思潮合浮屠、方士兩教思潮合流的時期。儒家雖然不過是周代的一家學說，但是經過漢代劉徹（武帝）利用的尊崇，表章六經，罷黜百家，而且加上些宗教儀式，已經成為一種假裝的宗教。歷代帝王，因為借此可以愚弄人民，鞏固專制政體，所以都利用它。北朝魏、周、齊三代，都是以異族控制中國，更要利用它來做籠絡人心的工具。隋代王通，講學河汾，隱居教授，隱然以孔丘自比。他底門人，後來有許多都做了唐代開國的佐命；一切典章制度，以及朝政底措施，都出於杜如晦、房玄齡、魏徵、王珪、薛收等之手。所以李淵、李世民，都曾經竭力提唱儒學。如李淵立周公、孔子廟於國學；李世民封孔丘為先聖，顏淵為先師；駕幸國子監，行釋菜的儀式，叫祭酒博士們講論經義；都是提唱儒學的表徵。當時國學學舍，多至一千二百區，學生多至三千二百餘名，而且其中有許多日本、高麗、百濟、新羅、高昌、吐蕃等各外國的留學生。但是結果只提唱了些訓詁之學，沒有什麼進步；而它底盛行，還不及浮圖、方士兩教的思潮。佛教思潮，上承南北朝底流風，李世民以下各帝后，都加以信奉。又有玄奘大師，從印度留學歸國，大宏唯識宗風，廣翻經論；所以佛教思潮，彌漫於朝野之間。一般貴族和知識階級，固然都受到了影響，把大乘佛教底理想，寫入詩文之中；而緇流中詩僧之多，尤其是前代所未有。至於方士教，差不多也合浮屠教並盛。方士們所奉為教主的老聃，因為姓李的緣故，被李世民認為始祖，特別尊崇；李治（高宗）更尊他為太上玄元皇帝。所以方士教也非常盛行；而神仙怪異的思想，充滿於文學作品之中。至於景教、回教等，雖然也經輸入，但不及儒、釋、道三教底盛行，而影響較少了。

三、社會的原因。當時君主既然提唱文學，一般貴族名流，也都能宏獎風流，扶掖後進。有一個新詩人出來，無不揄揚推荐，使他成名。至於友朋間宴集唱和，覓句聯吟，更是成為風氣。下而優伶倡妓之流，也無不愛重文人；如旗亭畫壁故事，佳話流傳，不一而足。所以唐代的社會，可以說是布满了詩的空氣。還有：一部分的詩人，都能向社會實況中，尋覓題材，所以不論是隆盛時的社會，喪亂時的社會，都能供給他們以歌詠的資料。所以唐代文學底發達，又由當時社會所造成。

四、歷史的原因。唐代詩篇，有合前代大不同的一點，就是律體合古體底劃分。《毛詩》、《楚辭》時代，所備具的律聲，只有反復律一種。到了漢、魏，五七言詩中，應用了音數底整齊律。建安以後，漸漸有了應用對叠律的傾向，但還只能算是古體。齊、梁之間，因為四聲底確定，一班詩人，於詩中應用起抑揚律來；而當對律底應用，也比較精密。於是齊、梁、陳三代的詩，成為一種新體；不但合漢、魏不同，而且合晉、宋有異。這種新體詩，雖然已經漸近於律詩；而因為沒有應用次第律，也不會嚴格地應用抑揚律的緣故，所以還不能算是真正的律詩。那時候的詩，咱們讀起來，覺得它既不是古體，又不是完全的律體，頗有不古不今的狀態。到了唐代，承受了齊、梁底流風，應用起嚴格的整齊律、抑揚律、次第律、當對律和反復律來，於是律體完全成熟，和古體分途。在古體方面，又能力追漢、魏，而發揚光大，開出種種新境界，為晉、宋以後所不及，也為漢、魏所未有。中、晚以後，詞體發生，更嚴格地應用參差律，而中國詩篇律聲底全部，便完成了。此後五代、宋、元，都不能逃出它底範圍，另有所創造。所以唐代真不愧為詩篇王國底極盛時期。但是沒有晉、宋底對叠律和齊、梁底抑揚律做它底先聲，也不能更進一步而得這樣的成功。

然而唐代文學底發達，畢竟是畸形的。所謂畸形，就是偏於詩篇底發達。唐代詩篇底發達，可以說是如日中天。可是在這個太陽周圍環繞著的，只有一顆行星——小說。至於戲劇，連小行星還比不上。其實，這也難怪。那個時代的歷史，既然承接第三期詩篇演進的歷史；而社會底傾向，又偏於詩篇這一方；詩海底波瀾，哪得不成為最高的潮流呢？

然而唐代詩篇底發達，卻又是極平均的。這又可以分作兩點：

一、古體和律體平均發達。第三期上半，是中國詩篇底古體時期。第三期後半，是由古而漸趨於律的時期。其中又可以分為兩節：第一節是三國、晉、宋，是由無對疊而趨於對疊律的時期；第二節是齊、梁、陳三代，是由無抑揚而趨於抑揚律的時期。所以這個時代的詩篇，除極少的一部分外，簡直古不成為古，律不成為律；而以第二節中為尤其利害。到了唐代，一方面承接了這個潮流，成為律體的滄海；而別一方面，又能迴瀾溯古，上探兩漢之源，使古體也成為汪洋巨浸。於是律體既成其為律體，古體也成其為古體。換句話說，就是古體還它一個古體的面目，律體還它一個律體的面目；兩體分途，平均發展。這是唐代詩篇王國中的一種新氣象；由簡單而趨於繁複，由渾沌而趨於劃分，是合乎演進的原則的。

二、五言和七言平均發達。第三期前半，是一個五言詩的時期。雖然七言詩已經萌芽，但是僅僅萌芽而已。第三期後半，七言詩雖然漸盛，但是還遠不及五言詩底發達。唐代卻能使比較幼稚的七言詩，提高程度，合五言詩並駕齊驅地發達起來。不論律體、古體，都使詩篇王國中的兩個自由市——五言、七言——利益均霑，毫無偏枯。所以唐代不但完成了五言詩，而且創造了七言詩；不但創造了七言詩，而且同時完成了七言詩。從此先進的五言詩，合後起的七首詩，同樣地滋長繁榮，而成為詩國中兩顆拔地參天，無分軒輕的大樹；咱們不能不認識唐代詩人培植七言詩的大樹的能力底可驚！

這兩點做到了，唐代底詩海構成了，也就是中國文學史上的詩海構成了。所以唐代以後各期的詩篇，都不能軼出它底範圍，無非於這個詩海中另起幾種波瀾而已。然而唐代詩海底偉大，還不止此。古體和律體，五言和七言，都平均發達了，而且各盡其能事了；那麼，便又難免到了窮的一境了。窮則必變，變而後通，於是詩海中又另開出一種新境界來。這種新境界，就是所謂詩餘——詞——了。元來所謂五七言律體詩底構成，是應用：一、齊差律中的整齊律；二、次第律；三、抑揚律；四、反復律；五、對叠律的。然而齊差律中的參差律，卻不曾應用；外形的律聲底全部，還不能算是完全無缺。中國律體詩篇每停底音數，所以只取奇數，不取偶數；只取奇數的五音七音，不取三音以下，九音以上；這原因可以作如下的說明。一、偶音數的停，分步以後，儘是兩音步，有單調的弊病。奇音數的停，分步以後，於兩音步中，夾著一個單音步，便不至於單調。二、偶音數的停，嚴格地應用抑揚律，只能得到兩種調式；再應用腔反復律而把它相間相重起來，便有單調的弊病。奇音數的停，卻可以有四種調式；而相間相重起來，不至於單調。三、一音停和三音停，都太短促了；九音停以上，都太弛緩了；而五音七音，適得其中，合於人類呼吸底中度，而可以得到停勻的節奏。所以三音和九音以上各奇音停，雖然也可以各各得到四種調式，而不被律詩所採用（也有人曾經作六言律詩、八言律詩、九言律詩和十一言律詩的嘗試，而畢竟不能盛行）。但是：一、一音、三音、九音的各種奇音停，二音、四音、六音、八音的各種偶音停，也各各有它們底調式。整齊地相間相重，固然難免單調；而錯綜地合五音、七音各奇音停相間相重，便免除了單調的弊病了。二、拿五音、七音各奇音停，應用整齊律，構成律體詩篇，嚴格地說起來，也是一種單調的形式，而且形式有窮。如果拿一音以上各停，應用參差律，錯綜著參用起來，構成新的律體詩篇；既可以免卻單調，而又可以得到無窮的新形式。這無窮的新形式，又都有嚴格的規律；正合乎統一之中有變化，變化之中有統一的美學的原則。於是詩海中便開出一種新境界，而詩餘便因此發生了。這就是所謂窮則必變，變而後通。中國詩篇外形律底全部，既因此完成；而唐代詩海底波瀾，也因此格外壯闊而奇幻了。

外形律底全部，既經完成了；唐代詩人，更把它應用到文的方面去。於是律體的賦，律體的駢文（即四六文），都成立而發達了。四音停和六音停，雖然各各只有兩種調式，構成律詩，難免單調；但是四音停合六音停參用起來，成為四對四，六對六，四六對四六，六四對六四，這樣地相間相重，卻又可以構成又整齊又參差的律體文。這是詩底外形，向文的方面發展；而完成了六朝駢文發展的工作。但是律體的文，既經發達；而反抗律體的散文運動，也因之而起。於是文章方面，也合詩篇一樣，古體和律體平均發達；而辭賦之中，古賦、排賦、律賦、文賦各體具備。如杜牧《阿房宮賦》，竟把散文的法則，應用到辭賦裏面去；上接《卜居》、《漁父》底流風，下開《秋聲》、《赤壁》底變體，也可謂極盡文章之能事了！

向來論唐詩的，分為初唐、盛唐、中唐、晚唐四期。此說起於宋代嚴羽底《滄浪詩話》；但他只略分為三期，就是盛唐、大曆以還和晚唐。初唐固然不曾說起，而中唐底名目，也還不曾建立。後來元代楊士宏底《唐音始》，才有初、盛、中、晚之分；而明代高棅底《唐詩品彙》，更把時代底區劃，說得比較分明。大約：

一、初唐——從唐高祖武德元年起，到睿宗太極元年止，就是從公元六一八年，民元前一二九四年起，到公元七一二年，民元前一二〇〇年止，共九十四年。

二、盛唐——從玄宗開元元年起，到代宗永泰元年止，就是從公元七一三年，民元前一一九九年起，到公元七六五年，民元前一一四七年止，共五十二年。

三、中唐——從代宗大曆元年起，到文宗太和九年止，就是從公元七六六年，民元前一一四六年起，到公元八三五年，民元前一〇七七年止，共六十九年。

四、晚唐——從文宗開成元年起，到照宣帝天祐三年止，就是從公元八三六年，民元前一〇七六年起，到公元九〇六年，民元前一〇〇六年止，共七十年。

不過這個區劃，當然不是界線很明晰的。因為：一、前一期的詩人，常常有延入於後一期的。二、前一期詩人底作品，有為後一期詩人作品底先聲的；而後一期詩人底作品，也有可以媲美前一期詩人底作品的。所以咱們不能十分拘泥這個區劃；不過為述說底便利計，不妨沿用這幾個名稱罷了。

初唐底初年，詩篇體製，還是沿襲齊、梁、陳、隋底餘波。李世民曾經戲作宮體詩，要虞世南作和。虞氏拒絕他說：

聖作雖工，體制非雅。上之所好，下必隨之；此文一行，恐致風靡。而今而後，請不奉詔！

當時李世民很嘉納他底話；但是虞氏自已底作品，卻因為酷慕徐陵的緣故，仍以聲律為重，合宮體詩也相差無幾。其餘如李義府底《堂堂詞》，長孫無忌底《新曲》，更都是宮體一流。可見當時風尚，還不曾脫離舊染。但如魏徵底《述懷》，王績底《古意》，一則為遒峻的律體，一則為雋遠的古體，已能作後來風氣轉移底先導了。

虞世南，字伯施，越州餘姚人。曾為弘文館學士和祕書監；李世民稱他有德行、忠直、博學、文詞、書翰五絕。李義府，瀛州饒陽人，和司議郎來濟，都以文翰見知。李治朝曾為中書令，以罪長流嶲州。長孫無忌，字機輔，河南洛陽人；李世民長孫后之兄，以佐命功封齊國公，為尚書僕射。李治朝為太尉，被許敬宗誣構，貶死黔州。魏徵，字玄成，魏州曲城人。李世民朝封鄭國公，拜特進。性諒直，能知無不言，為李世民所畏憚。王績，字無功，絳州龍門人，就是王通之弟。李治朝曾為太樂署丞。後棄官歸東皋，號東皋子。

寒閨織素錦，含怨斂雙蛾。綜新交縷澀，經脆斷絲多。衣香逐舉袖，釧動應鳴梭。還恐裁縫罷，無信達交河。

——（唐）虞世南《中婦織流黄》

（例二百五十六）

鏤月成歌扇，裁雲作舞衣。自憐迴雪影，好取洛川歸。

懶整鴛鴦被，羞褰玳瑁牀。春風別有意，密處也尋香。

——（唐）李義府《堂堂詞》

（例二百五十七）

阿儂家住朝歌下，早傳名；結伴來游淇水上，舊長情。玉佩金鈿隨步遠，雲羅霧縠逐風輕；轉目機心懸自許，何許更待聽琴聲。

——（唐）長孫無忌《新曲》二首之一

（例二百五十八）

中原初逐鹿，投筆事戎軒；縱横計不就，慷慨志猶存。杖策謁天子，驅馬出關門；請纓繫南粤，憑軾下東藩。鬱紆陟高岫，出没望平原；古木鳴寒鳥，空山啼夜猿。既傷千里目，還驚九折魂；豈不憚艱險？深懷國士恩。季布無二諾，侯嬴重一言；人生感意氣，功名誰復論？

——（唐）魏徵《述懷》（例二百五十九）

幽人在何所？紫巖有仙躅：月下橫寶琴，此外將安欲？材抽嶧山榦，徽點崑山玉；漆抱蛟龍脣，絲纏鳳凰足；前彈《廣陵》罷，後以《明光》續；千金買一聲，千金傳一曲；世無鍾子期，誰知心所屬？

——（唐）王績《古意》六首之一

（例二百六十）

以上五例：前三例都是受到宮體底影響；後兩例卻脫出宮體底範圍了。其中魏徵底作品，雖然不是正式的律體詩篇，却已合律體相近了。

沿齊、梁底流波而樹律體底先聲的，有所謂上官體。上官體是陝州陝人上宮儀所創。儀字游韶，李治朝曾為宰相，後來犯罪下獄而死。他底詩綺錯婉媚，當時人們多模仿他，稱為上官體。他曾創為六對、八對的當對律。所謂六對，是：

一、正名對　如天地相對，日月相對。

二、同類對　如花葉和草芽相對。

三、連珠對　如蕭蕭和赫赫相對（就是同分相綴）。

四、雙聲對　如黃槐和綠柳相對。

五、叠韻對　如徬徨和放曠相對。

六、雙擬對　如春樹春花和秋池秋日相對（兩複字在一句中間相隔著再現，就是同分相應）。

所謂八對，是：

一、的[1]名對　如“送酒東南去，迎琴西北來”。——案東南對西北，就是六對中的正名對。

二、異類對　如“風織池間字，蟲穿草上文”。——案風和蟲異

[1] “的”，當為“正”。——編者註

類，池和草異類。

三、雙聲對　如“秋露香佳菊，春風馥麗蘭”。——案佳菊雙聲，麗蘭雙聲，就是六對中的第四對。

四、叠韻對　如“放蕩千般意，遷延一片心”。——案放蕩叠韻，遷延叠韻，就是六對中的第五對。

五、聯緜對　如“殘河河若帶，初月月如眉”。——案就是六對中的連珠對。

六、雙擬對　如“議月眉欺月，論花頰勝花”。——案就是六對中的第六對。

七、回文對　如“情新因意得，意得逐情新”。

八、隔句對　如“相思復相憶，夜夜淚沾衣；空嘆復空泣，朝朝君未歸”。——這實在是一種排。

六對、八對中，除有五種是相重的以外，實在共計九種。此九種當對律，六朝詩人，已經應用著；上官氏不過歸納起來，每種各給它一個定名。但是從此以後，却差不多成為一種正式的規律了。所以他於正式律體底構成，是頗有關係的。並且他底孫女上官婉兒，在武曌、李哲（中宗）兩朝，作當時詩壇盟主，沈（佺期）、宋（之問）兩人底律體詩篇，多經她底評定，也和律體底構成有關。那麽，上官氏祖孫，都是成就律體的功人了。

比上官體更進一步的，便是所謂初唐四傑了。杜甫曾有詩推崇他們說：

王、楊、盧、駱當時體，輕薄為文哂未休；爾曹身與名俱滅，不廢江河萬古流。

因為他們底詩文，雖然上承六朝底遺風，依然不脫綺錯的習慣，然而却是比較地波瀾老成了。

王勃字子安，絳州龍門人，就是王通底孫子。六歲時就擅長文辭。曾為沛王府修撰；以游戲文字，被李治廢斥。後來因為渡海溺水，驚悸而死，只有二十九歲。他底《滕王閣詩序》，是很負盛名的。其中“落霞與孤鶩齊飛，秋水共長天一色”一聯，至今為人所傳誦。

楊炯，華陰人。幼年就博學能文；十一歲時，以神童被舉為校書郎，崇文館學士。武曌朝曾為盈川令，死在任上。他曾經說：“吾愧在盧前，恥居王後”。因為文辭中喜歡連用古人姓名，有“點鬼簿”的稱號。

盧照鄰，字昇之，范陽人。幼時已經以博學著稱；後來為新都尉，以風疾去官，隱居太白山、東龍門山、具茨山等處。終於因為不堪疾病底困苦，自投潁水而死。曾作《五悲文》以自明。他底《長安古意》一篇，詞旨華麗，是後來所師法的。

駱賓王，義烏人。七歲時已經能作文，尤其擅長五言詩。曾作《帝京篇》，當時推為絕唱。以道王府屬，轉武功主簿和長安主簿。武曌朝，以言事得罪，左遷臨海丞，便棄官而去，徐敬業舉兵討武曌，署他為府屬。他給敬業草檄，斥武曌罪狀。武曌讀到“一坏[1]之土未乾，六尺之孤何在”一聯，便說“宰相安得失此人”。能使被罵者心服他底文才，彷彿曹操底對於陳琳，也是當時傳為佳話的。後來敬業兵敗，他便亡命，不知所終；但說部中有以為他逃到西湖靈隱寺為僧的傳說。他底詩篇中，喜歡用數字相對；所以被當時人嘲笑他，呼為算博士。

關於這四人底優劣，當時崔融曾說：

勃文章宏放，非常人所及；炯、照鄰可以企之。

張說却說：

[1] “坏”，當為“抔”。——編者註

盈川文如懸河，酌之不竭，優於盧而不減於王。恥居後信然，愧在前謙也。

然而一般批評者，卻多以為王、楊、盧、駱底次第，是頗允當的。

四傑底詩，已經開律體的先聲。例如：

明月沈珠浦，秋風濯錦川。樓臺臨絕岸，洲渚亘長天。旅泊成千里，棲遑共百年。窮途唯有淚，還望獨潸然。

——（唐）王勃《重別薛華》

（例二百六十一）

賤妾留南楚，征夫向北燕。三秋方一日，少別比千年。不掩嚬紅縷，無論數綠錢。相思明月夜，迢遞白雲天。

——（唐）楊炯《有所思》（例二百六十二）

顧步三春晚，田園四望通。游絲橫惹樹，戲蝶亂依叢。竹嬾偏宜水，花狂不待風。唯餘詩酒意，當了一生中。

——（唐）盧照鄰《春晚山莊率題》二首之一

（例二百六十三）

寂寥心事晚，搖落歲時秋。共此傷年髮，相看惜去留。當歌應破體，哀命返窮愁。別後能相憶，東陵有故侯。

——（唐）駱賓王《秋日送別》

（例二百六十四）

但是他們其餘律體的詩，還不是完全諧協的。至於沈、宋底律體詩，雖然也間或有不諧協的，可是不過少數罷了；所以律體底成就，不能不歸之於沈、宋。

沈佺期，字雲卿，相州內黃人。武曌朝，預修《三教珠英》。後來坐交驩張易之，流驩州。神龍中召還，死於開元初年。

宋之問，一名少連，字延清，虢州弘農人。武曌朝，合沈佺期同預修《三教珠英》。後來也因諂附張易之，貶為瀧州參軍。李治朝，以武三思援引，又為修文館學士；被李旦（睿宗）賜死。

這兩人底人格，是非常卑鄙而且陰險的。然而胚胎於晉、宋，醞釀於齊、梁的律體詩，卻成功於他們之手。從此古律劃分，為中國詩篇轉變的一大關鍵。不但唐代詩人，都遵守他們底規律；就是後世詩人，也不能軼出他們底範圍；就詩言詩，不能不推他們為宗匠。不過律詩底法門既開，後來無數的才傑，都爭趨於這一途；彷彿不會做律詩，就不能成為詩人似的。於是千篇一律，只求工巧於字句之間；而很少有雄篇大作出來。就是後來李、杜、韓、蘇諸大家，可稱為雄篇大作的律體詩，也不過幾篇。並且把它們合西洋詩人底雄篇大作比較起來，優劣且丟開不論；單就篇幅底長短，波瀾底多寡講，也是相差很遠。總之，自從沈、宋兩人，確定了律體底規模，使後來一切詩人，局促於字句聲律之間。即使有絕大天才，也不能於這小型短幅之中，發揮他底萬大光燄。這雖然由於中國文字，合西洋文字不同，本含有構成律體的可能性；但是始作俑者，畢竟是沈、宋兩人。所以律體底構成，在中國詩壇，是幸是不幸；沈、宋兩人在中國文學史上，是功是罪：確是不能單就一方面而定論的。

前邊這一番話，日本人古城貞吉所著《中國文學史》中，大略也是這樣說；我以為他頗能道出律詩底弊病。但是我覺得律詩所給與中國文學上的影響，還不止此。一、律體詩合語言底自然相隔離，比古體詩更遠。二、律體詩不能用以敘事。雖然也有人以排律的形式敘事，但是畢竟很勉強，而沒有用古體的那麼自由。所以律體詩能使中國詩篇愈趨於貴族化；而且減少了敘事的能力。試看中國底平民文學中，決沒有那麼嚴格的律體詩；而中國自唐代以後，敘事詩也並不十分發達。——唐代諸詩人要做敘事詩的時候，也只能用古體來做工具，就可知道了。現在把他們底五七言律詩，各舉數例如下：

法駕乘春轉，神池象漢迴。雙星移舊石，孤月隱殘灰。戰鷁逢時去，恩魚望幸來。山花緹騎繞，堤柳縵城開。思逸橫汾唱，歡留宴鎬杯。微臣雕朽質，羞覩豫章材。

——（唐）沈佺期《奉和晦日駕幸昆明池應制》

（例二百十五）

春豫靈池會，滄波帳殿開。舟淩石鯨度，槎拂斗牛回。節晦蓂全落，春遲柳暗催。象溟看浴景，燒劫辨沈灰。鎬飲周文樂，汾歌漢武才。不愁明月盡，自有夜珠來。

——（唐）宋之問《奉和晦日駕幸昆明池應制》

（例二百十六）

相傳這兩首詩，曾經上官婉兒評定。她說二詩工力悉敵，卻從它們底兩結聯上，判定宋優於沈。以為沈底結聯，詞氣已竭；宋卻依然陡健騫舉：這批評是很確當的。

十年通大漢，萬里出長平。寒日生戈劍，陰雲拂旆旌。飢烏啼舊壘，疲馬戀空城。辛苦皋蘭北，胡霜損漢兵。

——（唐）沈佺期《被試出塞》

（例二百六十七）

度嶺方辭國，停軺一望家。魂隨南翥鳥，淚盡北枝花。山雨初含霽，江雲欲變霞。但令歸有日，不敢恨長沙。

——（唐）宋之問《度大庾嶺》

（例二百六十八）

碧水澄潭暎遠空，紫雲香駕御微風。漢空城闕疑天上，秦地山川似鏡中。向浦回舟萍已綠，分林蔽殿槿初紅。古來徒羨橫汾賞，今日宸游聖藻雄。

——（唐）沈佺期《興慶池侍宴應制》

（例二百六十九）

江雨朝飛浥細塵，陽橋花柳不勝春。金鞍白馬來從趙，玉面紅妝本姓秦。妒女猶憐鏡中髮，侍兒堪感路旁人。蕩舟為樂非吾事，自歎空閨夢寐頻。

——（唐）宋之問《和趙員外桂陽橋遇佳人》

（例二百七十）

沈、宋以外，當時還有稱為文章四友的，就是蘇味道、李嶠、崔融、杜審言四人。

蘇味道，趙州欒城人。李嶠字巨山，趙州贊皇人。二人並稱蘇李，就是所謂“蘇李居前，沈宋比肩”的。蘇氏曾於武曌朝居相位，後來坐張易之黨，被李治所貶。李氏在武曌朝封趙國公；李治朝，依然貴顯。到李旦、李隆基時，才遭貶謫。這兩人底人格，也合沈、宋相差無幾。他們底詩，聲律諧協的也頗多。但李嶠卻以《汾陰行》一篇，被李隆基嘆為真才子。

崔融，字安成，齊州全節人。武曌朝，授著作郎。杜審言，字必簡，襄陽人。武曌朝，以著作佐郎遷膳部員外郎。他們合蘇、李輩並諂附張易之，終於因此被貶。兩人底詩，也合蘇、李相似，頗有聲律諧協的。

四人中李嶠前與王、楊接踵，中與崔、蘇齊名，而死在諸人之後，稱為文章宿老。他底《汾陰行》，合劉希夷底《公子行》、《代悲白頭翁》，以及張若虛底《春江花月夜》，都是當時歌行中的名作。劉氏一名庭芝，汝州人。善作從軍、閨情詩，詞旨悲苦。相傳被他底舅父宋之問所害。張若虛，揚州人，曾為兗州兵曹，合賀知章、張旭、包融，稱為吳中四士。

初唐諸詩人，大抵承襲陳、隋遺風，還不能有所振拔。但陳子昂却能超出這個潮流，上承魏晉，下變齊梁，確立古體的格局。就是文章方面，也能疎樸近古，作韓、柳復古的先聲。所以韓愈說：

國朝盛文章，子昂始高蹈。

柳宗元也說：

張說以著述之餘，攻比興而莫能極；張九齡以比興之暇，攻著述而不克備；唐興以來，稱是選而不怍者，子昂而已。

子昂自己也曾說：

文章道弊者五百年。漢、魏風骨，晉、宋不傳；然文獻猶有足徵者。僕嘗觀齊、梁間詩，彩麗競繁，興寄都絕。每永嘆而思古人，常恐逶迤頹靡，風雅不作，是為耿耿耳。

他底身世，略後於四傑，而合沈、宋同時。但是沈、宋成就律體，而他卻於同一時期中，開創古體。《感遇》三十八篇，上追阮籍《詠懷》，下開張九齡《感遇》、李白《古風》；風骨高騫，更勝於王績《古意》。推為唐代古體之祖，是無愧的。

林居病時久，水木澹孤清；閒臥觀物化，悠悠念無生。青春始萌達，朱火已滿盈；徂落方自此，感歎何時平。

翡翠巢南海，雄雌珠樹林；何知美人意，驕愛比黃金！殺身炎州裏，委羽玉堂陰；旖旎光首飾，葳蕤爛錦衾。豈不在遐遠？虞羅忽見尋；多材信為累，歎息此珍禽！

——（唐）陳子昂《感遇詩》三十八首之二

（例二百七十一）

子昂字伯玉，梓州射洪人。武曌朝，以進士拜麟臺正字，遷右拾遺。曾為《神鳳頌》、《明堂議》，以獻媚武曌。後來因事被縣令段簡所誣，死於獄中。他底人格，雖然合沈、宋相差無幾；但是開創古體之功，也不在沈、宋成就律體之下。宋代馬端臨《文獻通考》，曾說：

子昂惟詩語高妙；其他文則不脫偶儷卑弱之體。韓、柳之論，不專稱其詩，皆所未喻。

然而他底書疏之類的作品，雖然未能盡除排比的習慣，却已改變初唐文人所沿習的駢麗穠縟的徐、庾遺風了。所以韓、柳底推崇他，並非無因的。

揚州張若虛，合賀知章、張旭、包融，並號吳中四士，實為初唐詩人底殿軍。他底詩流傳不多；而《春江花月夜》一篇，能以豐富的想像，瑰麗的詞筆，宛轉的聲調，合寫景抒情為一。他實在能一變初唐輕靡之調，而為純粹的唐音。我以為它合劉希夷底《代悲白頭翁》，都是初唐抒情詩中的佳構。

洛陽城東桃李花，飛來飛去落誰家？洛陽女兒好顏色，坐見落花長嘆息。今年花落顏色改，明年花開復誰在？已見松柏摧為薪，更聞桑田變成海。古人無復洛城東，今人還對落花風；年年歲歲花相似，歲歲年年人不同；寄言全盛紅顏子，應憐半死白頭翁。此翁白頭真可憐，伊昔紅顏美少年；公子王孫芳樹下，清歌妙舞落花前；光祿池臺開錦繡，將軍樓閣畫神仙；一朝臥病無相識，三春行樂在誰邊？宛轉蛾眉能幾時？須臾鶴髮亂如絲；但看古來歌舞地，惟有黃昏鳥雀悲。

——（唐）劉希夷《代悲白頭翁》

（例二百七十二）

春江潮水連海平，海上明月共潮生；灩灩隨波千萬里，何處春江無月明？江流宛轉遶芳甸，月照花林皆似霰；空裏流霜不覺飛，汀上白沙看不見。江天一色無纖塵，皎皎空中孤月輪；江畔何人初見月？江月何年初照人？人生代代無窮已，江月年年祇相似；不知江月待何人？但見長江送流水。白雲一片去悠悠，青楓浦上不勝愁；誰家今夜扁舟子？何處相思明月樓？可憐樓上月徘徊，應照離人玉鏡臺；遮户簾中卷不去，擣衣砧上拂還來。此時相望不相聞，願逐月華流照君；鴻雁長飛光不度，魚龍潛躍水成文。昨夜閒潭夢落花，可憐春半不還家；江水流春去欲盡，江潭落月復西斜。斜月沈沈藏海霧，碣石瀟湘無限路；不知乘月幾人歸？落月搖情滿江樹。

——（唐）張若虛《春江花月夜》

（例二百七十三）

陳子昂既以《感遇詩》三十八篇樹古體之幟於初唐，於是繼起者有盛唐張九齡底《感遇》十二篇。九齡字子壽，韶州曲江人。七歲時就能作文。李隆基朝，為同平章事，直言敢諫，稱為賢相；開元治績底隆盛，很得力於九齡。然而他終於被李林甫所忌，橫遭貶謫，相業未竟而死。

蘭葉春葳蕤，桂華秋皎潔；欣欣此生意，自爾為佳節。誰知林棲者，聞風坐相悦？草木有本心，何求美人折？

——（唐）張九齡《感遇》十二首之一

（例二百七十四）

陳、張《感遇詩》，都是比興之體，為阮籍《詠懷》、郭璞《游仙》底流亞，而筆力能直追漢、魏。所以後來批評家說："唐初五言古，漸趨於律，風格未遒。子昂起衰而詩品始正；曲江繼續，而詩品乃醇"。不過九齡於詩文之外，尤以相業著稱；却不是子昂所能企及的。

唐代底政治，一盛於貞觀，再盛於開元，到天寶而開一衰不可復盛之局；而詩篇在初唐時代，還不過如雲霞出海，曙色初開，到開元、天寶之間，才達到如日中天的隆運。所以初唐還是唐詩幼稚時期，而盛唐便有如壯盛時期。這一時期中，前有開元底承平，而李隆基更是一個極能提唱文藝的君主，使一班詩人，都能發揮他們底才性，歌詠昇平；後有天寶底禍亂，又供給這班詩人以慷慨悲歌的資料。其間如《霓裳羽衣》底歌舞，以及楊玉環始豔終哀的悲劇，尤其是此後詩人絕好的題材，給唐代詩壇生色不少。所以盛唐詩運之盛，絕非偶然；而唐代著名詩人之多，也以盛唐為最。

在盛唐著名詩人之中，當然要推李、杜為冠冕。其實李、杜不但冠冕盛唐，而且冠冕唐代；不但冠冕唐代，而且冠冕百代。因為以前的詩人，固然都不及他們底偉大；而以後的詩人，也没有能更出其右的。我以為千古詩壇中，可以合他們底偉大略相彷彿的，只有屈平一人而已。

從來對於李、杜的批評，頗有揚杜而抑李的，也有左李而右杜的。如元稹說：

李白壯浪縱恣，誠亦差肩子美矣。至若鋪張終始，排比聲韻，大或千言，次猶數百；詞氣豪邁而風調清深，屬對律切而脫棄凡近；則李尚不能歷其藩翰，況堂奧乎？

白居易也說：

杜詩貫穿古今，盡工盡善，殆過於李。

這都是以為杜勝於李的。然而韓愈却說：

李杜文章在，光燄萬丈長；不知羣兒愚，那用故謗傷？蚍蜉撼大樹，可笑不自量。

有人說，韓愈此詩，就是所以譏彈元、白的。又如明代楊慎說：

楊誠齋云，“李太白之詩，列子之御風也；杜少陵之詩，靈均之乘桂舟，駕玉車也。無待者神於詩者歟？有待而未嘗有待者，聖於詩者歟？宋則東坡似太白，山谷似少陵”。徐仲車云，“太白之詩，神鷹瞥漢；少陵之詩，駿馬絕塵”。二公之評，意同而語亦相近。余謂太白詩仙翁劍客之語，少陵詩雅士騷人之詞。比之文，太白則《史記》，少陵則《漢書》也。

楊氏所引楊誠齋、徐仲車兩人底話，對於李、杜，還不曾有所左右袒；而他自己底批評，卻明明以為李勝於杜了。其實，李、杜兩人，風格不同，短長各有，而各不失他們底偉大，正不必有所軒輕。宋代嚴羽曾說：

> 李、杜二公，正不當優劣。太白有一二妙處，子美不能道；子美有一二妙處，太白不能作。子美不能為太白之飄逸，太白不能為子美之沈鬱。太白《夢游天姥吟》、《遠別離》等，子美不能道；子美《北征》、《兵車行》、《垂老別》等，太白不能作。……少陵詩法如孫、吳，太白詩法如李廣。少陵如節制之師。

我以為嚴氏此論，是很允當的。總之：李、杜兩人，時代相同，聲望相同，而才性不同，遭際不同；所以他們在詩篇上的成就，也兩不相同。有人以為：李白是詩中之仙，杜甫是詩中之聖；李白如佛家之頓，杜甫如佛家之漸。又有人以為：李白是出世間的，杜甫是入世間的；李白是偏於理想的，杜甫是偏於實際的；李白是受道家底感化的，杜甫是守儒家底繩墨的；李白是豪於氣的，杜甫是厚於情的；李白是樂天的，杜甫是悲世的；李白以天才擅勝，杜甫以學力見長；李白放吟於自然之間，杜甫感慨於時事之際。這些批評，也都能各各道出他們底異點。我以為就才性而言，既是李白高明，杜甫沈潛；就遭際而言，又是李白先受李隆基寵眷，雖遭讒放廢，而仍賜金遣歸，得以浮沈詩酒，放浪湖山；杜甫年垂四十，才以獻賦得官，後來遭逢喪亂，顛沛流離，幾乎不能自存。所以他們發而為詩，一則高逸縱恣，汗漫自適，一則沈痛哀切，感慨悲涼。至於他們底筆力，李白有如張旭草書，揮毫落紙如雲烟；杜甫有如顏魯公書，字字力透紙背：其間本無優劣之可分。不過李白底詩，好像飛行絕迹的劍俠，很不容易學它；而杜甫細於詩律，處處以金針度人，比較地容易模仿。所以後來學李的少，學杜的多，似乎杜的盛名，有過於李罷了。

李白字太白，自號青蓮居士，隴西成紀人。少有逸才，志氣宏放，飄然有超世之心。其初隱居岷山，益州刺史蘇頲曾說他“天才英特，可比相如”。天寶初年，到長安見賀知章，賀氏稱他為謫仙人，把他薦給李隆基。當時奏頌稱旨，李隆基親自調羹賜食，叫他供奉翰林。後來被高力士所讒，賜金放還，於是浪迹江湖，終日沈飲。李亨（肅宗）即位以後，因為他曾在李璘（永王）幕下，李璘謀亂兵敗，而他也坐罪長流夜郎。雖然遇赦得還，李豫（代宗）朝更曾召為左拾遺，而他已經放浪而死了。他是一個羅曼而頹廢的詩人。少年時喜歡縱横之術，任俠尚義，曾經因事殺人。他又有知人之明，能識郭子儀於行伍縲絏之中。如果以他底才氣，又得李隆基底知遇，而不遭宦官貴妃底讒沮，不難致身卿相。然而他終於放廢以終。他於初次被放以後，曾經請北海高天師給他受道籙於齊州紫極宮。以他這樣的絕世英物，而竟似乎深信虛無縹渺的神仙；雖然由於他曠達的本懷，合道家相近，但也許是有託而逃吧。不過正唯他不做卿相，所以能夠浪迹江湖，寄情山水，流連詩酒，嘯傲風月，而不以功名富貴，聲色貨利，縈繞他底高曠的懷抱，畢竟成為偉大的詩人；這正是他底大幸，也是中國詩壇底大幸哩。他底《古風》五十九篇，是更駕陳、張《感遇》而上之的。

大雅久不作，吾衰竟誰陳！王風委蔓草，戰國多荊榛；龍虎相啖食，兵戈逮狂秦；正聲何微茫？哀怨起騷人；揚、馬激頹波，開流蕩無垠；廢興雖萬變，憲章亦已淪。自從建安來，綺麗不足珍；聖代復元古，垂衣貴清真；羣才屬休明，乘運共躍鱗；文質相炳煥，衆星羅秋旻。我志在刪述，垂輝映千春；希望如有立，絕筆於獲麟。

——（唐）李白《古風》五十九首之一

（例二百七十五）

這是他《古風》五十九篇中的第一篇，咱們讀了，可以知道他論詩的見地。他曾說：

梁、陳以來，豔薄斯極；沈休文又尚以聲律。將復古道，非我而誰歟？

又說：

興寄深微，五言不如四言，七言又其靡也；況使束於聲調俳優哉？

所以他集中律詩很少，而七律尤少。然而說他不工律詩，卻又不然。如《宮中行樂詞》五律八篇底工麗，《登金陵鳳皇臺》七律一篇底渾灝，都足以看出他並非專長於古體。

柳色黃金嫩，梨花白雪香；玉樓巢翡翠，金殿鎖鴛鴦；選妓隨雕輦，徵歌出洞房；宮中誰第一，飛燕在昭陽。

——（唐）李白《宮中行樂詞》八首之一

（例二百七十六）

鳳皇臺上鳳皇游，鳳去臺空江自流；吳宮花草埋幽徑，晉代衣冠成古丘；三山半落青天外，二水中分白鷺洲；總為浮雲能蔽日，長安不見使人愁！

——（唐）李白《登金陵鳳皇臺》（例二百七十七）

他底集中，有五律七十多篇，七律十篇。五律如《宮中行樂詞》，是很工麗的；然而仍於工麗之中，流露他底英爽之氣。七律較少，向來推《登金陵鳳皇臺》一篇為壓卷。雖然工麗不及五律，而且並不拘拘於聲律諧協的繩墨；然而這正是他底本色。總之，他是才大如海的人，雖不屑為聲律所拘，但是也未嘗不能斂才就範。不過他所最擅長，而充分地顯出他底本色，極盡他底能事的，畢竟在古體樂府和五七言古詩方面。樂府中如《遠別離》、《蜀道難》、《烏夜啼》、《烏棲曲》、《將進酒》、《前有一樽酒行》諸篇，都是向來被推為傑作的。现在舉《烏棲曲》、《前有一樽酒行》為例：

姑蘇臺上烏棲時，吴王宫裏醉西施；吴歌楚舞歡未畢，青山猶銜半邊日；銀箭金壺漏水多，起看秋月墜江波，東方漸高奈樂何！

——（唐）李白《烏棲曲》（例二百七十八）

春風東來忽相過，金樽綠酒生微波；落花紛紛稍覺多，美人欲醉朱顏酡。青軒桃李能幾何？流光欺人忽蹉跎。君起舞，日西夕；當年意氣不肯傾，白髮如絲嘆何益！

——（唐）李白《前有一樽酒行》二首之一

（例二百七十九）

他底樂府，有仍用舊題的，有自命新題的。但不論新題舊題，他都自出機杼，絕不沿襲前人底格調。並且筆力騫舉，音節勁健，一洗齊、梁以來頹弱之風。所以杜甫用“清新庾開府，俊逸鮑參軍”贊美他，他誠然兼有鮑、庾兩人清新俊逸的長處；但是“青出於藍而勝於藍”，鮑、庾兩人又何曾有他那麽的風骨呢？五七言古詩，除五言古詩，前邊已經舉出《古風》一例外：七言古詩如《襄陽歌》、《鳴皋歌》、《夢游天姥吟留別》、《憶舊游寄譙郡元參軍》、《宣州謝朓樓餞別校書叔雲》、《把酒問月》等篇，都是興會標舉的名作。

棄我去者昨日之日不可留，亂我心者今日之日多煩憂；長風萬里送秋雁，對此可以酣高樓。蓬萊文章建安骨，中間小謝又清發；俱懷逸興壯思飛，欲上青天窺日月。抽刀斷水水更流，舉杯澆愁愁更愁；人生在世不稱意，明朝散髮弄扁舟。

——（唐）李白《宣州謝朓樓餞別校書叔雲》

（例二百八十）

青天有月來幾時，我欲停杯一問之；人攀明月不可得，月行却與人相隨。皎如飛鏡臨丹闕，綠烟滅盡清輝發；但見宵從海上來，寧知曉向雲間沒。白免擣藥秋復春，嫦娥孤棲與誰鄰？今人不見古時月，今月曾經照古人。古人今人若流水，共看明月皆如此；惟願當歌對酒時，月光長照金樽裏！

——（唐）李白《把酒問月》

（例二百八十一）

古詩雖然沒有嚴格的抑揚律，但是抑揚抗墜之間，也須互相調劑，才可以調利口吻，得到自然諧美的音節。漢、魏底五言古詩，不講什麼抑揚律，而能音節自然諧美，於無律之中顯出自然的律聲來。晉、宋之間的作者，還能守此勿失。到了齊、梁新體詩出來，用了些不曾成熟的抑揚律，於是成為非古非律的詩篇；古律混淆，只暴露它們底頹弱罷了。同樣，齊、梁間的七言詩，也受了那種不曾成熟的抑揚律的影響，跟五言詩底頹弱相類似。初唐底五七言詩，都還逃不出這一種頹弱的傾向。到了李白、杜甫兩人，才上紹漢、魏，把齊、梁頹弱的音節一掃而空；而不論五言七言，都成為純粹的唐音。

他底五七言絕句，導源於六朝的清商曲辭；而尤以七言絕句為最長。例如樂府中的《玉階怨》、《洛陽陌》、《靜夜思》、《估客行》（五言），《结襪子》、《清平調》（七言）等篇，以及《題情深樹寄象公》、《送陸判官往琵琶峽》、《怨情》、《越女詞》（五言），《峨眉山月歌》、《贈汪淪[1]》、《聞王昌齡左遷龍標遙有此寄》、《黃鶴樓送孟浩然之廣陵》、《山中問答》、《望天門山》、《客中行》、《早登白帝城》、《秋下荆門》、《越中覽古》、《山中與幽人對酌》（七言）等篇，都能就眼前的景物，口頭的語言，而寫出絃外之音，使人神遠

❶ “淪”，當为“倫”。——編者註

的。試看：

玉階生白露，夜久侵羅襪；卻下水晶簾，玲瓏望秋月。

——（唐）李白《玉階怨》（例二百八十二）

牀前明月光，疑是地上霜；舉頭望明月，低頭思故鄉。

——（唐）李白《靜夜思》（例二百八十三）

美人捲珠簾，深坐顰蛾眉；但見淚痕濕，不知心恨誰？

——（唐）李白《怨情》（例二百八十四）

耶溪採蓮女，見客櫂歌迴；笑入荷花去，佯羞不出來。

——（唐）李白《越女詞》五首之一

（例二百八十五）

峨眉山月半輪秋，影入平羌江水流；夜發清溪向三峽，思君不見下渝州。

——（唐）李白《峨眉山月歌》

（例二百八十六）

楊花落盡子規啼，聞說龍標過五溪；我寄愁心與明月，隨風直到夜郎西。

——（唐）李白《聞王昌齡左遷龍標尉遙有此寄》（例二百八十七）

故人西辭黃鶴樓，煙花三月下揚州；孤帆遠影碧空盡，惟見長江天際流。

——（唐）李白《黃鶴樓送孟浩然之廣陵》

（例二百八十八）

朝辭白帝彩雲間，千里江陵一日還；兩岸猿聲啼不住，輕舟已過萬重山。

——（唐）李白《白帝下江陵》

（例二百八十九）

有人說他底七言絕句，是獨步古今，沒有敵手的；就前引諸例看來，雖然不必說什麼沒有敵手，卻覺得有虎臥龍跳的筆力，能於尺幅中顯現出無限風濤，也可謂能極盡七絕底能事了！

他底辭賦，有倣傚漢、魏的，有模擬六朝的；但是縱橫恣肆，卻仍顯出他底本色。所以李陽冰說他：

馳驅屈、宋，鞭撻揚、馬，千載獨步，唯公一人。

雖然未免過譽，然而卻也值得贊美的。不過我們總覺得他底辭賦決不能及他底詩篇。

他是向來被稱為詞體底始創者的。著名的《菩薩蠻》和《憶秦娥》各一闋，很多的選本上，都指為他底作品。現行的《尊前集》中，更載有他底詞十二首：計

《連理枝》一首　《清平樂》五首

《菩薩蠻》三首　《清平調》三首

著名的：

平林漠漠煙如織，寒山一帶傷心碧；暝色入高樓，有人樓上愁。玉階空佇立，宿鳥歸飛急，何處是回程？長亭接短亭。

——（唐）無名氏《菩薩蠻》（例二百九十）

就在集中《菩薩蠻》三首之中；而並傳的：

簫聲咽，秦娥夢斷秦樓月；秦樓月；年年柳色，灞陵傷別。樂游原上清秋節，咸陽古道音塵絕；音塵絕，西風殘照，漢家陵闕。

——（唐）無名氏《憶秦娥》

（例二百九十一）

卻不曾採入。此外《全唐詩》中，更載着他底《桂殿秋》兩闋，這都是向來稱為李白底詞的。關於詞底起源的問題，要等到後面去討論，在這里暫且不去說它。現在所要說的，就是這些詞是不是李白所做，或者像不像李白底作品的問題。按《古今詩話》引宋

代釋文瑩《湘山野錄》說："鼎州滄水驛有《菩薩蠻》云，……（詞見前），曾子宣家有《古風集》，此詞乃太白作也"。但是清代吳衡照《蓮子居詞話》說：

唐詞《菩薩蠻》、《憶秦娥》二闋，花庵（南宋黃昇編《花庵詞選》）以後，咸以為出自太白。然太白集本不載；至楊齋賢、蕭士贇注，始附益之。胡應麟《筆叢》疑其偽託，未為無見。謂詳其意調，絕類温方城，殊不然。如"暝色入高樓，有人樓上愁"；"西風殘照，漢家陵闕"等語，神理高絕，卻非金荃手筆所能。

考明代胡應麟《筆叢》說：

……予謂太白當時直以風雅自任；即近體盛行，七言律鄙不肯為，寧屑事此？且二詞雖工麗，而氣衰颯，於太白超然之致，不啻霄壤。藉令真出青蓮，必不作如是語。詳其意調，絕類温方城輩；蓋晚唐詞人嫁名太白耳。

那麼，依胡、吳二氏所說，對於世傳的《菩薩蠻》、《憶秦娥》二闋的疑點，可說有三個：一、李白集中本不載此二詞；二、李白不屑作此；三、此二詞意調不像李白。我們對於這三個疑點，應該作怎樣的觀察呢？古人集外的逸詩逸詞，是常常有的。一定說集中不載，就是嫁名的偽作，那也未必盡然。說李白七言律尚且不肯做，哪里肯作詞；這話也只是一種旁面的反證。並且李白也並非絕對不作七言律。如果咱們拿李白肯作《宮中行樂詞》那麼工麗的五言律，來證明李白也肯作這樣工麗的《菩薩蠻》、《憶秦娥》，不是也可以取消這第二疑點嗎？至於說意調不像李白，而像温庭筠；吳氏底話，已經把胡氏底話駁翻了。不過吳氏也只能消極地說不是温庭筠所能作，不能積極地證明確是李白所作罷了。因此，這三個疑點，都還是有法可以解释的。但是咱們雖然有法可以解釋這三個疑點，還不能確認李白曾作此二詞。因為除此以外，還有一個不能解释的疑點，就是據唐代蘇鶚《杜陽雜編》所載，《菩薩蠻》底曲調，是創製於大中（唐宣宗李忱年號）初年的，盛唐時代的李白，决不能預填此調。那麽，《尊前集》（此集不著編者姓名；據《樂府指迷》所説，大約和《花間集》相類，也是五代時人所編）所載的《菩薩蠻》，既然靠不住；《尊前集》所不載的《憶秦娥》，也許比較地更靠不住了。所以合計《尊前集》和《全唐詩》所載的李白底詞十五篇（《全唐詩》兼载《憶秦娥》一闋），除《清平调》三篇，確為李白所作，不成問題外；其餘十二篇，都是未必靠得住的。其中最靠不住的，自然是《菩薩蠻》三篇。至於《連理枝》一篇，《清平樂》五篇，卻真可以説“意調絕類温方城輩”的。總之，這些詞是否確是李白所作，畢竟是一個疑案。咱們現在不能確定李白不曾作詞，咱們也不便很冒昧地給李白上詞壇始祖底尊號。

他底依附李璘，當時固然以為有罪，後世因此懷疑而責備他的也有。但是據他詩中自説，其初卻是出於被迫脅的。

……帝子許專征，秉旄控強楚；節制非桓文，軍師擁熊虎；人心失去就，贼勢騰風雨；惟君固房陵，誠節冠終古。僕臥香爐頂，餐霞漱瑤泉；門開九江轉，枕下五湖連。半夜水軍來，潯陽滿旌旃；空名適自誤，迫脅上樓船；徒（一作從）賜五百金，棄之若浮煙；辭官不受賞，翻謫夜郎天。……

——（唐）李白《經亂離後天恩流夜郎憶舊游書懷贈江夏韋太守良宰

《例二百九十二》

這是他自己底辨訴，或許是靠不住的文過飾非的話；但是李璘底迫脅他，應該是當時的事實。既被迫脅以後，他底用意如何呢？這可以從他底《永王東巡歌》中看出。

三川北虜亂如麻，四海南奔似永嘉；但用東山謝安石，為君談笑靜胡沙。

二帝巡游俱未回，五陵松柏使人哀；諸侯不救河南地，更喜賢王遠道來。

試借君王玉馬鞭，指揮戎虜坐瓊筵；南風一埽胡塵靜，西入長安到日邊。

——（唐）李白《永王東巡歌》十一首之三

（例二百九十三）

詩中“二帝”就是指李隆基、李亨而言。此詩第一篇首句說，“永王正月東出師”；所謂正月，已經是肅宗至德二年底正月。據《唐書》，李璘於天寶十五年，即至德元年十月已經反了；而他詩中開口就稱李璘為永王，並稱玄宗、肅宗為二帝，要李璘“南風一埽胡塵靜，西入長安到日邊”，明明喚醒他，說他應該勤王討賊，恢復京師。可見他並不曾贊助李璘謀反；而止是希望他能靜胡沙，迎回二帝，歸到日邊罷了。這是他在被迫脅中表面上頌颺李璘的詩，而仍舊隱然用正義點醒他；他底不願從叛，可以想見了。原來他本是一個喜歡縱横之術的。前引《憶舊游書懷》詩中前段曾說：

……試涉霸王略，將期軒冕榮；時命乃大謬，棄之海上行。學劍翻自哂，為文竟何成；劍非萬人敵；文竊四海聲；兒戲不足道，《五噫》出西京；臨當欲去時，慷慨淚沾纓。……心知不得語，卻欲棲蓬瀛。……彎弧懼天狼，狹矢不敢張；攬涕黄金臺，呼天哭昭王；無人貴駿骨，騄耳空騰驤；樂毅儻再生，于今亦奔亡；蹉跎不得意，驅馬還貴鄉。……

他因為懷才而不見用，蹉跎不得意之極，所以總想碰到一個燕昭王一流人物，一試他底霸王之略。既被李璘迫脅以後，雖然不贊成他底叛逆，但是以為或許可以借此立功；所以有“但用東山謝安石，為君談笑靜胡沙”的話。再看他底《與賈少公書》中說：

……白緜疾疲薾，去期恬退；才微識淺，無足濟時；雖中原橫潰，將何以濟之？王命崇重，大總元戎；辟書三至，人輕禮重；嚴期迫切，難以固辭；扶力一行，前觀進退。且殷源廬嶽十載，時人觀其起與不起，以卜江左興亡；謝安高臥東山，蒼生屬望。白不樹矯抗之跡，恥振玄邈之風；混游漁商，隱不絕俗；豈徒販賣雲壑，要射虛名？方之二子，實有慙德；徒塵忝幕府，終無能為。唯當報國薦賢，持以自免；斯言若謬，天實殛之！……

可知他當初頗想自比於殷源、謝安；後來知道李璘不足有為，便於他未敗時先逃還彭澤，不再作夢想了。總之，他雖然皈依道教，好談神仙，好像敝屣榮利似的；然而實在是一個力圖自見，急功近名的人。所以當五十七歲的時候，還曾經代宋若思作表，把自己薦給李亨。他底放浪頹廢，正因為“人生在世不稱意”，而借此自遣的。然而他並不像賈誼底哭泣以終，畢竟是胸襟高曠，看得破，放得下的好處哩！

李白有不忠的嫌疑，杜甫卻是被稱為忠愛詩人的。但是李白以殷、謝自期，杜甫更以稷、契自比，想“致君堯、舜上”；而他們底結局，卻同是蹉跎不得意而終。他們倆所以能成為兩個偉大的詩人，不能不說是被環境所玉成的了。

杜甫字子美，號少陵，本是襄陽人；因為曾祖依藝，曾做河南鞏縣令，所以住在鞏縣了。他底祖父，就是文章四友中的杜審言。所以他底詩，也可以說是出於家學，不過他底偉大，卻是祖父所萬不能及的。他在開元末年，曾應進士試，不中第；天寶十年，獻《朝獻太清宮賦》、《朝享太廟賦》，《有事於南郊賦》三篇，被李隆基所賞識，召試文章，授京兆府兵曹參軍。天寶十五年，安祿山攻陷京師，李亨即位靈武；他逃往行在，拜左拾遺。後來因為袒護房琯，被貶謫，流寓成州同谷縣，處境很困苦。廣德二年，劍南節度使嚴武，奏薦為檢校尚書工部員外郎；他便卜居成都浣花里。嚴武死後，他無所依，輾轉流徙；大曆中，客游耒陽，病死於荆楚間。他生性褊躁放恣，傲誕無拘檢：曾經侮辱嚴武，幾乎被嚴武所殺。又曾合李白、高適過汴州，酒酣登吹臺，慷慨懷古。在成都時，縱酒嘯詠，與田夫野老相狎蕩。可見他也是一個羅曼頹廢的詩人。不過他底處境，除獻賦得官的幾年，和在嚴武幕中的幾年，生活狀况比較地略佳外，其餘都是困苦流離的生活。並且經天寶亂離以後，目擊當時的亂象，感慨悲憤，不能自已。以他褊急的生性，又不能像李白底達觀，借神仙以自遁；所以發而為詩，便成為沈鬱頓挫，感喟蒼涼的一路，而合李白不同。

元稹對於杜甫底詩，推崇備至。他底《唐故檢校工部員外郎杜君墓係銘序》中說：

余讀詩至杜子美，而知大小之有總萃焉。……唐興，學官大振。歷世之文，能者互出：而又沈、宋之流，研鍊精切，穩順聲勢，謂之為律詩。由是而後，文體之變極焉。然而莫不好古者遺近，務華者去實；效齊、梁則不逮於魏、晉，工樂府則力屈於五言；律切則骨格不存，閒暇則纖穠莫備。至於子美，蓋所謂上薄《風》、《雅》，下該沈、宋；言奪蘇、李，氣吞曹、劉…掩顏、謝之孤高，雜徐、庾之流麗：盡得古人之體勢，而兼今人之所獨專矣！

宋代秦觀《進論》也說：

杜子美之於詩，實積衆家之長，適當其時而已。昔蘇武、李陵之詩，長於高妙；曹植、劉公幹之詩，長於豪逸；陶潛、阮籍之詩，長於冲澹；謝靈運、鮑照之詩，長於峻潔；徐陵、庾信之詩，長於藻麗。於是杜子美者，窮高妙之格，極豪逸之氣，包冲澹之趣，兼峻潔之姿，備藻麗之態；而諸家之作，所不及焉。然不集諸家之長，杜氏亦不能獨至於斯也；豈非適當其時故耶？

這都是說杜甫底詩，是集古來詩家之大成的。然而他在各種詩體上，卻也“尺有所短”；七言絕句，畢竟非他所長。

李白底樂府，多用古題，而自出新意，自創新調；杜甫卻不用古題，而自製新題，抒寫當時的社會實況。最著名的，如《前出塞》九首、《後出塞》五首、《兵車行》、《哀王孫》、《哀江頭》和三吏（《新安吏》、《潼關吏》、《石壕吏》）、三別（《新婚別》、《垂老別》、《無家別》等；而尤以《兵車行》和三吏、三別為最能寫出當時兵禍中人民底痛苦。

車轔轔，馬蕭蕭，行人弓箭各在腰；耶孃妻子走相送，塵埃不見咸陽橋；牽衣頓足攔道哭，哭聲直上干雲霄。道旁過者問行人，行人但云“點行頻；或從十五北防河，便至四十西營田；去時里正與裹頭，歸來頭白還戍邊。邊庭流血成海水，武皇開邊意未已。君不聞，漢家山東二百州，千村萬落生荊杞。縱有健婦把鋤犁，禾生隴畝無東西；况複秦兵耐苦戰，被驅不異犬與雞”。“長者雖有問，役夫敢伸恨！且如今年冬，未休關西卒；縣官急索租，租稅從何出？”“信知生男惡，不如生女好；生女猶得嫁比鄰，生男埋沒隨百草。君不見，青海頭，古來白骨無人收；新鬼煩冤舊鬼哭，天陰雨溼聲啾啾！”

——（唐）杜甫《兵車行》（例二百九十四）

這所寫的還是天寶末年李隆基窮兵吐蕃，徵戍頻繁的情狀。他借了兩個役夫和一個送行的耶孃口中訴出疲於兵役的苦况，使咱們知道李隆基暮年窮兵黷武，以致人民受此苦痛，此時早伏着後來的亂兆了；真不愧為詩史！

暮投石壕村，有吏夜捉人；老翁踰牆走，老婦出門看。吏呼一何怒，婦啼一何苦；聽婦前致詞："三男鄴城戍；一男附書至，二男新戰死；存者且偷生，死者長已矣！室中更無人，惟有乳下孫；孫有母未去，出入無完裙。老嫗力雖衰，請從吏夜歸，急應河陽役，猶得備晨炊"！夜久語聲絕，如聞泣幽咽；天明登前途，獨與老翁別。

——（唐）杜甫《石壕吏》

（例二百九十五）

這是寫安史亂時人民備受兵禍的慘狀的。他從投宿石壕村的晚上一瞬間，耳中聽到一個老村婦對拉夫的胥吏，寥寥十三句六十五字的悲訴，寫出他們闔家苦況：怎樣兒子在外當兵戰死，怎樣弱媳幼孫在家一息僅存，怎樣情願自身被拉充役，一一都寫得明白如話，淒楚無比。再加以前邊老翁一逃，後邊合老翁一別，使這一家家破人亡的慘狀，完全呈露於咱們底目前；這真是寫實的能手，非戰文學的上品！在李白集中找不出這一類的作品來，就內容上論，可以說他這一點，確非李白所能及了。

他底五七言古詩和律詩，都是名作如林。五七言古詩以《自京赴奉先縣詠懷五百字》、《北征》、《羌村》、《述懷》（五言），《蘇端薛復筵簡薛華醉歌》、《洗兵馬》、《茅屋為秋風所破歌》、《貧交行》、《冬狩行》、《古柏行》（七言）等，為最被後人膾炙的。

杜陵有布衣，老大意轉拙；許身一何愚，竊比稷與契。居然成濩落，白首甘契闊；蓋棺事則巳[1]，此志常覬豁。窮年憂黎元，歎息腸內熱；取笑同學翁，浩歌彌激烈。非無江海志，蕭灑送日月；生逢堯舜君，不忍便永訣。當今廊廟具，構廈豈云缺？葵藿傾太陽，物性固莫奪。顧惟螻蟻輩，但自求其穴；胡為慕大鯨，輒擬偃溟渤？以茲誤生理，獨恥事干謁；兀兀遂至今；忍為塵埃沒。終愧

[1] "巳"，當為"已"。——編者註

巢與由，未能易其節；沈飲聊自遣，放歌破愁絕。歲暮百草零，疾風高岡裂；天衢陰崢嶸，客子中夜發。霜嚴衣帶斷，指直不得結；凌晨過驪山，御榻在嵽嵲。蚩尤塞寒空，蹴踏崖谷滑；瑶池氣鬱律，羽林相摩戛。君臣留懽娱，樂動殷膠葛；賜浴皆長纓，與宴非裋褐。彤庭所分帛，本自寒女出；鞭撻其夫家，聚斂貢城闕。聖人筐篚恩，實欲邦國活；臣如忽至理，君豈棄此物？多士盈朝廷，仁者宜戰慄；况聞内金盤，盡在衛霍室。中堂有神仙，烟霧蒙玉質；煖客貂鼠裘，悲管逐清瑟。勸客駝蹄羹，香橙壓金橘；朱門酒肉臭，路有凍死骨：榮枯咫尺異，惆悵難再述。北轅就涇渭，官渡又改轍；羣水從西下，極目高崒兀：疑自崆峒來，恐觸天柱折；河梁幸未坼，枝撑聲窸窣；行李相攀援，川廣不可越。老妻寄異縣，十口隔風雪；誰能久不顧？庶往共饑渴。入門聞號咷，幼子餓已卒；吾寧捨一哀，里巷亦嗚咽。所愧為人父，無食致夭折；豈知秋禾登，貧窶有倉卒？生常免租税，名不隸征伐；撫跡猶酸辛，平人固騷屑。默思失業徒，因念遠戍卒；憂端齊終南，澒洞不可掇。

——（唐）杜甫《自京赴奉先縣詠懷五百字》

（例二百九十六）

此篇首述自己致君堯舜的志願；中敍自京赴奉先縣旅行途中，對於李隆基流連於華清宫中以及貴戚驕奢淫佚的感慨；末敍奉先縣家中的困苦，而仍不忘國計民生。忠愛之念，充滿於字裏行間，真是可以上繼《離骚》的。

君不見，東川節度兵馬雄，校獵亦似觀成功；夜發猛士三千人，清晨合圍步驟同，禽獸已斃十七八，殺聲落日廻蒼穹；幕前生致九青兕，馲駝皛峞垂玄熊：東西南北百里間，髣髴蹔踏寒山空。有鳥名鸜鵒，力不能高飛逐走蓬；肉味不足登鼎俎，何為見羈虞羅中？春蒐秋狩侯得同，使君五馬一馬驄；况今攝行大將權，號令頗有前賢風。飄然時危一老翁，十年厭見旌旗紅；喜君士卒甚整肅，為我迴轡擒西戎！草中狐兔盡何益？天子不在咸陽宮；朝廷雖無幽王禍，得不哀痛塵再蒙！嗚呼得不哀痛塵再蒙！

——（唐）杜甫《冬狩行》

（例二百九十七）

此詩作於李豫（代宗）廣德元年十月吐番入寇，李豫逃到陝州去，而詔書徵天下諸鎮兵入援，沒有人應命的時候。其時梓州刺史章彝留後東川，舉行冬狩，而不去勤王；所以詩中末段很責備他。

他底五七言律詩，不但沈鬱頓挫，而且氣象闊大。例如：

國破山河在，城春草木深；感時花濺淚，恨別鳥驚心；烽火連三月，家書抵萬金；白頭搔更短，渾欲不勝簪。

——（唐）杜甫《春望》（例二百九十八）

花近高樓傷客心，萬方多難此登臨；錦江春色來天地，玉壘浮雲變古今；北極朝廷終不改，西山寇盜莫相侵；可憐後主還祠廟，日暮聊為《梁父吟》。

——（唐）杜甫《登樓》（例二百九十九）

其餘如《房兵曹胡馬》、《月夜》、《旅夜書懷》、《登岳陽樓》（五言）、《秋興》八首、《詠懷古跡》五首、《諸將》、《聞官軍收河南河北》、《閣夜》（七言）等都是名作。至於五言排律，妥貼排奡，律切精深，尤為人所不能及。

絕句雖然非他所長，但是也未嘗沒有佳作。如：

功蓋三分國，名成《八陣圖》；江流石不轉，遺恨失吞吳。

——（唐）杜甫《八陣圖》（例三百）

萬國尚防寇，故園今若何？昔歸相識少，早已戰場多。

——（唐）杜甫《復愁》十二首之一

（例三百零一）

岐王宅裏尋常見，崔九堂前幾度聞；正是江南好風景，落花時節又逢君。

——（唐）杜甫《江南逢李龜年》

（例三百零二）

錦城絲管日紛紛，半入江風半入雲；此曲祇應天上有，人間能得幾回聞？

——（唐）杜甫《贈花卿》（例三百零三）

五絕兩篇，都能以二十字寫出無限的感慨。七絕兩篇：前者借一樂工底流落，寫盡治亂盛衰之變，而自身底顛沛流離，也自然顯出；後者是譏諷花卿，僭用天子禮樂，以贊美為貶刺，意在言外；在集中可算是絕句底壓卷了。

杜甫底詩，在外形上，還有一種特點，就是有意地多用紐反復律、韻反復律中的同紐相綴、同韻相綴的律聲。所以他底詩裏面，雙聲字和叠韻字用得很多，而且常常以雙聲和雙聲相對，叠韻和叠韻相對，或雙聲和叠韻相對。原來同紐相綴和同韻相綴的兩種律聲，在《毛詩》和《楚辭》裏面是用得很多的。但是那時候因為還不曾發生當對律，所以不曾有相對的用法。到了晉、宋之間，當對律發生了，雙聲叠韻字，就常常在詩中發生相對的現象了。例如：

悅懌未交接，晤言用感傷。咄嗟行至老，僶俛常懷憂。

——（晉）阮籍《詠懷》（例三百零四）

招摇東北指，大火西南昇；……豐冰憑川紿，零露彌天凝。

——（晉）陸機《梁甫吟》（例三百零五）

婉孌居人思，紆鬱游子情。

——（晉）陸機《於承明作與士龍》

（例三百零六）

逍遙春王圃，躑躅千畝田。

——（晉）陸機《答張士然》

（例三百零七）

山行窮登頓，水涉盡洄沿；巖峭嶺稠疊，洲縈渚連緜。

——（宋）謝靈運《過始寧墅》

（例三百零八）

連障疊巘崿，青翠杳深沈。

——（宋）謝靈運《晚出西射堂》

（例三百零九）

亂流趨絕島，孤嶼媚中川；……想像崑山姿，緬邈區中緣。

——（宋）謝靈運《登江中孤嶼》

（例三百十）

逶迤傍隈隩，迢遞陟陘峴；……蘋萍泛沈深，菰蒲冒清淺。

——（宋）謝靈運《從斤竹澗越嶺溪行》

（例三百十一）

椅柅芳若斯，葳蕤紛可結。

——（齊）謝朓《芳樹》（例三百十二）

悵望一途阻，參差百慮依。

——（齊）謝朓《酬晉安王德源》

（例三百十三）

威紆距遙甸，巉嵒帶遠天；……悵望心已極，惝怳魂屢遷。

——（齊）謝朓《宣城郡內登望》

（例三百十四）

適見葉蕭條，已復花庵鬱。

苒弱屏風草，潭沱曲池蓮。

素沙匝廣岸，雄虹冠尖峯。

夢寐無端際，惝恍有分離。
掩映金淵側，游豫碧山隅。

——（梁）江淹《悼室人》（例三百十五）

氤氳非一香，參差多異色；宿昔寒飆舉，摧殘不可識。

——（梁）沈約《芳樹》（例三百十六）

颯沓佩吳戈，參差腰夏箭；……輕舞信徘徊，前歌且遙衍。

——（梁）沈約《從齊武帝瑯琊城講武應詔》（例三百十七）

蒼茫縈白暈，蕭瑟帶長風。

——（陳）徐陵《關山月》（例三百十八）

竹徑蒙蘢巧，茅齋結構新。

——（陳）徐陵《山齋》（例三百十九）

滴瀝泉澆路，穹窿石臥階。

——（北周）庾信《山齋》（例三百二十）

酒正離杯促，歌工別曲悽。

——（北周）庾信《對宴齋使》（例三百廿一）

高閣千尋起，長廊四注連。
徘徊出桂苑，徙倚就花林。
淺草開長埒，行營繞細廚。

——（北周）庾信《詠畫屏風》（例三百廿二）

從以上諸例看來，可見六朝以來，這種雙聲疊韻字相對的現象，就是以紐反復律，韻反復律合當對律結合起來而用在詩中的現象，不曾中斷。但是杜甫底詩中，卻比較地更用得多了。例如：

枕簟入林僻，茶瓜留客遲。

——（唐）杜甫《已上人茅齋》（例三百廿三）

所向無空闊，真堪託死生。

——（唐）杜甫《房兵曹胡馬》（例三百廿四）

鼎食分門戶，詞場繼國風。

——（唐）杜甫《奉寄河南韋尹丈人》

（例三百廿五）

青冥卻垂翅，蹭蹬無縱鱗；……竊效貢公喜，難甘原憲貧。

——（唐）杜甫《奉贈韋左丞丈》

（例三百廿六）

仙李蟠根大，猗蘭奕葉光；……畫手看前輩，吳生遠擅場；森羅移地軸，妙絕動宮牆。

——（唐）杜甫《冬日洛城北謁玄元皇帝廟》

（例三百廿七）

青冥猶契闊，陵厲不飛翻。

——（唐）杜甫《奉留贈集賢院崔于二學士》

（例三百廿八）

奮飛超等級，容易失沈淪；脫略磻溪釣，操持郢匠[1]斤；義聲紛感激，敗績自逡巡；途遠欲何向？天高難重陳。……微生霑忌刻，萬事益酸辛。

——（唐）杜甫《奉贈鮮于京兆》（例三百廿九）

青海無傳箭，天山早挂弓；……每惜河湟棄，新兼節制通；……勳業青冥上，交情氣概中；……幾年春草歇，今日暮途窮。

——（唐）杜甫《投贈哥舒開府翰》

（例三百三十）

❶ 原書缺“匠”字。——編者註

側塞被徑花，飄飄委墀柳；艱難世事違，隱遯佳期後；晤語契深心，那能總鉗口；……泱泱泥污人，狺狺國多狗。

——（唐）杜甫《大雲寺贊公房》

（例三百三十一）

早行石上水，暮宿天邊烟。

——（唐）杜甫《彭衙行》（例三百三十二）

倉皇已就長途往，邂逅無端出餞遲。

——（唐）杜甫《送鄭十八虔貶台州司戶》

（例三百三十三）

晝漏稀聞高閣報，天顏有喜近臣知。

——（唐）杜甫《紫宸殿退朝口號》

（例三百三十四）

皮乾剝落雜泥滓，毛暗蕭條連雪霜；……見人慘澹若哀訴，失主錯莫無晶光。

——（唐）杜甫《瘦馬行》（例三百三十五）

支離東北風塵際，飄泊西南天地間；……庾信生平最蕭瑟，暮年詩賦動江關。

——（唐）杜甫《詠懷古跡》

（例三百三十六）

像第三百三十二例和第三百三十三例，他底用法，比六朝諸詩人的用法，更進一步。所以他底詩中應用雙聲叠韻字，不但增多，而且更變化了。可是從他以後，卻沒有進步；所以他底應用這種律聲，可以算是空前絕後的。

李、杜兩人，交情是很厚的；這從他們兩人相寄相贈，相懷相送的各詩中可以看出。杜甫底《寄李十二白二十韻》，是當李白長流夜郎時所作的。詩中不但贊美他，而且給他辨明從叛之寃。

昔年有狂客，號爾謫仙人；筆落驚風雨，詩成泣鬼神；聲名從此大，汩沒一朝伸；文彩承優渥，流傳必絕倫。……處士禰衡俊，諸生原憲貧；稻粱求未足，薏苡謗何頻！五嶺炎蒸地，三危放逐臣；幾年遭鵩鳥，獨泣向麒麟。蘇武元還漢，黃公豈事秦？楚筵辭禮日，梁獄上書辰；已用當時法，誰將此議陳？……

——（唐）杜甫《寄李十二白二十韻》

（例三百三十七）

從這詩裏可以看出他們交誼之深；而李白底不曾跟著李璘謀反，更可證明了。

光燄萬丈的李、杜，在盛唐時代，如日之升，如月之恆，誠然作成了盛唐之盛；然而盛唐之所以為盛，卻也並非僅僅仗著有此兩人。兩人以外，如崔灝、王昌齡、王灣、王之渙、儲光羲、李頎、常建、蘇頲、李乂、鄭虔、賈至……之流，至少也都是些伴著日月的星辰，不可視同爝火：而王、孟、高、岑四家，更可以稱為當時的大星。

這四座大星之中，太原王維，尤為巨擘。清代王士禎，曾以王維合李、杜並稱，而以李為仙，以杜為聖，以王為佛。王士禎是根據宋代嚴羽《滄浪詩話》而創立神韻派的；而王維底詩，合他底主張最為相合，所以所選《唐賢三昧集》，以王維為壓卷，很顯然地奉他為元祖。近代中國詩壇中，有所謂格調、神韻、性靈三派。格調派是古典主義，性靈派是羅曼主義，而神韻派卻近乎象徵主義。如果拿這三派來判別盛唐的李、杜、王三家；那麼，杜氏屬於格調，李氏屬於性靈，而王氏便無疑地屬於神韻。王氏底詩，源出於陶淵明；同時的孟、儲，中唐的韋、柳，也都屬於這一流。雖然俊爽高華，沈雄渾灝，畢竟不及李、杜，而以自然為宗，有清腴秀遠，恬靜沖夷之致，也是李、杜集中所不備的一境。所以他在當時，終不失為差足肩隨李、杜的一個大家。

王氏字摩詰，曾為尚書右丞。他九歲就能作文；善作草隸，尤長於繪畫。宋代蘇軾曾批評他底詩畫說：“維詩中有畫，畫中有詩”。他得到宋之問底輞川別墅，山水絕勝；所以詩畫底取材極富，而人格也被山水陶冶得越趨於蕭閒靜遠的一流了。但是他雖然學陶，而境遇和思想，畢竟合淵明不同；所以詩境也合陶詩有異。他雖不曾得到高官厚祿，卻為當時貴族所推重；而思想更是方士、浮屠兩教雜糅的，晚年尤篤於奉佛，都合淵明不同。因此，他底學陶，只是在詩底風格上有點類似罷了。

王維很推重襄陽孟浩然，因為浩然底詩，也學淵明，兩人詩境相近的緣故。浩然少時隱居鹿門山；四十歲時，才到京師來，合張九齡、王維為忘形交。王維曾私邀他入禁署，恰值李隆基來看王維，浩然只好躲在牀下。王維據實奏明，隆基便叫他出來，背誦他所作的詩。背到“不才明主棄”的一句，隆基不高興起來說，“你自己不求官做，怎地說我棄你呢”？因此，把他放還了。後來探訪使韓朝宗約他同到京師，想給他推薦，而他又合朝宗相忤。當張九齡鎮荊州時，雖曾經署他為從事，而畢竟不能得志；開元末年，就疽發背而死了。李白曾有贈他的詩說：

吾愛孟夫子，風流天下聞；紅顏棄軒冕，白首臥松雲；醉月頻中聖，迷花不事君：高山安可仰？徒此揖清芬。

王維也有送他歸襄陽的詩說：

杜門不復出，久與世情疏；以此為良策，勸君歸舊廬；醉歌田舍酒，笑讀古人書：好是一生事，無勞獻《子虛》。

所以他底思想，雖然合淵明不必盡同；而他底境遇，卻頗合淵明相類。他底學陶，似乎比王維底學陶更為適宜。但是他底做詩，造意極苦；所得之於陶的，只在閒靜一點；力求清遠，而往往失之枯淡，不能像王維底腴潤：這也是他底才性和境遇使然。

王、孟是學陶的，是以沖淡深粹勝的，在四家中自成一類；高、岑底作風，卻又別成一類，是以高迴勁健勝的。

高適，字達夫，渤海人。初舉有道科，曾為劍南西川節度使，終於刑部侍郎，散騎常侍，封渤海縣侯。開元、天寶間的詩人，能得到高位的，只有他一個人。他年過五十，才學作詩，以氣質自高。岑參，南陽人。天寶三年舉進士，曾為嘉州刺史，杜鴻漸鎮西川時，表為從事，以職方郎兼侍御史，領幕職，遂流寓於蜀。他曾參封常清戎幕，居西域頗久，所以多邊塞之作。他底詩，辭意清切，迥拔孤秀，多出佳境。高氏每吟一篇，已為好事者傳誦；岑氏每一篇出，人競傳寫，比之吳均、何遜：所以兩人同負盛名。

下馬飲君酒，問君何所之？君言不得意，歸臥南山陲。但去莫復問，白雲無盡時。

——（唐）王維《送別》（例三百三十八）

漁舟逐水愛山春，兩岸桃花夾古津；坐看紅樹不知遠，行盡青溪不見人。山口潛行始隈隩，山開曠望旋平陸；遙看一處攢雲樹，近入千家散花竹；樵客初傳漢姓名，居人未改秦衣服。居人共住武陵源，還從物外起田園；月明松下房櫳靜，日出雲中雞犬喧。驚聞俗客爭來集，競引還家問都邑；平明閭巷埽花開，薄暮漁樵乘水入。初因避地棄人間，及至成仙遂不還；峽裏誰知有人事？世中遙望空雲山。不疑靈境難聞見，塵心未盡思鄉縣；出洞無論隔山水，辭家終擬長游衍；自謂經過舊不迷，安知峯壑今來變！當時只記入山深，青溪幾曲到雲林；春來遍是桃花水，不辨仙源何處尋！

——（唐）王維《桃源行》（例三百三十九）

中歲頗好道，晚家南山陲；興來每獨往，勝事空自知；行到水窮處，坐看雲起時；偶然值林叟，談笑無還期。

——（唐）王維《終南別業》（例三百四十）

積雨空林煙火遲，蒸藜炊黍餉東菑，漠漠水田飛白鷺，陰陰夏木囀黃鸝；山中習靜觀朝槿，松下清齋折露葵；野老與人爭席罷，海鷗何事更相疑！

——（唐）王維《積雨輞川莊》

（例三百四十一）

空山不見人，但聞人語響；返景入深林，復照青苔上。

——（唐）王維《鹿柴》（例三百四十二）

獨坐幽篁裏，彈琴復長嘯；深林人不知，明月來相照。

——（唐）王維《竹里館》（例三百四十三）

獨在異鄉為異客，每逢佳節倍思親；遙知兄弟登高處，徧插茱萸少一人。

——（唐）王維《九月九日憶山東兄弟》

（例三百四十四）

渭城朝雨浥輕塵，客舍青青柳色新；勸君更盡一杯酒，西出陽關無故人。

——（唐）王維《渭城曲送元二使安西》

（例三百四十五）

此諸例中，也有學陶很像的，也有演繹陶詩的；而其中往往有一種意在言外的遠韻，這就是所謂神韻了。

夕陽度西嶺，羣壑倏已暝；松月生夜涼，風泉滿清聽；樵人歸欲盡，煙鳥棲初定；之子期宿來，孤琴候蘿徑。

——（唐）孟浩然《宿業師山房期丁大不至》

（例三百四十六）

山寺鐘鳴晝已昏，漁梁渡頭爭渡喧；人隨沙路向江村，余亦乘舟歸鹿門。鹿門月照開煙樹，忽到龐公棲隱處；巖扉松徑長寂寥，惟有幽人夜來去。

——（唐）孟浩然《夜歸鹿門山歌》

（例三百四十七）

木落雁南渡，北風江上寒；我家襄水上，遙隔楚雲端；鄉淚客中盡，孤帆天際懸；迷津欲有問，平海夕漫漫。

——（唐）孟浩然《江上思歸》

（例三百四十八）

迢遞三巴路，羈危萬里身；亂山殘雪夜，孤燭異鄉人；漸與骨肉遠，轉於僮僕親；那堪正飄泊，來日歲華新！

——（唐）孟浩然《除夜》（例三百四十九）

移舟泊煙渚，日暮客愁新；野曠天低樹，江清月近人。

——（唐）孟浩然《宿建德江》

（例三百五十）

看以上諸例，除三百四十六和三百四十七兩例，學陶頗肖；其餘都合陶詩不很相類。其實他既造意極苦，便不及陶詩底純任自然了。

漢家煙塵在東北，漢將辭家破殘賊；男兒本自重橫行，天子非常賜顏色。摐金伐鼓下榆關，旌旆逶迤碣石間；校尉羽書飛瀚海，單于獵火照狼山。山川蕭條極邊土，胡騎憑陵雜風雨；戰士軍前半死生，美人帳下猶歌舞。大漠窮秋塞草腓，孤城落日鬬兵稀；身當恩遇恆輕敵，力盡關山未解圍。鐵衣遠戍辛勤久，玉筯應啼別離後；少婦城南欲斷腸，征人薊北空回首；邊庭飄颻那可度？絕域蒼茫更何有？殺氣三時作陣雲，寒聲一夜傳刁斗。相看白刃血紛紛，死節從來豈顧勳？君不見，沙場爭戰苦，至今猶憶李將軍。

——（唐）高適《燕歌行》（例三百五十一）

君不見，走馬川行雪海邊，平沙莽莽黃如天。輪臺九月風夜吼，一川碎石大如斗，隨風滿地石亂走。匈奴草黃馬正肥，金山西見煙塵飛，漢家大將西出師。將軍金甲夜不脫，半夜軍行戈相撥，風頭如刀面如割。馬毛帶雪汗氣蒸，五花連錢旋作冰，幕中草檄硯水凝。虜騎聞之應膽懾，料知短兵不敢接，車師西門佇獻捷。

——（唐）岑參《走馬川行奉送出師西征》

（例三百五十二）

高、岑二人底詩，都是筆力健舉，風調高騫，即此可見。

當時崔灝能以《黃鶴樓》一詩，使李白閣筆；而王昌齡也以長於七言絕句，合李白並稱。崔氏，汴州人；曾為司勳員外郎。昌齡字少伯，京兆人；曾為江寧丞，後貶為龍標尉而死。

昔人已乘黃鶴去，此地空餘黃鶴樓；黃鶴一去不復返，白雲千載空悠悠，晴川歷歷漢陽樹，芳草萋萋鸚鵡洲；日暮鄉關何處是？煙波江上使人愁。

——（唐）崔灝《黃鶴樓》（例三百五十三）

大漠風塵日色昏，紅旗半捲出轅門；前軍夜戰洮河北，已報生擒吐谷渾。

——（唐）王昌齡《從軍行》

（例三百五十四）

秦時明月漢時關，萬里長征人未還；但使龍城飛將在，不教胡馬度陰山。

——（唐）王昌齡《出塞》（例三百五十五）

李白見了崔灝底《黃鶴樓》詩，覺得做不過他，就閣筆[1]不作；而《登金陵鳳皇臺》一詩，就是學崔灝而想勝過崔灝的。但是他終於不能勝過崔灝，所以宋代嚴羽曾說崔灝《黃鶴樓》詩為唐代七律之

[1] “閣筆”，當為“擱筆”。——編者註

冠。至於王昌齡，除前引二絕句外，還有：

寒雨連江夜入吳，平明送客楚山孤；洛陽親友如相問，一片冰心在玉壺。

——（唐）王昌齡《芙蓉樓送辛漸》

（例三百五十六）

奉帚平明金殿開，強將團扇共徘徊；玉顏不及寒鴉色，猶帶昭陽日影來。

——（唐）王昌齡《長信秋詞》

（例三百五十七）

一絕句，就是薛用弱《集異記》所記旗亭畫壁故事中，合高適底：

開篋淚霑臆，見君前日書；夜臺何寂寞？猶是子雲居。

——（唐）高適《哭單父梁九少府》

（例三百五十八）

並為登樓會燕的梨園伶官所唱；而同時雙鬟佳妓卻唱：

黃河遠上白雲間，一片孤城萬仞山；羌笛何須怨楊柳？春風不度玉門關。

——（唐）王之渙《出塞》（例三百五十九）

因而被王之渙所揶揄的。然而王之渙此一絕句，雖然不弱，卻也未必能壓倒王昌齡。

王之渙，并州人。他底存詩不多，而《登鸛雀樓》五言絕句，也是氣象不凡的。

白日依山盡，黃河入海流；欲窮千里目，更上一層樓。

——（唐）王之渙《登鸛雀樓》

（例三百六十）

王灣，洛陽人；曾為滎陽主簿，終於洛陽尉。他底《次北固山下》（或作《江南意》）一詩，當時推為詩人以來，罕有此作。

客路青山外，行舟綠水前；潮平兩岸闊，風正一帆懸；海日生殘夜，江春入舊年；鄉書何處達？歸雁洛陽邊。

——（唐）王灣《次北固山下》（例三百六十一）

其中五六兩停，最為張説所激賞。

儲光羲，兖州人，曾為監察御史。他底詩，合孟浩然相類，也是學陶的；但能得陶氏底真樸，而不及孟氏底深遠。李頎，東川人，住在潁陽；曾為新鄉尉。常建曾為盱眙尉。兩人雖然都是沈淪微秩，而當時詩名很盛。

種桑百餘樹，種黍三十畝；衣食既有餘，時時會親友；夏來菰米飯，秋至菊花酒；孺人喜逢迎，稚子解趨走。日暮閑園裏，團團蔭榆柳；酩酊乘夜歸，涼風吹戶牖；清淺望河漢，低昂看北斗；數甕猶未開，明朝能飲否？

——（唐）儲光羲《田家雜興》八首之一

（例三百六十二）

男兒事長征，少小幽燕客；賭勝馬蹄下，由來輕七尺；殺人莫敢前，鬚如蝟毛磔。黃雲隴底白雲飛，未得報恩不得歸。遼東小婦年十五，慣彈琵琶解歌舞；今為羌笛出塞聲，使我三軍淚如雨。

——（唐）李頎《古意》（例三百六十三）

清溪深不測，隱處唯孤雲；松際露微月，清光猶為君。茅亭宿花影，藥院滋苔紋；余亦謝時去，西山鸞鶴羣。

——（唐）常建《宿王昌齡隱居》

（例三百六十四）

嫖姚北伐時，深入強千里；戰餘落日黃，軍敗鼓聲死。嘗聞漢飛將，可奪單于壘；今與山鬼鄰，殘兵哭遼水。

——（唐）常建《弔王將軍墓》

（例三百六十五）

殷璠所選的《河嶽英靈集》，以常建為二十四人之冠；而尤推《弔王將軍墓》一篇，以為善敍悲怨，勝於潘岳。

唐代政治上的盛衰，以開元、天寶間為分水嶺；而詩海潮流底洶湧，也極盛於開元、天寶間。所以這個時代，被稱為盛唐。盛唐的詩海，遠承漢、魏、六朝底來源，經過初唐底渟蓄泛濫而成。開元年間，政治休明；天寶前期，雖然隱伏着後來的亂源，也不失昇平康樂的氣象。當時朝野上下，都乘此閒暇的餘裕，致力於詩篇；而天寶前期李隆基、楊玉環底風流佳話，和天寶後期安祿山、史思明底擾亂，又供給詩人們以無數絕好的題材。於是江河也似的天才的李、杜，應運而生，奔流到海，成為洋洋大觀，而又有王、孟、高、岑……等許多比較偉大的支川，匯入其中，給他們推波助瀾，把詩海中能有的洪濤巨浪底奇變極幻，都演化出來了。從此以後，一切詩人，既不能有超出李、杜以上的天才，只能像百川學海一般，對那洪濤巨浪，加以摹擬，而取法乎上，不能不僅得乎中了。盛唐詩人底詩，未嘗不從摹擬漢、魏、六朝以及初唐而來；而他們都——尤其是李、杜——能從摹擬中顯出自己底創造力，開出古人未有的偉大的境界。這就是盛唐之所以為盛；而中唐以後的詩人，只能從盛唐詩人已經開出的境界中迴旋着，各各摹擬他們底一方面，而略略改換新面目罷了。換句話說，中國詩篇，到了盛唐，已經把五言、七言、古體、律體中所能有的境界，完全開出；後人倘然不另闢新境界，只能挹取它底一波一瀾，略作翻騰而已。所以中唐以後的詩，無論怎樣變遷，總不能出盛唐底範圍，而不能不另闢詞的新境界了。咱們可以這樣說，初唐是唐詩底由幼稚而長成的時期；盛唐是唐詩底由長成而壯盛的時期，——其實也是中國舊詩篇底壯盛時期；而中唐以後，便是唐詩底由壯盛而漸入於老衰的時期了。不過在這老衰期中，經許多詩人底努力，常常於舊軀體中，注入些新生命，所以能緜延持續，經過一千多年，以至於現在。

然而盛唐、中唐底區劃，原是界線不能很明晰的。李豫（代宗）大曆以後，習慣上稱為中唐。但是盛唐的杜甫，死於大曆五年，他底詩作於大曆以後的頗多；而如韋應物、劉長卿輩，往往在大曆以前，已負詩名。所以為盛為中，決不能執著大曆底紀元，作前後劃分的鴻溝。不過大曆間有所謂十才子的，他們底詩體，漸合盛唐詩人不同；以大曆以後為中唐，原因大約在此。

在大曆十子以前，盛唐時已負詩名的，有韋應物、劉長卿。韋應物，京兆長安人。曾以三衛郎事李隆基，終於左司郎中，蘇州刺史。長於五言詩，閑澹簡遠，當時比之於陶潛，合王維並稱五言底宗匠。劉長卿，字文房，曾為隨州刺史。他曾以五言長城自誇；和顧況、丘丹、秦系、皎然輩都為韋氏底入座之賓，相與唱酬。當時有人說，“前有沈、宋、王、杜，後有錢、郎、劉、李”；劉氏便不服說，“李嘉祐、郎士元，哪得合我並稱呢”？他因為名盛一時，題詩不稱其姓，但署長卿而已。

攜酒花林下，前有千載墳；於時不共酌，奈此泉下人！始自翫芳物，行當念徂春；聊舒遠世蹤，坐望還山雲：且遂一歡笑，焉知賤與貧！

——（唐）韋應物《與友生野飲效陶體》

（例三百六十六）

江漢曾為客，相逢每醉還；浮雲一別後，流水十年間；歡笑情如舊，蕭疏鬢已斑；何因北歸去，淮上對秋山？

——（唐）韋應物《淮上喜會梁川故人》

（例三百六十七）

望君煙水闊，揮手淚霑巾；飛鳥沒何處？青山空向人；長江一帆遠，落日五湖春；誰見汀洲上，相思愁白蘋！

——（唐）劉長卿《餞別王十一南游》

（例三百六十八）

故人千里道，滄波一年別；夜上明月樓，相思楚天闊；瀟瀟清秋暮，嫋嫋涼風發；湖色淡不流，沙鷗遠還滅；烟波日已遠，音問日已絕；歲晏空含情，江皋綠芳歇。

——（唐）劉長卿《石梁湖有寄》

（例三百六十九）

以上四例，可見韋、劉兩家五言詩底一斑。但是他們也並非僅工五言而不工七言的。

顧況，字逋翁，蘇州人；性詼諧，常常以詩辭戲弄王公貴人。皇甫湜說他："偏於逸歌長句，……意外驚人語，非常人所能為……"。釋皎然，本名晝，俗姓謝氏，長城人，宋代謝靈運十五世孫。《因話錄》載：

晝……工律詩。嘗謁韋蘇州，恐詩體不合，乃於舟中抒思，作古體十數篇為贄。韋公全不稱賞，晝極失望。明日，寫其舊製獻之：韋公吟諷，大加嘆詠。因語晝云，"師幾失聲名！何不但以所工見投，而猥希老夫之意？人各有所得，非卒能致"。晝大服其鑒別之精。

從這段故事中，可見韋氏能注重個性，不以己之所長，去繩墨他人。皎然有《詩式》一卷，雜論作詩之法，頗有見到語。

丘丹，蘇州嘉興人。曾為諸暨令，歷尚書郎，歸隱臨平山。秦系，會稽人；是個不做官的高士。兩人底作品，所存的都是些山林隱逸之詩。

所謂大曆十才子，據《唐書·文藝傳》所載，是：

盧綸、吉中孚、韓翃、錢起、司空曙、苗發、崔峒、耿湋、夏

侯審、李端

等十人。但是也有指：

盧綸、錢起、郎士元、司空曙、李益、李端、李嘉祐、皇甫曾、耿湋、苗發、吉中孚

等十一人為大曆才子的。宋代嚴羽《滄浪詩話》，稱冷朝陽亦為十才子之一；而清代王士禎又說“夏侯審詩名不甚著，未可與諸子頡頏；且皇甫兄弟齊名，不應有曾而無冉”。其實咱們不必拘拘於十人的數目，也不必拘拘然考定十才子底姓名，只消知道大曆間有這些詩人就夠了。

這些詩人中，以韓翃，盧綸、錢起、郎士元、李嘉祐、李端、李益、皇甫冉、皇甫曾等為比較有名。

韓翃，字君平，南陽人。曾以駕部郎中知制誥，被李适（德宗）稱為詩人韓翃，以別於當時做刺史的韓翃；後來終於中書舍人。他底詩興致繁富，如芙蓉出水。每一篇出，就為當時朝野所珍視。被李适所諷誦而目為詩人的，就是：

春城無處不飛花，寒食東風御柳斜；日暮漢宮傳蠟燭，輕煙散入五侯家。

——（唐）韓翃《寒食》（例三百七十）

一詩，當時傳為佳話。

盧綸，字允言，河中蒲人。曾為監察御史，終於昭應令。他底詩，有如三河年少，風流自賞。他死後，李純（憲宗）曾訪集他底遺文；李涵（文宗）尤其愛重他底詩，曾派宦官到他家裏去搜集遺詩五百篇。

錢起，字仲文，吳興人。曾為秘書省校書郎，終於尚書考功郎中。郎士元，字君胄，中山人。曾為右拾遺，終於郢州刺史。兩人齊名，時人比他們於初唐的沈、宋，以為“前有沈、宋，後有

錢、郎”。

李嘉祐，字從一，趙州人。曾任秘書正字，終於袁州刺史。詩體麗婉，有齊、梁風。他合劉長卿友善，當時稱錢、郎、劉、李。

李端，字正己，趙郡人。曾為校書郎，終於杭州司馬。任校書郎時，在駙馬郭曖門下，曾於集上連賦兩詩，壓服錢起，得公主百縑之賞。

李益，字君虞，姑臧人。曾任鄭縣尉，終於禮部尚書。長於歌詩，與宗人李賀齊名。每作一篇，教坊樂人，以賂求取，唱為供奉歌辭。《征人歌》、《早行篇》兩詩，被好事者畫為屏障。

皇甫冉，字茂政；皇甫曾，字孝常：潤州丹陽人。冉終於右補闕，曾終於陽翟令。兄弟兩人，詩名相上下，時人比之於晉代太康間的張載、張協。

暮蟬不可聽，落葉豈堪聞？共是悲秋客，那知此路分？荒城背流水，遠雁入寒雲；陶令門前菊，餘花可贈君。

——（唐）郎士元《送別錢起》

（例三百七十一）

天山雪後海風寒，橫笛偏吹《行路難》；磧裏征人三十萬，一時回首月中看。

——（唐）李益《從軍北征》

（例三百七十二）

回樂峯前沙似雪，受降城外月如霜；不知何處吹蘆管？一夜征人盡望鄉。

——（唐）李益《夜上受降城聞笛》

（例三百七十三）

愁心一倍長離憂，夜思千重戀舊游；秦地故人成遠夢，楚天涼雨在孤舟；諸溪近海潮皆應，獨樹邊淮葉盡流；別恨轉深何處寫？

前程唯有一登樓。

——（唐）李端《宿淮浦憶司空文明》

（例三百七十四）

從以上諸例，可以略窺大曆詩人作品底一斑。其中李益底七絕，善寫邊情；明代王世貞說他勝於韓翃，也頗確當。

然而大曆以後，也並非沒有重振的時期。這似乎合當時的朝政，頗有關係。前此初唐、盛唐的文學，基於貞觀、開元的盛治，是文學和政治互相消息的明徵。李亨至德以後，安、史底叛亂，雖經削平；然而寵任宦官，縱容藩鎮，李豫、李适兩朝的禍亂，早已伏源於此。大曆以後，雖有賢將相，不能任用；內則宦官竊權，藩鎮抗命；外則吐蕃、回紇，屢次入寇；朝野上下，只圖苟安，不能振作；政治上的衰頹，幾成一蹶不振之勢。大曆詩風底不振，也並非無故而然。然而李純（憲宗）繼統，剛明果斷，討滅強藩，一時藩鎮懾服，元和的政治，號稱中興。所以元和、長慶間的詩風，又重振起來了。這詩風重振的中堅，不能不推韓愈、白居易兩人。

李、杜不但冠冕盛唐，而且冠冕唐代；不但冠冕唐代，而且冠冕百代：這是前邊說過的。所以說起中國舊詩篇來，不能不認李、杜為不可超越的兩座高峯；而後來的詩人，都不外乎摹擬盛唐而已。但是李白以天才擅勝，他底詩好像絕迹飛行的劍俠，是不容易學的；而杜甫以學力見長，可以從學力上去企及他。所以凡是摹擬盛唐的，多數都趨於學杜的一途。韓愈、白居易，便是中唐學杜的詩人。

杜甫是一個絕偉大的詩人。他底本色，雖然在乎沈鬱頓挫；然而他是多方面的。所以後來的學杜者，往往仁者見仁，知者見知，各各取得他底一方面。這些摹擬古人的，學古而不全同於古，大約有四個原因：一、個人才性和遭遇底不同；二、學力底不及；三、於摹擬中顯出他底創造力來；四、避去摹擬的迹象。有此四因，所以各從性之所近的一方面入手；雖然學古而仍能自成一家。不然，學得很像，甚至於全同；那麼，有一個所摹擬的古人已足，又何必再有這優孟衣冠的詩人呢？因此，韓、白兩人，雖然同是學杜；而韓氏所學，是杜詩底奇崛險奥[1]處，白氏所學，是杜詩底平明和易處。這兩種詩，本來為杜集中所兼備；他們各就個人性之所近的一方面去摹擬它，所以能各各顯出他們底本來面目。但是他們有意地專從一方面摹擬，便各有所偏。這些偏處，為得為失，且等下面分別判定它。

韓愈，字退之，鄧州南陽人。貞元中進士，終於吏部侍郎。他底詩古體多而律體少；七律更少。這一點頗合李白相類；卻也正因為律體中不容易顯出他底奇崛險奥。所以他並非不工律體；看集中《詠月》、《詠雪》諸篇，便可知道。五言中如《南山詩》，七言中如《謁衡嶽廟遂宿嶽寺題門樓》，都是雄篇；而尤以《南山詩》為最。前人多把它合杜甫《北征詩》相比，並且有以為《南山》底工巧，勝於《北征》的。

韓愈所摹擬的，既然是杜詩奇崛險奥處；他便有心地專從這條路上走，而故意做得奇崛險奥。所以杜甫底奇崛險奥，是才思學力所到，偶然出此；而他卻顯露出斧鑿底痕迹來了。韓詩也並非全是奇崛險奥，看他底七言絕句各篇中，也頗有語體化的。這正如他底力摹典謨雅頌的古文中，不能不露出唐人底本色語來一樣。可見時代潮流底不可抗，而矯揉造作底無益了。總之，韓愈是一個文章底復古派；他底不願做律詩，而專門摹擬杜甫底奇崛險奥，正合他底

[1] “奥”，當為“奧”。下不另説，依文逕改。——編者註

反抗駢體文，而追摹唐、虞、夏、商、周、秦、西漢的散文，是一致的。其實杜甫底詩，有些固然確是奇崛險奧；但是別一方面，平明和易的作品很多。其中如《兵車行》、《新安吏》、《石壕吏》諸篇，明明都是語體化的平民詩；不過他不曾有心地樹起語體文學的旗幟來罷了。但是有復古癖的韓愈，所取於杜詩的，只在合他底脾胃相投的一方面；而別一方面的摹擬，便讓給革新派的白居易了。

白居易，字樂天，自號醉吟先生，又稱香山居士，下邽人。貞元中進士，終於刑部尚書。他底詩，在唐代詩人中，數量可以算是最多，現在存在的共計三千八百四十篇，約莫三倍於李、杜底作品。他一味取材於卑近，而出之以坦夷，恰合韓愈底力求奇崛險奧的相反。然而他正是學得杜甫底平明和易處；不過把杜詩底雄渾蒼勁，變而為流麗安詳罷了。他底作風，力求易解，能說出一般人心中所要說的話；所以流傳極廣，而不愧為知識階級中的一個平民詩人。相傳他每作一詩，就讀給老婆子聽，問她懂得否？老婆子說懂得，便把詩稿錄存；否則便再行改作。這雖然也許是形容過甚的話；但他底力求通俗，即此可見。當時傳誦他底詩的，上自王公貴人，下至野人田婦，無不玩誦；甚至雞林賈人，把他底詩賣給國中宰相，一篇價值一金；而日本嵯峨天皇，也很珍重他底詩。他寫給好友元稹的信中說：

再來長安，又聞有軍使高霞寓者，欲聘倡妓；妓大誇曰，“我誦得白學士《長恨歌》，豈同他妓哉”？由是增價。又……昨過漢南日，適遇主人集衆樂娛他賓。諸妓見僕來，指而相顧曰，“此是《秦中吟》、《長恨歌》主耳。自長安抵江西，三四千里，凡鄉校、佛寺、逆旅、行舟之中，往往有題僕詩者；士庶、僧徒、孀婦、處女之口，每有詠僕詩者。……

元稹《白氏長慶集序》說：

巴、蜀、江、楚間，洎長安中，少年遞相仿效，競作新詞，自謂為元和詩。二十年間，禁省觀寺郵候牆壁之上無不書，王公妾婦牛童馬走之口無不道。至於繕寫模勒，衒賣於市井，或持之以交酒茗者，處處皆是（原注，“揚、越間多作書模勒樂天及予雜詩，賣之於市肆之中也”）。其甚者，有至於盜竊名姓，苟求是售，雜亂間廁，無可奈何。予於平水市（原注，“鏡湖旁草市名”）中，見村校諸童競習詩；召而問之，皆對曰，“先生教我樂天微之詩”，固亦不知予之為微之也。……自篇章以來，未有如是流傳之廣者。……

這兩段話也並非他們自吹法螺的夸大話；因為還有反對他們的李戡，也是如此說：

嘗痛自元和以來，有元、白者，纖豔不逞，非莊士雅人，多為其破壞。流於民間，疏於牆壁，子父女母，交口教授；淫言媟語，冬寒夏熱，入人肌骨，不可除去。……

——（唐）杜牧《李戡墓誌》述李戡語

那麼，白詩流傳之廣，是無可疑的事實；而所以能流傳如此其廣，全由於通俗易解。換句話說，白居易是學得杜詩底語體化，而有心地作語體詩的，所以能普及於平民。

白詩長於敘事，如《長恨歌》、《琵琶行》，都是較長的敘事詩。《長恨歌》中描寫楊妃睡起的一段，《琵琶行》中描寫琵琶聲的一段，都是絕妙的白描手段。所以他雖然在非語體化的詩篇中，也是用典絕少。他又善作寫實的社會問題詩。如《秦中吟》十篇和《新樂府》中的《上陽人》、《新豐折臂翁》、《道州民》、《賣炭翁》等篇，所寫的都是那時候的民間疾苦和朝政弊病。從這一點上，可見他底善學杜甫了。

五嶽祭秩皆三公，四方環鎮嵩當中；火維地荒足妖怪，天假神柄專其雄；噴雲泄霧藏半腹，雖有絕頂誰能窮！我來正逢秋雨節，陰氣晦昧無清風；潛心默禱若有應，豈非正直能感通！須臾靜掃眾峯出，仰見突兀撐青空；紫蓋連延接天柱，石廩騰擲堆祝融。森然動魄下馬拜，松柏一徑趨靈宮；粉牆丹柱動光彩，鬼物圖畫填青紅。升階傴僂薦脯酒，欲以菲薄明其衷；廟內老人識神意，睢盱偵伺能鞠躬；手持杯珓導我擲，云"此最吉餘難同"。竄逐蠻荒幸不死，衣食才足甘長終；侯王將相望久絕，神縱欲福難為功。夜投佛寺上高閣，星月掩映雲曈曨；猿鳴鐘動不知曙，杲杲寒日生於東。

——（唐）韓愈《謁衡嶽廟遂宿嶽寺題門樓》

（例三百七十五）

漠漠輕陰晚自開，青天白日映樓臺；曲江水滿花千樹，有底忙時不肯來?

——（唐）韓愈《同水部張員外曲江春游寄白二十二舍人》（例三百七十六）

天街小雨潤如酥，草色遙看近卻無；最是一年春好處，絕勝煙柳滿皇都。

——（唐）韓愈《早春呈水部張十八員外》二首之一（例三百七十七）

帝城春欲暮，喧喧車馬度；共道牡丹時，相隨買花去；貴賤無常價，酬直看花數；灼灼百朵紅，戔戔五束素；上張幄幕庇，旁織巴籬護；水灑復泥封，移來色如故；家家習為俗，人人迷不悟。有一田舍翁，偶來買花處；低頭獨長嘆，此嘆無人喻；"一叢深色花，十戶中人賦"。

——（唐）白居易《秦中吟·買花》

（例三百七十八）

新豐老翁八十八，頭鬢眉鬚皆似雪；玄孫扶向店前行，左臂憑肩右臂折。問翁“臂折來幾年”？兼問“致折何因緣”？翁云“貫屬新豐縣，生逢聖代無征戰；慣聽梨園歌管聲，不識旗槍與弓箭。無何天寶大徵兵，户有三丁點一丁；點得驅將何處去，五月萬里雲南行。聞道雲南有瀘水，椒花落時瘴煙起；大軍徒涉水如湯，未過十人二三死。村南村北哭聲哀，兒别爺娘夫别妻；皆云前後征蠻者，千萬人行無一迴。是時翁年二十四，兵部牒中有名字；夜深不敢使人知，偷將大石搥折臂。張弓簸旗俱不堪，從茲始免征雲南；骨碎筋傷非不苦，且圖揀退還鄉土。此臂折來六十年，一肢雖廢一身全；至今風雨陰寒夜，直到天明痛不眠。痛不眠，終不悔，且喜老身今獨在。不然當時瀘水頭，身死魂孤骨不收；應作雲南望鄉鬼，萬人冢上哭呦呦”。老人言，君聽取；君不聞，開元宰相宋開府，不賞邊功防黷武；又不聞，天寶宰相楊國忠，欲求恩幸立邊功；邊功未立人生怨，請問新豐折臂翁！

——（唐）白居易《新樂府·新豐折臂翁》

（例三百七十九）

綠蟻新醅酒，紅泥小火爐；晚來天欲雪，能飲一杯無？

——（唐）白居易《問劉十九》

（例三百八十）

與君前後多遷謫，五度經過此路隅；笑問中庭老桐樹，這回歸去免來無？

——（唐）白居易《商山路驛桐樹昔與微之前後題名處》

（例三百八十一）

三百七十五例，誠然有點奇崛險奥；但是三百七十六例和三百七十七例，便不然了。可見韓氏也不能不為時代所驅迫而歸於語體化。至於白氏四例，前兩例都是社會問題詩，合杜甫《兵車行》等相似；而後兩例更顯然地是語體化的詩。

從漢代以後，中國文壇上，雖然被文言文學占住了正統，壓住了語體文學，不許它豎起叛旗，搖動它底寶座；但是語體文學底命脈，依然緜延不絕於草野的平民間。這從前兩篇中所舉草野文學、平民文學的各例，可以知道。其實它不但能緜延它底命脈於草野的平民間，而且能誘惑那些廟堂的貴族，使他們收入樂府，使他們採用，使他們仿傚。像漢代《鐃歌》十八篇，以及六朝底《吳聲歌曲》、《西曲歌》、《鼓角横吹曲》等，都是被收入樂府的；又像漢代王褒底《僮約》，以及六朝貴族們有時也作些《子夜歌》等，都是被採用被仿傚的。這可見它常常侵入文壇中，而有占领一席地的勢力，是未可輕侮的了；又可見貴族們受著時代潮流底驅迫，而有時不能不俯就語體了。但是那些貴族們，雖然有時俯就，不過偶然游戲出之而已，絕不認為正宗；正好像燕窩魚翅喫膩了，偶然喫點青菜豆腐罷了。並且他們底青菜豆腐，也是特製的，合尋常百姓們底家常便飯不同。所以他們所認為正宗的，另是一種筆墨，合這些游戲作品不相混合；就是這些游戲作品，也合道地的平民作品不很相同。不過咱們可以知道，離開古代越遠，文言和白話底相差也越遠；於是他們覺得白話也是一種新鮮有趣的東西。並且他們畢竟是人；人底情緒底表現，是有真切的要求的。咱們平常講話，所以絕對不用“之乎者也”的文言，而一定用“的了麽呢”的白話，固然因為文言違反習慣的自然，但也是因為情緒表现真切的要求。所以他們碰到有情緒表現真切的要求時，也不期然而然地很願意用新鮮有趣的白話來做工具。這就是語體文學，决不能被傳統的文言文學厭迫到無地自容，而反能侵入貴族們底文壇中的原因。然而六朝的貴族們，還不過於燕窩魚翅喫膩之後，偶然喫點青菜豆腐；而唐代底詩人們，卻把兩者相混合，而作成青菜燒魚翅，豆腐燉燕窩了。這個辦法，就是使文言、白話相混合，而使詩篇趨於語體化。初唐的詩人，上承六朝流風，還不很有這種傾向；到了盛唐，這種傾向便很顯著。例如王、孟、李、杜諸大家，都能拿青菜豆腐和燕窩魚翅作混合的烹調；並且有時竟把純粹的青菜豆腐，製成山家清供，合王、楊、盧、駱、沈、宋、崔、杜輩，專拿燕窩魚翅請客的不同。這種傾向，既經成就，於是主張復古的韓愈，也不能不受影響；而主張革新的白居易，更是老實掛起平民飯店的招牌，而大做其青菜豆腐的生意了。所以六朝時的樂府中，留下了許多草野文學、平民文學，而唐代不然，咱們固然覺得可惜；但是盛唐以後的知識階級，能造成這種詩篇語體化的傾向，也是使咱們可以滿意的。從此以後，詩篇底語體化，有進無退；到了詩變為詞，詞變為曲，這潮流尤其洶湧而不可遏，竟是語體文學底猖獗時期，駸駸乎合文言文學劃疆而王，幾乎有“三分天下有其二”的聲勢了。

韓、白兩人，在當時既然各樹一幟；於是他們底朋友和門徒，也隱然分為兩派。韓氏底朋友有柳宗元、孟郊、賈島、李賀、盧仝，門弟子有張籍、王建；白氏底朋友有元稹、劉禹錫。其中柳宗元雖然合韓氏為友，而且在文章底復古傾向上是齊名的同志；但是他底詩派，卻是超然的。他既不同於韓，也不同於白；而是遠宗陶、謝，近同王、孟、儲、韋的。至於韓、白兩派，雖然傾向不同，而他們都是同時的朋友，常常互相唱和，互相投贈，互相推許；在當時並不標榜門戶，互相詆排，所以能共成中唐詩國中興的局面。

柳宗元，字子厚，河東人。曾為監察御史，尚書禮部員外郎。因為依附李誦（順宗）時權臣王叔文的緣故，於李純朝貶為永州司馬，遷為柳州刺史而終。他和韓愈，都是反對六朝以來文章駢麗的傾向，而主張以散代駢的，所以兩人都是當時文章復古派的首領。但柳氏古文底作風，卻又不同韓氏。他是善於描寫山水的；如永州八記，頗能用文學手段，描寫永州底山水，是韓氏所不及的。他在文章方面，既然如此；所以他底詩篇，也擅長此點，而能上追陶、謝田園文學、山水文學底遺風，合王維、韋應物相頡頏。他底詩，以清峭簡澹見長，合韓氏底奇崛險奧不同；所以他是於韓、白兩家之外，自成一派的。

漁翁夜傍西巖宿，曉汲清湘燃楚竹；煙銷日出不見人，欸乃一聲山水綠；迴看天際下中流，巖上無心雲相逐。

——（唐）柳宗元《漁翁》（例三百八十二）

千山鳥飛絕，萬徑人蹤滅，孤舟簑笠翁，獨釣寒江雪。

——（唐）柳宗元《江雪》（例三百八十三）

像這兩篇，都是描寫山水絕佳的作品。

孟郊、賈島，就是所謂郊寒島瘦的，孟郊，字東野，湖州武康人。少年時，隱居嵩山。性極孤介；但韓愈合他一見，就結為忘形交。五十歲時，才舉進士；終於水陸轉運判官，興元節度使參謀。他底詩，很有理致；因此為韓愈所推重。但詩多苦吟而成，所以刻苦蹇澀，有詩囚的稱號。賈島字浪仙，范陽人。曾經做過和尚，名為無本。後來韓愈勸他還俗，舉進士，終於普州司倉參軍。他底詩也多由苦吟而成，所以幽奇奧僻，偏於瘦澀，合孟郊相伯仲。

慈母手中線，游子身上衣；臨行密密縫，意恐遲遲歸；誰言寸草心，報得三春暉！

——（唐）孟郊《游子吟》（例三百八十四）

十年磨一劍，霜刃未曾試；今日把示君，誰有不平事？

——（唐）賈島《劍客》（例三百八十五）

此兩例是不很蹇澀的；但是寒瘦之態，可見一斑了。

李賀、盧仝，是以奇詭著稱的。李賀，字長吉，唐宗室鄭王之後，曾為協律郎。他七歲時，就能作詩。當時韓愈合他底朋友皇甫湜聽見了，還不相信；於是相約到他底家裏去看他，叫他做詩。他下筆立就，做了一篇《高軒過》。二人看了，很是驚異；他便從此出名。他底詩務求奇詭，不落尋常畦徑，所以當時沒有人能學他，有鬼才的稱號。樂府數十篇，當時伶工都把它配合絃管，以供歌唱。但是他做詩因為刻意求奇，苦吟不息，所以二十七歲時就短命而死。盧仝，范陽人；隱居少室山，自號玉川子。曾經被徵為諫議，不肯就。韓愈做河南令的時候，愛他底詩，所以很厚禮他。後來李涵時，因為留宿宰相王涯府第中，誤遭甘露之禍而死。他底詩比李賀更為怪誕。

華裾織翠青如葱，金環壓臂摇玲瓏，馬蹄隱耳聲隆隆，入門下馬氣如虹；云是東京才子，文章鉅公。二十八宿羅心胸，元精耿耿貫當中；殿前作賦聲摩空，筆補造化天無功。龐眉書客感秋蓬，誰知死草生華風？我今垂翅附冥鴻，他日不羞蛇作龍。

——（唐）李賀《高軒過》（例三百八十六）

誰家女兒樓上頭？指揮婢子掛簾鈎；林花撩亂心之愁，卷卻羅袖彈箜篌。箜篌歷亂五六絃，羅袖掩面啼向天；相思絃斷情不斷，落花紛紛心欲穿。心欲穿，憑欄干，相憶柳條綠，相思錦帳寒；直緣感君恩愛一迴顧，使我雙淚長珊珊。我有嬌靨待君笑，我有嬌蛾待君埽；鶯花爛熳君不來，及至君來花已老；心腸寸斷誰得知？玉階羃歷生青草。

——（唐）盧仝《樓上女兒曲》

（例三百八十七）

這兩例都是不很奇詭怪誕的。李賀奇詭的詩，如《神絃曲》等，很多鬼趣；而盧仝以《月蝕詩》最為怪誕，但是使人感不到什麽趣味。同時有一個劉叉，也曾作韓愈門下的賓客；而《冰柱》、《雪車》兩詩，是有意求為奇詭怪誕而不及李、盧的。

李、盧兩家底詩，與其取怪誕的盧，毋寧取奇詭的李。因為李氏工於修辭；雖然奇詭，而他底瑰麗的辭藻，頗能引動讀者，使人愛不忍釋。至於盧氏，如《月蝕詩》之類，只能使人生厭罷了。韓氏愛好他們兩人底詩，正因為合他自己奇崛險奥的脾胃相投；就是他底愛好孟、賈兩人底詩，也是從這一點出發的。其實這四人底詩，都合韓愈不同，而也都不能及他。我以為在四人中，不能不推李賀為冠首，不但勝於盧仝而已。

但是韓愈底門弟子張籍、王建，卻合韓氏奇崛險奥的作風不相同的。張籍是韓氏最親密的弟子，可是他底作風，卻合白居易相近。他合白氏也是要好的朋友，白氏很推重他底樂府。王建也以擅長樂府著稱；他底作風，似乎略奇於張籍，但是語體化的詩也很多。張籍，字文昌，蘇州吳人，一説是和州烏江人。貞元中進士，曾為水部員外郎，主客郎中，終於國子監司業。王建字仲初，潁川人。大曆中進士；太和中，出為陝州司馬，從軍塞上，後歸咸陽。他有宮詞百首，至今傳誦。

君知妾有夫，贈妾雙明珠；感君纏緜意，繫在紅羅襦。妾家高樓連苑起，良人執戟明光裏；知君用心如日月，事夫誓擬同生死。還君明珠雙淚垂，何不相逢未嫁時！

——（唐）張籍《節婦吟》（例三百八十八）

歎息復歎息，園中有棗行人食；貧家女為富家織，翁母隔牆不得力。水寒手澀絲脆斷，續來續去心腸爛；草蟲促織機下啼，兩日催成一疋半。輸官上頭有零落，姑未得衣身不著；當窗卻羨青樓倡，十指不動衣盈箱。

——（唐）王建《當窗織》（例三百八十九）

這兩篇都是社會問題詩。張氏《節婦吟》，雖然是寄東平李司空師道的卻聘詩，是託男女以寓君臣的；但是咱們就詩論詩，其中確含一個男女問題。至於王氏底《當窗織》，卻明明含着經濟和婦女的兩個社會問題了。

韓愈底門弟子，既然都不是合他同樣地奇崛險奧，而反合白居易底平明和易相近，可見那時候風會所趨，韓氏又不能強挽；而白氏底革新派，畢竟得到勝利了。

元稹，字微之，河南河內人。初舉明經，繼應制策，得第一；曾拜同平章事，終於鄂州刺史，武昌軍節度使。他少年時就合白居易倡和，並負詩名，當時稱為元、白，稱他們底詩為元和體。他底作風，合白氏相同；但是才力卻略遜於白。他除作合白氏相類的新樂府十二篇外，更有古題樂府十九篇；其中如《憶遠曲》、《夫遠征》、《織婦詞》、《田家詞》、《古築城曲》等，也都含著社會問題，而是語體化的詩。至於《連昌宮詞》，也是詠李隆基、楊玉環宮掖閒的故事的；雖然不及白氏底《長恨歌》，但也是一篇有價值的敍事詩。又有《遣悲懷》三首，是他底悼亡詩；從晉代潘岳有名的《悼亡詩》三首以後，要數這三首為絕唱了。

牛吒吒，田确确，旱塊敲牛蹄趵趵，種得官倉珠顆穀；六十年來兵簇簇，月月食糧車轆轆。一日官軍收海服，驅牛駕車食牛肉；歸來收得牛兩角，重鑄鋤犁作斤劚，姑舂婦擔去輸官，輸官不足歸賣屋。願官早勝讐早覆，農死有兒牛有犢，誓不遣官軍糧不足。

——（唐）元稹《田家詞》（例三百九十）

昔日戲言身後意，今朝都到眼前來；衣裳已[1]施行看盡，針線猶存

[1] “已”，當为“已”。——編者註

未忍開；尚想舊情憐婢僕，也曾因夢送錢財，誠知此恨人人有，貧賤夫妻百事哀！

——（唐）元稹《遣悲懷》三首之一

（例三百九十一）

《田家詞》寫農民供應軍輸的苦痛，非常痛切；而《遣悲懷》寫盡夫婦間兒女深情，尤其是不可多得的抒情詩。

白居易晚年，又合劉夢得相唱和，所以元稹死後，當時又以劉、白並稱。劉禹錫，字夢得，彭城人。貞元間舉進士，又登博學宏詞科，為監察御史；以王叔文黨，與柳宗元等同被貶，出為朗州司馬，改連州刺史，終於太子賓客分司，檢校禮部尚書。白居易序他底詩說：彭城劉夢得，詩豪者也。其鋒森然，少敢當者；余不量力，往往犯之。又說他底詩可謂神妙，以為“在在處處，應有靈物護持”；這可謂極端的推重了。案《新唐書》本傳說：

……斥郎州司馬，州接夜郎諸夷，風俗陋甚，家喜巫鬼。每祠，歌《竹枝》，鼓吹裴回，其聲傖儜。禹錫謂屈原居沅、湘間，作《九歌》，使楚人以迎送神；乃倚其聲，作《竹枝辭》[1]十餘篇。於是武陵夷俚悉歌之。

但是現在他底詩集中，有《竹枝詞》二首，又九首；九首前邊的《引語》說：

……歲正月，余來建平，里中兒聯歌《竹枝》，吹短笛擊鼓以赴節。歌者揚袂睢舞，以曲多為賢。聆其音，中黄鍾之羽，卒章激訐如吳聲。雖傖儜不可分，而含思宛轉，有淇澳之豔音。昔屈原居沅、湘間，其民迎神，詞多鄙陋，乃為作《九歌》；到於今，荆、楚歌舞之。故余亦作《竹枝》九篇，俾善歌颺之，附於末。後之聆巴歈，知變風之自焉。

❶ “《竹枝辭》”即“《竹枝詞》”。——編者註

查朗州在現在湖南常德；建平就是唐代底夔州，現在的四川巫山縣。所以他底《竹枝辭》九首，是做夔州刺史時所作，不是做朗州司馬時所作。他因為被貶謫多年，牢骚抑鬱，都寄託於詩，所以詩以窮而越工。如《西塞山懷古》、《金陵五題》等，固然是他底名作；但他底寫各處地方風土、民間生活的詩，如《插田歌》、《畬田行》、《蠻子歌》、《淮陰行》、《竹枝詞》……等，似乎更足動人。

岡頭花草齊，燕子東西飛；田塍望如線，白水光參差；農婦白紵裙，農父綠蓑衣，齊唱《郢中歌》，嚶儜如《竹枝》；但聞怨響音，不辨俚語詞；時時一大笑，此必相嘲嗤。水平苗漠漠，煙火生墟落；黃犬往復還，赤雞鳴且啄。路傍誰家郎？烏帽衫袖長；自言"上計吏，年幼離帝鄉"。田夫語計吏，"君家儂定諳，一來長安道，眼大不相參"。計吏笑致辭，"長安真大處，省門高軻峩，儂入無度數。昨來補衛士，唯用筒竹布；君看二三年，我作官人去"。

——（唐）劉禹錫《插田歌》

（例三百九十二）

楊柳青青江水平，聞郎江上唱歌聲；東邊日出西邊雨，道是無晴卻有晴。

——（唐）劉禹錫《竹枝詞》二首之一

（例三百九十三）

山桃紅花滿上頭，蜀江春水拍山流；花紅易衰似郎意，水流無限似儂愁。

城西門前灩澦堆，年年波浪不能摧；懊惱人心不如石，少時東去復西來。

瞿塘嘈嘈十二灘，人言道路古來難；長恨人心不如水，等閒平地起波瀾。

巫峽蒼蒼煙雨時，清猿啼在最高枝；箇裏愁人腸自斷，由來不是此聲悲。

——（唐）劉禹錫《竹枝詞》九首之四

（例三百九十四）

《插田歌》是做連州刺史的時候所作：據他底《引語》說：

連州城下，俯接村墟；偶登郡樓，適有所感；遂書其事為俚歌。……看他前半寫出農民底田間生活，風景和人物底動作，已經寫得很生動。後半寫出一個鄉下妄人底自誇，滑稽無比，有如活畫出來，真是寫生能手！至於那些《竹枝詞》，借巴蜀一帶的人情風俗，寫出他底不平來；而修辭方法，也能深得《吳聲歌曲》和《西曲歌》底遺意。

中唐時代，有了白居易、元稹、劉禹錫等幾個有意把詩篇語體化的詩人；他們底作品，雖然畢竟是知識階級的作品，也勉強可以彌補唐代平民文學亡失的缺陷了。

然而有一件似乎可怪的事，就是白居易、元稹、劉禹錫等，一面竭力使詩篇语體化，而一面卻合韓、柳等都是古文家。白、劉兩人，還不過自作古文；而元稹卻於知制誥的時候，變更詔書體裁，務求純厚明切，竟把古文應用到向來被駢體文占领着的詔書裏面去。那麼，他們底詩派，既合韓氏不同；為什麼文章復古這一點，竟合韓、柳相同呢？這個問題，既經提出，咱們且趁此把唐代文體復古運動這一件大事，附帶著一說罷。

中國底文字，因為衍形而單音的緣故，所以在身段上可以使它作整齊的對稱和叠置，而有所謂對叠律底發生。這種當對和重叠的方法，在詩文中原是“古已有之”的；不過那時候只是於散體的詩文中偶然夾雜著幾個當對和重叠的聯排罷了。三國以後，這種傾向，漸漸盛起來；於是詩文兩方，同時都漸趨於駢儷。但是當對律如果不合抑揚律相結合，還不能算是嚴格的當對律，而有時只能算是重疊律。到了齊、梁間，四聲既經確定；沈約、王融、周顆[1]、謝朓之流，便創造了抑揚律，把它合當對律相結合，而用在詩文裏面。但是那時候的抑揚律，因為次第律和腔反復律等還沒有確立，所以還不能成為嚴格的抑揚律。因此，六朝時候，雖然駢儷的詩文，盛極一時，究竟還不能算是完全的律體詩文。到了唐代，律體詩固然完全成立了，而律體文也完全成立起來，有所謂律賦和四六文。文章底成為律體，也就是文章底詩篇化。但是一方面律體成立，而一方面散體運動，——就是復古運動，也繼續著周、隋間不曾成功的運動而同時起來。這因為：一、詩文底外形，越趨於律體，便合語言底自然相去越遠；二、詩文既合語言底自然相去越遠，便越趨於貴族，而合平民底需要相去越遠。所以非完全律體的詩（古詩）和散體文（古文），雖然還是用文言做工具，但是畢竟漸近於語言底自然，而比較地減少了貴族化的程度。詩文復古運動底起來，和白、元、劉三人一面使詩篇語體化，一面卻合韓、柳等同做古文，就是為此。試看白氏底《祭弟文》，其中竟是參用著許多白話，就可以證明此點。所以咱們可以說文章方面由律體而解放為散體的要求，合詩篇方面從文言而解放為語體化的要求，是同一個出發點的。不過詩篇已經從文言走向語體去，而文章卻依然滯留於文言路上罷了。這文章底所以滯留於文言路上，是因為詩篇早受了平民文學底誘惑，而文章卻被廟堂臺閣底架子所束縛，被科舉制度、歷史關係所維持，平民文學底力量，還不能侵入文言所佔領的壁壘。總之，咱們要認識這個時候，貴族文學的壁壘，已經動搖了。詩篇方面，差不多大部分動搖；而文章方面，也動搖了一部分。

[1] “顆”，當为“顒”。——編者註

然而這時候所謂文章復古運動，果然是真的復古嗎？他們所復的，自然是周、秦、漢、魏的古，甚而至於是唐、虞、夏、商的古。因為那時候盛行的駢體文，是起於晉代以後的，合漢、魏以前不同；所以不做駢文而做散文，便算是復古。但是所謂文言，原來不過是周、秦以前在人們口頭上說著的白話。那時候口頭上怎麼說，紙面上就怎麼寫，原是沒有什麼分別的。到了漢代口頭上的語言已經變遷了；而紙面上的文章，因為不曾統一的語言，不便用作工具，於是只好仍舊借用周、秦以前的白話，而文字便合語言分離了。可是以漢代人借用了周、秦以前的白話，來做文章，好比天津人學北京話一樣，總是難免藍青了。所以漢、魏時代的散文，已經受了漢、魏底時代性底影響，不能合周、秦時代的散文完全一樣，而終於是漢、魏人底散文了。換句話說，後世所謂漢、魏底古文，已經不是真正的古文，而是冒充的古文了。晉代以後，從這種冒充古文中，又走了一條岔路，岔到駢文的一方面去。這駢體文盛行的時代，經過了五百多年，岔斷了唐代合周、秦、漢、魏的時代變遷底關係，使它們隔開得越遠了。於是唐代人學起周、秦時代的古文來，比漢、魏人格外艱難；正合南方的江、浙、閩、粵人學北京話一樣，不能不格外藍青了。所以唐代人所復的，何嘗是真正的古？只是做些藍青古文罷了。然而它們雖然藍青，一方面總比駢體文近於古，一方面也比駢體文近於語言底自然。所以這文章復古的動機，實在合革新的——就是語體化的——動機差不多。不過革新派所不滿意的，是貴族文學；而復古派所不滿意的，只是貴族文學中比較地格外貴族的駢體文罷了。因此，革新派的首領白居易，一面使詩篇語體化，一面跟韓愈、柳宗元做散文，而散文中就也有語體化的文章，例如他底《祭弟文》。

有人說白居易底散文語體化，是受了禪宗的和尚們底影響。因為那時候的禪宗和尚們，已經用白話做語錄，而白氏常常合和尚們往來的緣故。但是白氏所往來的和尚們，未必一定是禪宗的；而且當時合和尚們往來的文人很多，不止白氏一人，何以旁人不受影響而他獨受影響呢？所以白氏《祭弟文》底語體化，只是要圖表情真切懇摯的緣故，不必有旁的什麼影響。不過那時候禪宗的和尚們用白話做語錄，正合文章復古運動是同時，確是一件事實。這件事實，更足證明文章語體化和文章復古的時代傾向，動機是差不多的。

當時的文人們，因為要表情真切懇摯，所以做了些語體詩篇，並且有時於散文中夾些語體化的文句；當時的禪宗和尚們，因為要說理明白正確，所以做成語體的語錄。語體的語錄，為什麼起於禪宗呢？這因為他們本來是要竭力打破文字障的。他們底哲理，本來是“不可說”的；不可說而對於他們底門徒，有時又不能不有所開示，於是不得已而說下幾句話。他們底門徒，以為如果把它寫成文言，經過一番翻譯，便會弄得不明白不確正，於是就把它依師傅口頭上所說的照樣的記了下來，做它一絲不走，這便是所謂語錄，這便是禪宗底語錄所以用語體的一個原因。其次，禪宗底六祖惠能，本是一個不識字的人。他底歷史和法語，經他底門徒法海如實地記了下來，便是所謂《六祖壇經》，便是最初的白話語錄。於是後來禪宗的語錄，便都依著這部最初的語錄而一律寫成白話了；這便是禪宗語錄所以用語體的又一個原因。他們所以用白話做寫語錄的工具，正因為白話能合於他們說理明白正確的要求。後來宋代的儒家，要寫起語錄來，便也受了他們底影響，有了這種覺悟，而自然地採用了白話。咱們所覺得可惜的，就是唐代盛行的唯識宗，幾位大師們如玄奘、窺基之流，沒有這種覺悟，不知道用白話來翻譯經論，注釋經論；否則最有系統的唯識宗，它底哲理，一定格外容易使人了解了。但是這也許一則為時代所限，一則他們不像禪宗是一個革命的宗派，所以不能做這革新的事業呢。

編後記

《中國文學史》初版于劉大白去世後的第二年（1933年），是中國現代文學史上較早出現的一部文學史專著，也是他生前沒有完成的一部文學史著作，故被稱為“劉大白遺著”。

劉大白（1880～1932年），名靖裔，字大白，別號白屋，中國現代著名詩人、文學史家，浙江紹興人，與中國現代著名文學家、思想家魯迅先生是同鄉好友。劉大白是提倡新文化運動的主將和先鋒之一，他雖為晚清科舉士子，舊學功底深厚，但對傳統文化尤為反對，他與胡適等人積極提倡用白話文創作新詩，其作品以《舊詩新話》為代表，為五四時期的中國詩壇帶來了一种清新的風格，並為新文化運動的發生和發展都作出了重要的貢獻。

在新詩的創作之外，劉大白還有另外一項重要的文學成就，那就是他的專著《中國文學史》。作為一名文學史家，為後世留下一本係統的《中國文學史》是劉大白生前的宏願。1930年年底，劉大白辭去教育部政務次長的職務，於1931年初開始閉門寫作《中國文學史》。他在原計劃中將中國文學史劃分為上古至商，周至秦，兩漢至隋，唐、五代至元，明至清六個時期。唯歎天不假年，這本遺著只寫到了唐代文學，劉大白便與世長辭，享年五十三歲。劉大白遺著《中國文學史》對上古至唐代的中國文學史之輪廓進行了細緻的描述。全書對一些文學樣式的起源、發展和藝術上的優劣等，有精闢的見解。此外，作者還結合時代和社會的背景，來剖析作品產生的原因、背景及其文學史意義，對作家和作品之得失進行富有個性化的剖析，鮮活地展現了不同時代的中國文學之風貌。特別值得注意的是，書中從政治、宗教、社會、歷史等方面，對唐代詩歌發達之原因進行了深入的分析，引導讀者領略唐詩之美。雖然這是一本未完成的遺作，卻充分顯示了劉大白在文學史研究方面的深厚造詣，並影響了此後的中國文學史研究。

本社此次以開明書店1934年再版印行的《中國文學史》為底本進行整理：首先，將底本的豎排版式轉換為橫排版式，並在原書體例和層次上作出調整，以適合今人閱讀；其次，在語言文字方面，則基本尊重底本原貌，如“子細”、“區畫”、“型式”、“提唱”等。與今天的現代漢語相比較，這些詞彙有的是詞中兩個字前後顛倒，有的是個別用字與當今有異，無論是何種情況，它們總體上都屬於民國時期文言向現代白話過渡過程中的一種語言現象，為民國圖書整體特點之一。對於此類問題，均以尊重原稿、保持原貌、不予修改的原則進行處理；再次，在標點符號方面，由於民國時期的標點符號的用法與今天現代漢語標點符號規則有一定的差異，並且這種差異在一定程度上不適宜今天的讀者閱讀，因此在標點符號方面，以尊重原稿為主，並依據現代漢語語法規則進行適度的修改，特別是對於頓號和書名號的使用，均加以注意，稍作修改和調整，以便於讀者閱讀和理解；最後，對於原書在內容和知識性上存在的一些錯誤，此次整理者均以“編者註”的形式進行了修正或解釋，最大可能地消除讀者的困惑。

文　茜

二零一二年三月

《民國文存》第一輯書目

紅樓夢附集十二種	徐復初
萬國博覽會遊記	屠坤華
國學必讀（上）	錢基博
國學必讀（下）	錢基博
中國寓言與神話	胡懷琛
文選學	駱鴻凱
中國書史	查猛濟、陳彬龢
林紓筆記及選評兩種	林紓
程伊川年譜	姚名達
左宗棠家書	胡嘯天
積微居文錄	楊樹達
中國文字與書法	陳彬龢
中國六大文豪	謝無量
中國學術大綱	蔡尚思
中國僧伽之詩生活	張長弓
中國近三百年哲學史	蔣維喬
段硯齋雜文	沈兼士
清代學者整理舊學之總成績	梁啟超
墨子綜釋	支偉成
讀淮南子	盧錫烴

國外考察記兩種	傅芸子、程硯秋
古文筆法百篇	胡懷琛
中國文學史	劉大白
紅樓夢研究兩種	李辰冬、壽鵬飛
閒話上海	馬健行
老學蛻語	范禕
中國文學史	林傳甲
墨子閒詁箋	張純一
中國國文法	吴瀛
錢基博著作三種	錢基博
老莊研究兩種	陳柱、顧實
清初五大師集（卷一）· 黃梨洲集	許嘯天
清初五大師集（卷二）· 顧亭林集	許嘯天
清初五大師集（卷三）· 王船山集	許嘯天
清初五大師集（卷四）· 朱舜水集	許嘯天
清初五大師集（卷五）· 顏習齋集	許嘯天
文學論	夏目漱石、張我軍
經學史論	本田成之、江俠庵
經史子集要略	羅止園
古代詩詞研究三種	胡樸安、賀楊靈、徐珂
古代文學研究三種	張西堂、羅常培、呂思勉
巴拿馬太平洋萬國博覽會要覽	李宣龔
國史通略	張震南